센티멘털리스트

센티멘털리스트

한번쯤은 이해하고 싶었던 아버지

조해나 스킵스루드 지음

배미영 옮김

이후

어머니에게 바칩니다

차례

감사의 글

제가 이 소설을 쓸 수 있도록 〈캐나다예술협회〉와 노바스코샤 관광문화유산부를 통해 재정 지원을 해 준 캐나다와 노바스코샤 시민들에게 깊이 감사드립니다. 소설을 쓰는 동안 저를 도와준 모에즈 수라니, 미하일 이오셀, 스테파니 볼스터, 게리 블랙우드에게도 고마움을 전합니다. 개스퍼로 출판사의 케이트 케네디, 앤드루 스티브스, 게리 던필드는 이 소설의 가치를 믿고 2009년 초판에 그들의 전망과 노고를 쏟아 부었습니다. 윌리엄 하이네먼 출판사의 제이슨 아서는 날카로운 눈을 가진 편집자이며, 노튼 출판사의 질 바이얼로스키는 저를 푸근하게 대해 주었습니다. 세상에 둘도 없이 다정한 저의 대리인 트레이시 보헌도 도움과 지지를 아끼지 않았습니다. 마지막으로 올라프 스킵스루드(1946~2008), 서의 아버지께 감사드리고 싶습니다. 아버지는 이 소설의 토대가 된 전쟁 경험을 저에게 들려주셨습니다. 이 소설의 진정한 주제 가운데 하나는 제 선친의 '세상에서 제일 따스한 가슴'임을 말씀드립니다.

이 책에 수록할 수 있도록 작품을 허락해 주신 여러 분들과 기관에 감사드립니다. 〈E. E. 커밍스재단〉은 커밍스의 시 「성격 좋고 덩치 크고 다정했던 올라프는」(『E. E. 커밍스 시전집』, 조지 퍼미지 편집, 1979)을 수록할 수 있게 해 주었습니다. 윌리엄 제임스의 글은 『실용주의』(1907) 5장에서 발췌했습니다. 존 베리먼의 『드림 송』 114편(1969)은 1997년 케이트 도너휴 베리먼 개정, 파라―스트라우스―지루 출판사 판인 『드림 송』(1997)에서 인용했습니다. 게리 레인의 글은 캔자스 대학교 출판부의 『나는 존재한다: E. E. 커밍스 시 연구』(1976)에서 따왔습니다. 키스 더글러스의 시 「기억해주오」는 페이버앤페이버 출판사의 허락을 받아 전문을 수록했습니다. 마이클 커티즈가 감독하고 험프리 보가트, 잉그리드 버그먼, 폴 헨라이드가 주연한 1942년 작 〈카사블랑카〉를 제 소설에 사용할 수 있게 해 준 것에도 고마움을 표합니다. 에필로그의 심문 기록은 비록 이름과 일부 내용을 수정했지만, 1967년 10월 22일 남 베트남 꽝찌에서 벌어진 사건에 대한 미군법 제32조 수사 결과로 나온 실제 기록물에 근거합니다.

파고

성격 좋고 덩치 크고 다정했던 올라프는
전쟁이 터지자 흠칫, 했다네

_ E. E. 커밍스

■ E. E. Cummings, 1894~1962. 미국의 시인이자 화가, 극작가이다. 고유명사 첫 글자를 소문
자로 쓰는 등 독특한 표기나 구두법, 구절법을 동원해 시를 썼다. 자신의 이름도 'e. e.
cummings'로 표기할 정도였다. 냉소적이고 거칠지만 매우 부드럽고 즉흥적인 분위기를 드러
내는 시어로 관료주의와 집단주의를 비판했다는 평을 받는다. 인용문은 그의 시 「성격 좋고
덩치 크고 다정했던 올라프는」의 첫 구절로, 인습에 저항하고 전쟁에 반대하다 죽임을 당하는
인물 올라프를 찬양하고 있다.(이후 모든 주석은 옮긴이의 것)

1

아빠가 노스다코타 주 파고에 두고 온 그 집은 실은 집이라고
할 수 없었다. 집이라기보다는 집에 대한 개념 같은 것이었고 목
수였던 아빠가 짓던 미완의 집이었다. 우리는 아빠를 북쪽의 카
사블랑카로 모시고 집터는 몬태나 주 빌링스에서 온 어떤 가족에
게 팔았다. 아빠는 파고 집을 다른 데로 옮겨 버리고, 그 집을 원
래 우리 인생과는 아무 상관없고 남은 삶과도 무관한 찌꺼기처럼
취급한다면서 늘 슬퍼하고 놀라워했다. 아빠는 그렇게 끝까지 집
짓는 목수로 남았다. 적어도 아빠가 사물을 바라보는 태도는 그
랬다. 아빠에게 세상 모두는 이렇게 저렇게 디자인할 수도 있고,

고쳐 볼 수도 있는 청사진처럼 존재했다.

아빠는 술을 끊은 바로 그해 파고에 집을 샀다. 알루미늄 이동 주택 두 채 반을 이어 만든 그 집은 웨스트파고 이동 주택 공원 가장자리인 16번 부지에 자리를 잡았다. 어쨌거나 그 집은 아빠에게도, 우리들에게도 '아빠의 궁전'이었다. 파고 집에 사는 동안 아빠는 집을 새로 고칠 때나 이런저런 설비가 늘 때면 유난히 자랑스러워했다.

공원 한가운데에는 파란색과 흰색으로 칠한 급수탑이 우뚝 서 있다. 웨스트파고 일대가 대부분 평지라 도시 끝에서 집까지 오는 내내 아빠는 탑만 보고 운전했다. 격자 형태로 잘 깔아 놓은 국도를 달려 도시를 가로지르면 공원이 가까워질 무렵부터 납작하고 길쭉한 집들이 멀끔하게 늘어선 풍경이 펼쳐진다. 그 집들은 급수탑을 돋보이게 하기 위한 배경처럼 보였다. 이동 주택 공원은 급수탑 그늘에 가려져 있었다. 마지막 네거리를 지나 이동 주택 공원까지 오면 아빠 집이 보이기 시작하면서 급수탑은 시야에서 사라진다. 대신 집들이 늘어서 있다. 집집마다 앞에는 작은 꽃밭들이 있고 진입로마다 차 두세 대씩 세울 수 있는 공간이 갑자기 툭 튀어나온다. 아빠의 집 진입로에 차를 세운 뒤에도 여전히 급수탑은 높이 솟아 있었지만 예닐곱 블록 떨어진 터라 별것 아니게 보였다.

아빠가 그 집을 구매하기 전부터 그 집은 괴상한 모양새였다.

옆에서 보면 벽체가 몇 군데 헐렁하게 덧대여 연결돼 있었고, 안에서 보면 계단이 얼기설기 이어져 있었다. 복도가 너무 좁고 길기만 하다 보니 계단은 대초원지대 도시에서 굽은 도로를 만나는 것마냥 생뚱맞았다.

복도 끝에는 아빠가 '2번 서재'라고 부르는 방이 있었다. '1번 서재'는 이미 오래전에 수용 한도를 초과한 상태였다. 아빠는 책을 굉장히 많이 읽었고 기억력도 아주 좋은 편이었지만, 순서대로 기억하거나 전체를 다 기억하는 건 사실 하나도 없었다. 그런 아빠의 마음속에는 늘 이 책, 저 책, 이 시, 저 시에서 읽은 구절들이 조각조각 떠다녔다. 2번 서재는 아빠가 시간을 가장 많이 보내는 공간이었다. 방에는 '서재'란 이름에 걸맞게 책장이 여러 개 있었고 컴퓨터, 텔레비전, 실내 자전거, 사진 더미들이 들어차 있었다.

대부분의 사진들은 옛날에 엄마와 외할머니가 아빠에게 보낸 것들이다. 엄마 집에서도 똑같은 사진들이 꽂힌 앨범을 본 적이 있어서 그 사진들은 나도 잘 안다. 헬렌 언니와 내가 해마다 학교에서 찍은 증명사진, 축구공에 발을 올리고 찍은 그런 사진 말이다.

언니와 나의 어린 시절은 아빠 집에 잘 기록돼 있었다. 뒷마당에서 캠핑하는 사진, 우리가 처음 키운 골든래브라도 개 로저의 사진은 물론이고, 크리스마스 연주회 사진도 무더기로 있었는데 무슨 연주회였는지는 도무지 기억이 나지 않았다.

사진 더미에는 4년 동안의 시간이 빠져 있어서 사진으로는 우리 자매의 사춘기를 알 수 없었다. 아빠 집에 처음으로 갔던 스물

두 살 때, 사진을 한 장 한 장 넘겨보다가 4년을 건너뛰어 쑥 자란 우리 모습이 갑자기 튀어나와 깜짝 놀란 적이 있다. 우리의 기록은 졸업 사진으로 이어졌는데, 크기는 지갑만 했고, 가장자리는 다듬지 않은 사진들이었다. 아직은 빛이 덜 바랜 조카 소피아의 사진도 있었다. 언니가 테네시에 살 때 아빠에게 보낸 사진이었다.

내가 갔을 때 2번 서재는 지정 흡연실이었다. 아빠는 밥을 먹고 나면 꼭 그리로 갔고, 하루 종일 30분 간격으로 들락날락했다. 나는 그 방에는 들어가지도 않았고 나머지 공간은 열심히 환기시켰다. 그래도 아빠처럼 한 번씩 숨 쉬기가 힘들어지면 복도를 이리저리 쏘다니며 앞문과 뒷문을 재빨리 휙휙 여닫았다.

숨이 몹시 가빠져 더는 궁전 수리를 못 하게 되자, 아빠는 주식에 관심을 기울였다. 파고에서 보낸 마지막 겨울의 일이었다. 아빠는 컴퓨터를 업그레이드하더니 거의 하루 종일 2번 서재에서 시간을 보냈고, 다른 방들로 통하는 긴 복도에는 거의 나오지도 않았다.

텔레비전 옆 앉은뱅이책상에 컴퓨터를 둔 덕분에 아빠는 텔레비전과 컴퓨터를 동시에 볼 수 있었고, 낮 시간에는 아예 컴퓨터 앞에 실내 자전거를 갖다 놓고 하루 의무 운동량을 채우면서 얼마 안 되는 주식 실적이 어떻게 바뀌는지 주시했다. 주식 시장이 문을 닫는 저녁이나 휴일이면 개장을 기다리며 서재를 '곰처럼' 배회했다고 한다.

아빠는 컴퓨터 본체며 키보드며를 묶음으로 한꺼번에 샀는데, 할부금을 제때 내지 못했다. 이자가 컴퓨터 가격의 두 배가 되는 것은 금방이었다.

"나 버너도 하나 샀다. 팩스랑."

어느 해 1월에 아빠가 전화로 그랬다.

한 달 뒤 주식 놀음이 최고조에 달했을 무렵, 언니가 아빠에게 이렇게 물었단다.

"그런 거 전부 좀 스트레스 아니에요?"

나도 물었다.

"아빠, 도대체 팩스로 뭘 보낼 건데요?"

그러나 아빠는 내 말이라면 귓등으로도 듣지 않았다.

"이 가격이면 안 살 수가 없잖아."

아빠의 대답이었다.

주식 거래를 시작하고 3주 만에 총 150달러를 잃어 놓고도 아빠는 초보가 그 정도면 매우 양호하다는 투였다.

"이건 도박보다 훨씬 안전하다고."

결산을 한 뒤에 아빠가 그랬다.

"요샌 경기가 나빠 주식 같은 거 안 좋단 말이에요, 아빠."

내가 대꾸했다.

"네 말이 맞을지도 모르겠네. 그럴지도 모르겠어."

그렇게 인정해 놓고도 아빠는 주식에서 발을 뺄 생각이 없어 보였다. 언니와 나에게 보낸 이메일을 보면 알 수 있었다.

'너희들이 행운을 빌어 주면 우린 금방 진짜 메-히-코*에서 은

퇴 생활을 누릴 수 있을 게다.'

아빠는 얼마 지나지 않아 또 이메일을 보냈다.

'광업회사 주식은 포기했다마는, 조사도 좀 했겠다, 삼세판이
란 말도 있겠다, 한 번 더 모험해 볼 참이다. 내 딸들아, 너희들
도 나처럼 운발이 서는 기분이 어떤 건지 좀 느꼈으면 한다.'

언니는 그런 기분은 조금도 들지 않았다.

"아빠를 거기서 끌어내야겠어. 헨리 아저씨는 이런 꼴, 절대 두
고 보지 않을 거야."

헨리 아저씨의 집은 캐나다 온타리오 주 카사블랑카에 있었다.
뉴욕 주 경계에서 32킬로미터밖에 떨어지지 않은 곳이다. 어린
시절 우리는 카사블랑카라는 조그만 동네에 박혀 있는 헨리 아저
씨 집에서 여름을 보냈고, 아빠와 우리는 마음속으로 그 집이 진
짜 우리 집이라고 생각했다. 그래서 언니는 아빠에게 헨리 아저
씨가 있는 카사블랑카로 옮기는 게 어떻겠냐고 물었다. 오래전부
터 헨리 아저씨를 돌봐 주던 간호사, 수전에게 아빠의 간호도 부
탁하면 될 거라고 말씀드렸다. 그러나 아빠는 자기가 독립적으로
살 수 있는 보금자리, 자신의 궁전을 절대 포기할 수 없다고 고집
을 부렸다. 아저씨 집에 갔다가도 철새처럼 집으로 돌아오곤 했
던 아빠였다. 아빠가 주식에 빠져 겨울을 보내고 맞이한 봄에 결

▪ 멕시코Mexico의 스페인어 발음이 '메히코'다. 미국 메인 주 멕시코가 아니라 국가 멕시코를 뜻
한다. 주인공의 아버지는 발음을 정확히 흉내 내려고 끊어 읽는다.

국 우리는 아빠 고집을 꺾고 카사블랑카로 아빠를 완전히 옮겨 버리고 말았다. 아빠의 궁전은 아빠가 카사블랑카로 떠나기 직전 언니가 팔았다. 아빠의 의료 기록은 뉴욕 주 매세나의 노스컨트리참전군인병원으로 보내졌다. 약은 헨리 아저씨를 전일제로 돌보던 간호사 수전이 국경을 넘어 병원까지 가서 받아 오기로 했다.

길고 우뚝한 헨리 아저씨의 집은 원래 살던 집이 수몰되면서 정부가 보상으로 지어 준 것이다. 댐은 1959년에 생겼는데, 아저씨 집 말고도 열두 채가 같이 잠겼다. 카사블랑카는 지금도 작은 동네지만 댐이 생기기 전에는 마을이라고도 할 수 없는 수준이었던 것 같다. 옛날에는 이름도 없이 그저 그 지역을 지나는 이런저런 지방 도로 이름으로 불렸다. 그러니 공식 기록에 수몰로 마을이 '사라졌다'고 기록되지도 않았다. 카사블랑카라는 이름도 댐이 생긴 뒤에야 붙여졌다. 험프리 보가트가 주연한 영화 〈카사블랑카〉처럼, 카사블랑카 사람들도 제대로 존재하지도 않다가 갑자기 사라져 가는 곳에서 '벗어나기를 기다리기' ▪ 시작한 셈이었다. 주민들이 집을 다 옮기자 어디선가 갑자기 '카사블랑카'라는 이름이 튀어나왔고, 그 이름은 곧 호수를 따라 난 도로에 나란히

▪ 영화 〈카사블랑카〉에서 나온 대사. 영화에서는 자유의 나라 미국으로 간다는 뜻이고, 소설에서는 수몰을 앞두고 주민이 이전한다는 뜻이다. 영화의 간략한 줄거리는 이렇다. 1941년 모로코의 카사블랑카는 미국행 비자를 받기 위해 기약 없이 기다리는 유럽 출신 전쟁 난민들로 북적인다. 주인공 릭(험프리 보가트)은 비자를 얻으려는 사람들이 많이 드나드는 카페 '아메리캥'의 주인이다. 어느 날 파리에서 석연찮게 헤어졌던 애인 일자가 뜻밖에 반체제 인사인 남편과 함께 비자를 구하러 카페에 나타난다. 갈등하던 릭은 일자와 남편에게 비자를 구해 주고 비행기에 태워 모로코를 탈출하게 돕는다. 그런 릭을 두고 영화 속 한 인물이 '센티멘털리스트'라고 부른다.

늘어선 정부 주택 단지를 가리키게 되었다.

헨리 아저씨 집처럼 그냥 수몰시키거나 태워 버린 주택도 꽤 많았지만 건물을 그대로 들어 올려 바로 옆 새 동네로 옮긴 집도 있었다. 수몰 바로 전 해에 세인트로렌스 수로가 착공되면서 주택을 깔끔하게 들어 이전할 수 있게 되었던 것이다. 그 무렵 주민들은 집안 살림에 손 하나 까딱하지 않아도 된다는 안내를 받았다. 그러나 대다수 주민들은 그 말을 진지하게 듣지 않았다. 그래서 살림살이를 상자로 포장해 놓거나 조금이라도 더 안전할 수 있게 방 한구석에 잘 쌓아 두었다. 그러나 어디에나 호기심 많은 사람들이 있는 법이다. 정부 말이 맞는지 확인할 요량으로 어떤 사람은 거실의 좁은 선반에 초를 세워 놓고 나왔고, 싱크대 조리대에 책을 직각으로 세워 두기도 했다. 벽에 달린 찬장에 찻잔을 늘어놓고 나온 사람도 있었다.

그중에는 거실 바닥 한가운데에 마요네즈 병 두 개를 위아래로 세워 놓고 나온 사람이 있었다. 원래 있던 곳에서 그리 멀지 않은 곳에 집을 통째 옮기는 데만 이틀이 좀 더 걸렸는데, 집주인이 집에 들어갔을 땐 마요네즈 병 두 개가 처음처럼 꼿꼿하게 서 있더란다. 마치 마요네즈 병이 축이고 나머지 세상은 그걸 중심으로 돈다는 듯, 병은 집 주인보다 더 태연하게 여행을 즐긴 것처럼 보였다고 한다.

아저씨의 집은 물속으로 잠기는 도로 끝에 있다. 옛날 집은 지금 집 현관에서 몇 킬로미터 떨어진 수심 30미터 지점 아래에 잠겨 있다. 집을 지나는 도로는 작은 섬 한 편에서 시작해 섬 반대쪽 끝에 와서 물속으로 사라진다.

집 진입로 끝에 설치된 부두는 가운뎃손가락처럼 도로와 같은 방향을 가리키고 있는데, 부두 끝에는 아저씨의 낡은 배가 매여 있다.

호수 도로 아래로 여전히 옛 마을의 유적이 보일 때가 있다. 이걸 유적이라고 불러도 될지는 모르겠다. 호수 도로는 현재 마을의 경계부터 시작해 거대한 인공호수 한가운데 있는 여러 개의 섬까지 이어진다. 호수 표면 위에는 이상하게 기울어진 채 꽂힌 기다란 막대기가 호숫가를 따라 늘어서 있다. 담장 기둥의 일부이거나 부서진 교회 첨탑, 아니면 집터 따위를 표시하고 있는 것이다.

2

헨리 아저씨를 만나러 처음으로 카사블랑카를 향해 북쪽으로 차를 타고 갔을 때까지만 해도 부모님들은 헤어져 살지 않았다. 아빠가 지은 아주 작은 집에 우리 식구가 모두 살고 있었다. 메인 주 남쪽에 있는 작은 도시 '멕시코'에는 제지 공장이 들어서 있었는데, 멕시코 외곽에는 우리 조림지가 있었다. 바로 그 조림지 뒤편에 우리 집이 박혀 있었고 그 집도 늘 공사 중이었다. 타르 종이로 지붕을 마감한 방 세 개짜리의 아주 작은 집이었다. 내부는 노출된 수도관과 전기선이 얼기설기 얽혀 있었고, 집 안은 도배나 페인트칠도 되어 있지 않았다. 게다가 현관 계단도 없어서 우리는 항상 뒷문으로 출입했다.

그나마 내가 태어나던 해 봄에 공사는 완전히 중단돼 버렸다. 아빠가 엄마에게 '페트럴'이라 이름을 붙인 나무 배를 만들어 주겠다고 선언했기 때문이다. 엄청난 열정과 열의로 배를 만들던 아빠는 내가 태어날 무렵에는 집에 거의 들어오지도 않았다. 시내에 있는 로디 스튜어트의 낡은 창고에 넣어 둔 배 옆에서 몸을 잔뜩 구부리고 누워 자곤 했다. 결국 엄마는 나를 낳으러 병원에 갈 때 언니를 차에 태우고 직접 운전대를 잡아야 했다.

여름이 되자 엄마는 어린애 둘과 짓다 만 집만 떠맡겨 놓고 자기를 세상에 홀로 팽개쳐 버렸다며 아빠에게 불만을 터뜨렸다. 그러면 아빠는 엄마에게 눈을 한 번 찡긋하고 손사래를 치면서, 뱃머리 곡면이나 비스듬한 모양이 될 돛에 대해 별다른 과장도 없이 멋지게 설명해 주었다.

나중에 엄마한테 들은 말로는, 아빠는 그야말로 마지막 남은 돈 한 푼까지 털어 **진짜** 돛을 사는 데 써 버렸다고 한다. 그렇게 산 돛은 1981년 12월 중순 델라웨어에서 배달되었다. 엄마가 일주일 내내 셀러리밖에 못 먹었다고 불평하면 아빠는 부스베이하버에서 세인트존스에 이르는, 그러니까 미국 메인 주에서 캐나다 노바스코샤까지 이어지는 구불구불한 해안을 따라 이제 곧 항해할 거라며 또 엄마를 달랬다.

　배 설계도는 우편으로 주문한 거였다. 몇 년이 흐른 어느 날 저녁이었다. 아빠가 부엌 바닥에 배의 청사진을 펼쳐 놓고 들여다보면서 봄이 오면 배를 타고 나갈 거라고 또다시 약속했다. 아빠가 청사진 위에 목수용 연필로 뭔지 알 수 없는 이상한 선을 마구 그어 대는 걸 보면서 나는 생각했다. '페트럴'의 청사진은 아빠만 갈 수 있는 넓고 신기한 왕국의 그림이라고 말이다. 아주 얇은 종이 위에 가느다란 잉크로 무수히 많은 선과 그림을 그려 놓은 청사진은 사람이 만질 물건 같지 않았다.

　아빠는 원래 뱃사람이 아니었다. 바다를 사랑한 것은 아빠가 아니라 엄마였다. 그래서 아빠가 엄마를 방치했던 그해 여름, 아빠는 가상의 돛을 자신 있게 설명해 엄마를 안심시킬 수 있었던 것이다. 엄마 마음대로 할 수 있었다면 우리는 내륙이 아니라 넓고 확 트인 메인 주 해안가에 자리를 잡았을 것이다. 어릴 때부터 메인 주 바다에서 방학을 보내곤 했던 엄마는 그곳을 잘 알았다. 아마 당시만 해도 대부분 지역이 사람 손을 타지 않은 야생 그대로였을 것이다. 엄마 마음속에는 바로 그런 바다가 자리 잡고 있었다. 메인 주 바다 그 자체가 엄마에겐 미래의 행복을 나타내는 청사진이었다.

　1년 동안 긴 잠에 빠졌던 외할아버지가 깨어나 일상으로 돌아왔다. 그리고 외가 식구들은 짧은 휴일을 함께 보냈다. 그때 외할아버지는 멋진 바다 사냥을 계획해 가족 전체가 대합을 잡으러 조수 웅덩이를 샅샅이 뒤졌다고 한다. 외가 식구들은 바다에서 작살로 물고기를 잡았다. 바닷게도 잡았다. 닭고기를 줄에 엮어 물에 담그면 바닷게가 파리 떼처럼 꼬였다고 했다. 그러니 엄마에게 바다란 위대하면서도 근원적인 공간이었다. 바다가 그렇게 중요한 존재였기에 훗날 아빠에게 닥친 문제로 고민할 때 바다가 엄마에게는 해결책이 되어 줄 수 있었다. 물론 나중에는 그 의미를 상당히 잃기는 했다. 우리가 어렸을 때 아빠나 헨리 아저씨와 재미있게 놀면서 엄마를 홀로 둔 것은 지금 생각하면 참 안타깝다. 엄마가 바다에 대한 사랑을 그저 이야기로만 풀어 보려 했던 것도 그렇다. 이야기를 듣는 동안 엄마는 나에게서 점점 더 멀어지는 것 같았고, 사람들과 떨어져 혼자 까마득한 지하 세계로 가버리는 것 같았다. 어쩌면 헨리 아저씨 집 뒤쪽에 있는 사라진 마을 영향도 있었을 것이다. 우리는 이야기란 건 하나같이 그런가 보다고 생각했다.

내가 태어난 해 여름, 아빠는 시내에만 머물면서 집에는 거의 오지 않았다. 외로움에 지쳐 있던 엄마는 한 번씩, 갑작스럽고도 이유를 알 수 없는 극심한 통증에 시달리곤 했다. 그럴 때마다 엄마는 언니와 나를 차에 태우고 시내로 갔다. 그러고는 아빠에게 자신이 곧 죽을 것 같다고, 우리가 놀라지 않도록 담담한 말투로 말했다. 엄마는 슬픔 때문에 아픈 거라고, 심장도 많이 상했다고 믿었다.

엄마가 어떤 불평을 하든 아빠는 언제나 그걸 다스릴 줄 알았다. 아빠는 엄마의 관자놀이와 이마에 늘어진 머리카락을 부드럽게 넘겨 주고 엄마의 귀 뒤편에 입 맞췄다. 그곳은 아빠가 엄마를 얼마나 사랑하는지를 말로 하기 어려울 때 그 마음을 전하는 특별한 부위였다. 그리고 아빠는 조만간 우리 모두 하얀 돛을 단 '페트럴'을 타고 항해할 거라고 아주 차분하게 말했다. 한 달 동안 셀러리만 먹고 산 돛을 단 바로 그 배를 타고 말이다. 아빠 말만 들으면 엄마는 금세 마음이 진정됐고, 사과까지 했다. 시내까지 왜 달려왔는지 잊어버리고는 미소 띤 얼굴을 손으로 부비며 말했다.

"앞으로 무슨 일이 일어날지 알 수가 있어야지."

그러고 나면 엄마는 평소 모습을 되찾았고 우리를 다시 차에 태우고 집으로 돌아왔다. 그런 일들이 있던 날이라 해도 우리 일상을 담은 엄마의 일기장에는 "오늘 또 발작이 일어났다"처럼, 한 구절 메모로 끝나고 말았다. 엄마는 계속해서 "토마토 모종"이나 "로즈 이모가 어렴풋이 생각난다"처럼, 엄청난 통증이 재발하기 전까지 생각했거나 보았던 것들에 대해 적어 내려갈 뿐이었다.

엄마는 자기가 느끼는 슬픔이 어떤 형태인지, 실체가 뭔지를 그런 식으로 찾아보려 했던 것이다. 그러나 실패였다. 옛날 사진을 보거나 뜨개 양말 한 짝을 풀다가도 고통은 발작처럼 찾아왔다. 그럴 때마다 엄마가 내린 결론은 하나다.

'또 이러면 안 돼.'

그러면서 앞으로 자신과 딸들에게 닥칠지도 모를 불행을 피해야 한다고, 그 불행의 싹을 완전히 없애 버려야 한다고 믿었다.

그런 확신은 아빠가 배를 완성하는 중이고, 엄마도 아빠와 관계를 개선하려고 노력하고 있으며, 아빠도 좋은 말로 엄마 마음을 달래고 있다고 엄마 혼자 속으로 믿는 것과 같은 뿌리에서 나왔다. 엄마는 이 모든 진전이 눈에 보일 만큼 오랫동안 계속될 것이라 믿었고 그래서 우리도 같은 믿음을 키워나갈 수 있었다.

우리가 자라는 곁에서 사랑스러운 배 '페트럴'도 잔잔한 물결을 따라 요동했다. 배는 우리의 믿음이라는 아주 멀고도 질긴 충격 흡수 장치에 매이기라도 한 것처럼 수면 위에 오래도록 떠 있기만 했다. 그러다 아빠가 배를 만들기 시작한 첫 번째 여름 이후 '페트럴'은 아빠에게 버림받았다. 아빠는 그래도 우리 곁에 머물러 있었다. 기분이 날 때만 찔끔찔끔 배에 손을 대던 아빠는 그 저녁, 단 한 번의 짧고 강렬했던 순간을 끝으로 드디어 끝장을 보고 말았다. 언제인지 기억하기도 힘든 오래 전의 일이다.

그래도 그 배는 특히 엄마에게는 실재하는 기억으로 남았다. 그 배는 엄마가 단 한 번 품었던 큰 기대의 증거였다. 멋진 미래가 펼쳐질 거라는 기대의 증거이기도 했다. 제대로 된 도구와 기술만 있다면 완성할 수 있다는 가능성의 마지막 증거 말이다. 그때의 나는 엄마의 그런 낙관주의를 짐작도 할 수 없었고, 이해는 더더욱 할 수 없었다. 그런 낙관들은 엄마 마음속의 깊은 우물에서 솟아오른 엄청난 분노에서 발원하고 있었다. 배의 판자가 팽창하고 부서질 정도로 시간이 흐른 뒤에도 엄마의 낙관주의는 그 세월에 맞섰다. 너무나 짙고 심하게 녹이 슬어 없앨 수도 없는 낙관주의였다.

아빠는 몇 년 동안 서쪽에서 겨울을 났다. 봄이 오면 집에 돌아왔지만, 해마다 그 시기는 점차 늦어졌다. 잘못된 출발이었다. 내가 열두 살이 되던 해 여름, 결국 아빠는 영원히 우리 곁을 떠났다. 오로노에 있는 할머니 집으로 이사할 때 우리는 배도 함께 가져갔다. 엄마는 극히 적은 이삿짐만 꾸렸다. 마지막 여행을 앞둔 작은 혼다 뒤에 실릴 양만큼이었다. 나머지 살림은 그대로 두었다. 그 살림살이들은 아빠가 지은 집에 유령처럼 남아, 밖으로 노출된 전선들과 함께 살아갈 터였다. 제지 공장에 집터가 팔린 뒤 결국 집이 허물어지기 전까지.

아빠가 우리 곁을 그런 식으로 떠날 것이라는 걸 우리는 이미 알고 있었다. 특별한 이유는 없다. 다만, 아빠의 가출은 우리에게 다른 사건들보다 조금도 특별하지 않았다. 분명한 것은 우리가 이미 아빠가 떠날 것을 확실히 알고 있었다는 것, 아빠가 집으로 오지 않고 차를 돌려 떠나 버렸을 때 아직 어렸던 언니와 나 역시 단호하게 등을 돌렸다는 사실이다. 엄마가 미리 준비한 커다란 천 가방에 공들여 짐을 싸던 기억도 난다. 평소에 그 천 가방은 바닷가나 시내로 소풍을 갈 때 썼던 것이었다.

물에 빠진 사람을 볼 때도 마찬가지다. 수면 위로 목을 몇 번 내밀다가 이제 다시는 떠오를 수 없으리라는 게 분명해지는 순간, 최후로 내뱉은 숨이 마지막 거품이 되어 물 위로 떠올라 흩어진 뒤 물결 위로 보이지 않는 봉인이 드리워지는 순간, 우리는 그 순간 그 사람을 포기하게 된다.

그러나 우리가 외면하고 오랜 시간이 흐른 뒤에도, 그리고 대상이 사라진 지 한참 뒤에도 내게는 유령 같은 믿음이 남아 있었다. 그 믿음은 찰나의 환각같이 불현듯 되살아났다. 죽어 가는 별이라도 되는 것처럼, 이미 죽어 버린 위성이 불량 배선 때문에 계속 되살아나 때때로 깜빡깜빡 신호를 보내는 것처럼. 그래서 아빠가 우리 삶의 저편으로 완전히 사라진 뒤에도 아빠는 내 기억 속을 고집스럽게 떠돌았다. 날씨가 좋은 날엔 아빠의 흐릿한 윤곽을 찾아볼 수 있을 것 같았다. 텅 빈 채 한없이 이어진 내 어린 시절의 바다를 따라 생각에 젖어 걷고 있는 아빠를 만나게 될 것만 같았다.

3

아빠가 헨리 아저씨를 찾아낸 것은 언니 헬렌이 태어난 지 8년째 되던 해였다. 엄마의 세심한 가족계획으로 언니와 나는 정확히 2년 터울로, 똑같이 봄에 태어났다. 아빠가 헨리 아저씨를 만나기 위해 우리를 차에 태워 북쪽으로 달려가던 그해 여름, 언니와 나는 여덟 살, 여섯 살이었다. 헨리 아저씨는 까마득한 조상 때부터 대대로 거기에 살아왔는데도 아빠가 헨리 아저씨를 찾기까지 무려 8년이나 걸린 것은 희한한 일이었다. 차로 네 시간 거리밖에 되지 않는데 말이다. 나중에 두 남자는 이를 농담거리로 삼곤 했다.

우리가 어렸을 때는 헨리 아저씨를 부를 적당한 호칭이 없어서 그냥 "할아버지"라고 했다. 물론 다른 사람 시선을 의식한 호칭이어서 헨리 아저씨 앞에서는 절대로 "할아버지"라고 부르지 않았다. 매년 여름 카사블랑카로 갈 때마다 학교 친구들에게는 "할아버지 집에" 간다고 했다. 그러나 헨리 아저씨는 우리 할아버지가 아니었다. 아저씨 집에서는 그냥 "헨리 아저씨" 하고 불렀다.■

아빠는 원체 별난 사람인 데다가 다른 무엇보다 '객지 사람' 티를 풀풀 냈기 때문에 우리가 어릴 적 살던 메인 주 소도시에선 다른 사람들과 좀처럼 어울릴 수 없었다. 그래서 헨리 아저씨 집안이 외가, 친가, 남녀노소 할 것 없이 모두 죽는 날까지 카사블랑카에 살았다는 점이 특히 돋보였다. 아무도 헨리 아저씨 식구들에게 어디 출신이냐고 묻지 않았다. 옛날부터 이곳에서 살아왔다는 말만으로 충분했기 때문이다.

헨리 아저씨를 처음 만나러 갈 때 우리는 빨간색 닷선 트럭을 타고 갔다. 뒷좌석에는 샌드위치, 맥주를 넣은 쿨러와 함께 우리 자매가 탔다. 카사블랑카까지 우리 네 식구는 내내 함께 있었다. 아빠는 카사블랑카로 가는 지도를 펼쳐 들고서는 되도록 이름이

■ 이 책에서는 서양 관습대로 그저 '헨리'라 부르는 게 어색해 많은 부분에서 원서의 '헨리'를 '헨리 아저씨'나 '아저씨'로 옮겼다.

외국어 같아 마음에 드는 도시를 골라 지나가자고 했다. 옥스퍼드, 폴란드, 노르웨이, 패리스, 이스트 페루, 웨스트 페루" 같은 도시들이었다.

기름을 넣으려고 고속도로에서 이집트로 빠져나오면서 아빠는 이랬다.

"여기 메인 사람들, 뭘 좀 아는데? 메인에 가만히 앉아서 온 세상을 다 보고 있잖아!"

조수석에 꼼짝 않고 앉아 있던 엄마는 가끔 한 번씩 몸을 돌려 화난 듯이 창유리를 세 번 두드렸다. 우리는 그게 무슨 뜻인지 알았다.

'앉아. 싸우지 마라. 조심.'

엄마가 그러거나 말거나 그때 우리는 완벽한 즐거움과 흥분을 감출 수 없었다. 한 번도 가 본 적이 없고, 너무나 이국적인 이름을 가진 곳으로 가는 내내 우리는 트럭 뒷좌석에서 이리 뛰고 저리 뛰었다.

"사는 게 그런 거지 뭐."

헨리 아저씨는 정부 주택에서 아빠와 같이 살게 된 뒤 아빠 기운을 북돋아 웃게 해 주려고 한 번씩 그런 말을 했다.

" 모두 메인 주의 지명이다. 메인 주뿐 아니라 미국 도시나 거리에는 나라 이름이나 외국의 도시 이름을 따온 곳이 아주 많다. 이민의 영향이다. '이집트' 역시 마찬가지다. '패리스' 는 '파리' 를 영어 발음으로 옮긴 것이다.

"겨우 네 시간 거리에 있는 걸 찾아내는 데 한평생이 걸릴 수도 있는 거지."

아빠는 생각날 때마다 한 번씩 북부 주 전체를 뒤져 가며 고故 오언 캐리의 아버지인 헨리 캐리를 찾아 헤매곤 했다. 그러나 헨리 아저씨가 캐나다에 살 거라곤 생각도 못 했다. 아빠는 직접 보지도 않은 호수 도로와 부두, 정부 주택 같은 것들을 놀라울 정도로 정확하게 묘사했다. 이전할 수 없었던 옛 집들의 흔적이 호수의 좁은 물줄기나 작은 만에서 발견된다는 것도 알았고, 캐나다 연합교회의 첨탑이 기울어져 반쯤 잠긴 것도 그림을 그리듯 묘사할 수 있었다. 그러나 정작 거기가 어디인지, 실제로 존재하는 곳이기는 한 건지 전혀 알 수 없었다.

"샌드위치 싸가지고 헨리 아저씨한테 가자!"

헨리 아저씨가 있는 곳을 알게 된 아빠는 허벅지를 탁 치고 너털웃음을 터뜨리며 말했다.

"그렇게 가까운 곳에 있는데, 기다릴 게 뭐야?"

우리는 그 여름 헨리 아저씨네 집을 처음 찾았고 2주를 머물렀다. 호수에서 낚시를 하기도 하고, 그냥 호숫가를 헤집고 다니기도 하면서 시간을 보냈다. 호수 가운데에 있는 섬에 가 보고, 물아래 잠긴 카사블랑카는 원래 어떤 모습일지 상상도 했다.

언니와 나는 헨리 아저씨 집 뒷마당에서 이불보를 드레스인 양 걸치고 놀았다. 옛날 마을 사람들이 살던 모습을 연극처럼 흉내

내며 논 것이다. 물속에는 아직도 사람들이 그대로 살고 있다고 상상하기도 했다. 큰 배를 타고 물속으로 내려간 마을 사람들이 아직 거기에 살고 있는 것 같았다.

그 시절 나는 헨리 아저씨가 그런 거짓말 같은 마을에 살았다는 것을 믿기 어려웠다. 살아 숨 쉬고 있고, 밤에는 텔레비전도 보고, 휠체어에 웅크린 채 배의 모터를 수리하기도 하는 아저씨가 말이다.

그해 여름, 엄마는 단 한 번도 우리와 배를 타러 가지 않았다. 나는 엄마에게 줄 돌멩이를 호숫가에서 주웠고, 주머니에 넣어 갖고 와서는 테이블 위에 올려놓았다.

"요건 엄마가 너무 보고 싶어서 주운 거예요."

내가 말했다.

"요건 제일 큰 거라서. 그리고 이건, 음, 행복해서. 그리고 이건 화가 나서."

"왜 그렇게 행복했어?"

"내가 배를 좀 몰아 봤거든요."

"화는 왜?"

"언니가 안 놀아 줬거든요. 이건, 헨리 아저씨가 하루 종일 저렇게 휠체어에만 앉아 있는 게 마음이 안 좋아서요."

오언은 아빠의 친구였는데, 전사했다.

아빠도, 헨리 아저씨도 오언 이야기를 한 적이 없다. 그 사실을 말해 준 것은 엄마였다. 아빠와 아저씨는 자신들이 어떻게 맺어졌는지도 까맣게 잊어버린 것 같았다.

　나 역시 헨리 아저씨와 아빠 사이에 무슨 일이 있었는지 차근 차근 알 기회가 없었다. 십 대까지도 나는 오언이 아빠의 어릴 적 친구인 줄로만 알았다. 아빠가 베트남전에 참전했다는 것도 전혀 몰랐다. 그게 엄마 잘못은 아니다. 그도 그럴 것이 엄마도 우리만 큼이나 아빠에 대해서 아는 게 없었다. 언니와 나는 지루한 여름 밤이면 3층에 있는 오언의 방으로 가 잡동사니를 뒤졌다. 우리는 그렇게 끝날 것 같지 않던 비 오는 오후를 함께 보냈지만 엄마는 오언의 방에 친밀감을 느낄 기회가 없었다. 오언 방에는 오언이 수집한 운모와 수정 조각이 아직도 그대로 있었다. 그 돌들은 수 백 년 동안 긴 창틀에 나란히 놓여서는, 모험소설이나 간단한 목 공, 윈드서핑 안내서 따위가 꽂힌 책장을 지키고 있는 것 같았다. 우리는 역사학자나 된 것처럼 그 책들을 숨 가쁘게 들춰 보았고, 손가락 새로 풍기는 얇은 종잇장의 약간 축축한 냄새를 코로 빨 아들였다. 책장 선반에서 운모 조각을 하나 집어 보려고 손을 댔 을 때 바로 그 순간 바짝 바른 박편이 운모 조각에서 떨어져 나오 더니 부서져 가루가 됐다. 어찌나 겁을 먹었던지 우리는 불에 덴 것처럼 재빨리 그걸 제자리에 갖다 놓고 절망감에 사로잡혀 손만 물끄러미 내려다보았다. 언니와 내 살갗에는 운모 가루가 증거처 럼 묻어 있었다.

　카사블랑카에서 첫 여름을 보낸 이후 방학이 되면 우리는 무조

건 헨리 아저씨와 아빠를 찾았다. 아빠는 서쪽에서 겨울을 보내기 시작하면서부터 여름마다 헨리 아저씨네로 와서 우리를 만났다. 아빠는 처음에는 앨버타, 그 다음은 브리티시컬럼비아에 갔다. 아빠가 한 번씩 보내는 편지 봉투에 적힌 주소로 보면 앨버타도 브리티시컬럼비아도 외국 지명 같기는 마찬가지였다. 우리는 들떴다.

학교를 다니는 동안은 지루했다. 엄마와 함께 학기를 보내는 동안 헨리 아저씨와 만나는 꿈을 꾸기도 했다.

헬렌 언니와 나, 둘이서만 헨리 아저씨네로 떠나게 된 첫 여름이었다. 엄마를 혼자 두고 가게 돼 가라앉은 우리 기분을 풀어주려고 엄마는 우리 인생이 아주 이국적이지 않느냐고 농담을 했다.

"우리 아이들은 카사블랑카에서 여름을 보낼 거예요."

엄마는 영국식 억양을 흉내 내며 말했다. 우리 세 식구는 그날 밤, 식탁보를 씌운 식탁에서 저녁을 먹었다. 깨뜨리지 않겠다는 다짐을 받은 뒤에 엄마는 와인 잔에 주스를 따라 주었다. 우리는 아빠가 종적을 완전히 감춘 해 여름, 처음으로 방학을 집에서 보내라는 말을 엄마에게 들었다. 속상한 마음에 언니와 나는 얼굴을 찌푸렸다. 늘 보던 표정이었는데도 우리가 안쓰러워진 엄마는 금세 마음을 바꾸었다.

"그렇다고 **우리** 계획을 바꿀 이유는 없겠지."

엄마가 서둘러 그렇게 말해 준 덕분에 우리는 그해 여름에도 북쪽의 헨리 아저씨네 집에 가서 지낼 수 있었다.

아빠 소식을 전혀 듣지 못한 채 열두 살부터 열여섯 살까지의 여름을 네 번 나는 동안, 언니와 나는 방학의 절반은 내내 캐나다의 헨리 아저씨네 집에서 보냈다. 어쨌든 아저씨는 여전히 거기 살았으니까. 그때는 아저씨의 간호사 수전이 시간제로 일할 때였는데, 수전이 우리도 돌봐 주었다. 나는 결국 아빠가 아주 멀리 떨어진 외국의 어느 도시에 있어서 편지도 못 쓴다고 상상하게 됐고, 네 번의 여름을 보내는 동안 카사블랑카에서 아빠를 다시 만날지도 모른다는 행복한 기대는 일단 접어 두었다.

알고 보니 아빠는 고작 노스다코타의 파고에 살고 있었다. 아빠가 술을 끊고 수면 위로 올라와 파고에서 엄마에게 다시 전화를 건 것은 내가 열일곱 살이 되던 해였다. 얼마 지나지 않아 아빠는 다시 헨리 아저씨네 집에서 여름을 나게 됐다.

언니와 나도 그 무렵부터는 여름에 다른 할 일이 생겼고, 헨리 아저씨네 집에 갈 수 없는 사정들도 생겼다. 그래서 아저씨나 아빠와는 대부분 편지로 연락하게 됐다. 아빠가 다시 돌아온 뒤로 헨리 아저씨네 호수에는 거의 가지 않게 된 셈이다.

아빠가 갑자기 늙어 보인 것도 그 때문이었는지 모른다. 헬렌 언니가 그 사실을 가장 먼저 알아차리고는 말했다.

"사실 거기는 아빠랑 아무 상관도 없는 곳이잖아. 그래도 올해에도 그냥 거기 사실 것 같아."

파고는 진짜 아빠와 아무 연고가 없는 곳이었다. 우선 아빠가 파고에 터를 잡은 것 자체가 우연이었다. 원래 아빠는 파고에서 음식을 사 먹을 생각도, 차에 기름을 넣을 생각도 없었다. 그런데 궁전을 팔 무렵 정신을 차리고 봤더니 이미 15년이나 그곳에 살고 있었다. 파고에서 친구들도 많이 사귀었다. 대부분은 처음 자리 잡을 때 알게 돼 오래 사귄 술친구들이었다. 술을 끊자 술친구들과의 우정도 시들해지더니 아빠가 파고를 떠날 무렵에는 잘 지내는지 그저 한 번씩 '들여다보는' 정도였다. 파고에는 꽤 괜찮은 금주 모임 후견 제도가 있다. 아빠도 파고에 게리라는 이름의 후견인이 있었지만 만나는 일은 드물었다.

"예선만큼 게리가 필요하지 않아. 사실, 게리가 나보다 상태가 더 나빠 보이기도 하고, 뭐."

아빠가 말했다.

게다가 물론, 아빠에게는 두 채 반짜리 이동 주택도 있었다.

언니는 대부분 옳은 소리를 했다. 적어도 늘 자기가 옳은 척했다. 아빠를 위해 무슨 조치라도 취해야 한다는 언니의 지적은 이번에도 옳았다. 아빠는 호수와 헨리 아저씨를 아주 좋아했고, 둘은 내가 기억하는 한 옛날부터 제일 친한 친구였다. 가끔 옥신각신 주고받는 정치 이야기도 둘 사이에는 기분 전환용이거나 점잖은 수준이었다. 한 번씩 아빠가, "내 집에서 소동은 안 돼. 정치는 빼든지, 아님 여기서 나가라고"* 하면서 험프리 보가트 흉내를 내며 고집을 피울 때도 있었다. 사실 우리 식구 전부, 말 그대로

---

* 〈카사블랑카〉에서 릭의 대사. 여기서 '집'은 릭이 운영하는 카페 '아메리캥'을 말한다.

처음부터 끝까지 〈카사블랑카〉의 대사를 읊을 줄 알았다. 엄마, 아빠와 함께 그 호수로 처음 여행을 다녀온 어린 시절부터 〈카사블랑카〉를 봐 왔다. 카사블랑카에 사는 사람들도 모두 그 영화를 잘 아는 것 같았지만, 아빠만큼 잘 아는 사람은 없었다. 아빠는 인상적인 흉내를 내는 데도 단연 최고였다. 특히 보가트 흉내가 그랬다. 아빠는 기억력도 출중했다.

그래도 아빠가 제일 좋아한 대사는 잉그리드 버그먼의 "미친 세상이에요. 무슨 일이든 일어날 수 있어요"였다. 그걸 아빠는 버그먼을 흉내 내며 여자 목소리로 따라 하기도 하고, 그냥 혼자서 되뇔 때도 있었다. 가령 헨리 아저씨가 "이번 주 내내 비가 오려나?" 하면 아빠는 이리저리 방을 돌아다니며 버그먼 목소리로 이렇게 대답했다.

"미친 세상이에요."

비행기가 지나가면 하늘을 쳐다보고, 호수에 수상비행기가 착륙하면 창밖을 내다보면서 버그먼의 흉내를 내기도 했다.

"어쩌면 내일 우린 저 비행기를 타고 있을지도 몰라요."

영화가 아니라 실제였다면 아빠는 비행 마일리지를 꽤 쌓았을지도 모르겠다.

4

아빠가 주식 거래를 하면서 파고에서 마지막 겨울을 보낸 뒤에 맞은 4월, 언니는 오로노에 있는 엄마 집에 소피아를 맡겨 놓은 채 나와 같이 비행기를 타고 파고로 가 아빠를 만났다. 우리는 작은 유홀*을 빌려 짐을 실었다. 그러고는 언니와 나, 아빠까지 셋이 닷선 트럭의 좁은 운전 칸에 끼여 카사블랑카까지 이틀을 달렸다. 아빠는 차 밖으로 고개를 내밀고 담배를 피웠고, 언니와 나는 가는 내내 싸웠다.

언니는 처음부터 아빠에게 차 안에서 절대 담배를 피우지 말라고 당부했지만, 아빠가 30분마다 휴게소에 차를 세우고 담배를 피우자 결국 포기하고 말았다.

"내내 이런 식으로 가거나 길에서 하루를 더 보내거나 둘 중 하나겠네. 더는 한 시간도 못 버티겠어."

언니가 말했다.

왜 그러는지 도통 모르겠지만 아빠는 담뱃불을 붙일 때마다 창 여는 걸 항상 잊어버렸다. 여행 내내 언니와 내가 의견 일치를 본 건 오직 한 가지였다. 아빠가 새로 빼어 문 담배에서 한 모금 연기가 차 안을 채우면 우리는 한 목소리로 소리를 질렀다.

"창문요, **아빠!**"

아빠는 매번, 단 한 번의 예외도 없이 창 여는 걸 잊어 먹었다. 우리는 아빠가 담배를 피우려고 할 때마다 이번에는, 제발 이번만은 꼭, 잊지 않고 창을 열 거라고 믿었다. 그러나 믿을 수 없게

---

* U-Haul. 미국의 이삿짐 운송 업체 이름, 또는 그 트럭.

도, 아빠는 **매번** 잊어 먹었다. 그럴 때마다 언니와 나는 미칠 것만 같았다. '아빠가 담배 꺼내는 걸 본다. 아빠가 성냥 긋기를 기다린다. 긴장감이 고조된다. 결국 소리를 꽥 지른다.' 번번이 그런 식이었다.

영원히 계속될 것만 같은 여행이었다. 겨우 이틀짜리 여행이니 그럴 리 없다는 것을 나는 스스로에게 상기시켜야 했다. 그래서 나는 여행 중에 생긴 일들이, 벌어지는 순간에도 이리저리 다른 식으로 설명할 수 있다는 생각마저 해 봤다. 아빠는 의자에서 자꾸만 꿈지럭거리고, 언니는 운전하느라 기어를 잡고 있는 내 손을 계속 건드렸다. 언니와 내가 일부러 아무 말도 하지 않으면 아빠는 "이야기 좀 들려주렴, 우리 이쁜이들" 하고 침묵을 깨트렸다. 그러면 나는 마음속으로 보이지 않는 미래의 내 독자들에게 나직하게 말을 걸었다.

그는 절대로 가만 앉아 있지 않았다. 잠시도 쉬지 않고 몸부림을 쳤고, 그 때문에 기어를 자꾸 건드렸으며, 얘기 좀 해 보라고 사람을 졸라 댔다.

아빠가 클래식 록 음악 방송을 틀어 놓으면 언니는 한두 곡 들은 뒤에 "뉴스 좀 듣자고요" 하며 엔피알 방송으로 채널을 돌려 버렸다. 나는 또 미래의 독자들에게 말했다.

설상가상, 아빠와 언니는 오는 내내 망할 라디오 채널을 가지고도 싸웠다.

우리보다 아빠의 다리가 훨씬 길었고, 차 안에서 담배를 피워 댔기 때문에 중간에 끼여 앉아야 하는 것은 언니와 나였다. 우리 둘은 운전하면서 교대로 중간 자리에 앉았다. 차 안에서는 전혀 쉴 수가 없었다. 운전을 안 할 때는 핀처럼 꼿꼿하게 앉아 무릎을 기어 쪽으로 구부려야 했다. 아빠가 한 번씩 참기 힘든 포옹을 할 때마다 움찔 놀라는 것은 덤이었다. 물론 좋아서 그러는 거였다. 아빠가 담뱃불을 붙일 땐 함께 소리를 꽥 질렀다. 우리에게는 그렇게라도 긴장을 풀 수 있는 순간이 필요했다.

정말이지 그 여행은 끝날 것 같지 않았다. 어떤 일이 그렇게 끝나리라고 기대하는 식으로 말끔하게, 그러니까 완벽하게, 과거 시제로 이야기를 할 때처럼 말이다.

예를 들어 나는 아직도 우리가 위스콘신 주 근처에 있거나, 미시건 호를 둘러 에스카나바를 지나 어퍼페닌슐러를 가로질러 캐나다 국경의 수세인트마리 강을 향해 가고 있다고 상상할 수 있다. 지금은 헨리 아저씨 집 뒤편에 처박아 놓은 바로 그 빨간 트럭을 몰면서. 어렸을 때 그 트럭에 기어 올라갔다가 운전석 유리 섬유에 다리를 긁힌 적이 있었다. 피부가 빨갛게 되고 가려워서, 까끌까끌해질 지경으로 긁어 댔다.

"그렇게 옛날도 아니지."

아빠는 그 여행길에서 우리가 이런 옛 기억을 떠올리면 그때마다 이랬다.

"항상 아주 오래 전 일처럼 말하는구나."

그리고 좀 있다가 이렇게 침묵을 깨뜨렸다.

"도대체 이놈의 세월은 왜 이렇게 빨리 가는 거지?"

어찌 보면 세월이 빠르다는 아빠 말은 맞는 말이다. 아빠 어깨에 기어 올라가 목 양쪽으로 다리 하나씩 늘어뜨리고 손으로는 아빠 머리를 잡고 균형을 맞추면서 트럭 운전석 지붕을 오르던 기억이 아직도 생생하다. 내가 아빠 어깨에서 단단한 트럭 덮개로 내려서면 셔츠 아래 솟아 있던 아빠의 어깨 근육이 제자리로 돌아가는 게 느껴졌다. 엄마는 긁어서 까지고 빨개진 내 다리를 보고는 짜증스럽게 말했다.

"네 아빠는 도대체 왜 널 트럭에 올린 거니? 이해가 안 돼!"

엄마는 내 살갗에 박힌 작은 유리 조각을 몇 개 찾아냈다. 그것 때문에 피부가 그렇게 가렵고 화끈거렸던 것이다.

그러나 사실 그게 내 다리가 맞는지, 얇은 셔츠 아래에서 제자리로 돌아가던 그 넓은 어깨가 아빠의 어깨가 맞는지 확신이 서지 않는다.

"도대체 이놈의 세월은 왜 이렇게 빨리 가는 거지? 나한테 물어보지도 않고."

아빠는 그렇게 큰소리로 자주 물었다. 이러기도 했다.

"한번 봐라, 나한테 물어봤으면 그렇게 빨리 가게 내버려 두지 않았을 거다. 그럴 수만 있으면 너희들 나이도 내가 정해 버렸을 거다."

"몇 살로요?"

"여덟. 둘 다 여덟. 애들은 무조건 영원히 여덟 살이어야 해."

우리가 에스카나바를 지나칠 때는 작고 완벽하게 동그란 태양이 차창으로 떠올랐다 가라앉았다 했다. 태양은 아주 멀리 떨어져 있다가 아주 가까이 다가올 때도 있었다. 어떨 때는 너무 바싹 붙어, 차창에 부딪힐 것만 같다. 태양은 아니더라도 벌레와 작은 새는 차창에 부딪혔던 것 같았다. 트럭 앞 유리에 부딪힌 자국이 증거로 남아 있었다. 빛에 반사된 얼룩은 대시보드에 더 길고 더 짙은 그림자를 남겼다. 하지만 몇 시간을 달려도 태양은 부딪칠 염려 없이 안전했고 사라질 때는 언제 저물었는지 알아채지 못할 정도로 너무나 서서히 사라졌다.

"급수탑이 그립구나."

이윽고 닷선이 오르막을 끙끙거리며 올라가자 아빠가 그런 말을 했다.

"나는 내가 살던 파고를 정확하게 알아. 산은 좋지만 쓸모가 없어. 도대체 누가 그런 데서 살 수가 있겠어?"

한동안 서로 아무 말 없이 트럭 엔진 소리만 들었다. 산의 마지막 비탈을 오르기 위해 엔진은 격하게 신음하고 있었다. 아빠가 말을 이었다.

"또 있다, 그거 아니? 어쩌다가 파고에서 살게 되기 전까지 난 내가 뭘 잃어버렸는지 몰랐지. 그래, 그랬지."

아빠가 파고에서 익힌 억양으로 말했다.

"진짜다, 얘들아. 30년 전에 차를 몰고 너희 엄마랑 바로 이 길을 지났단다. 너희들은 많이 변했다고 생각하겠지만, 아니야. 나는 이 길 하나하나 다 정확하게 기억해. 하나도 안 변했어. 전에는 그냥 이놈의 산길이 산길이란 생각을 못 했을 뿐이야."

토지매립부에 아빠의 이동 주택을 처리해 달라고 조치했을 즈음, 아빠는 12년째 금주 상태였다. 금주 12년이 되던 해 우리는 아빠를 설득해 주식을 팔게 했고, 컴퓨터를 이삿짐 트럭에 실어 영원히 캐나다로 옮겨 버렸다. 아빠가 음주 상태에서 웨스트파고를 과속으로 달리다 시내 단속에 걸려 거기 눌러앉은 뒤로 15년이 흘렀을 때였다. 아빠는 '눌러앉았다'고 했다. 도로도 직선으로 뻥뻥 뚫렸고, 아는 사람 하나 없는 곳이라 마음대로 어디든 갈 수 있었는데 그러지 않았다는 것이다.

'잠을 팝니다'라고 적힌 간판을 세워 놓은 폴란드의 어느 호텔에서 엄마가 아빠에게 전화를 걸었던 그날로부터는 17년이 흐른 뒤였다. 엄마는 그때 이렇게 말했다.

"아무리 전쟁 때문이라고 해도 그게 언제까지나 당신의 변명거리가 될 수는 없어. 우리가 집에 돌아갔을 때는 당신이 그곳에 없었으면 해."

아빠는 짐을 싸서 서쪽으로 떠나 버렸다.

엄마가 아빠에게 전쟁 얘기를 꺼낸 건 그때가 처음이자 마지막이었다.

아빠가 "젠장, 세월이 다 어디로 간 거지?" 하니, 세월이라는 것이 내가 도착해야 할 진짜 장소인 것처럼 느껴졌다. 아빠의 파고 궁전이나 배 선실 같은 장소 말이다. 아빠의 배는 시간은 새 나가 버리는 거라는 것을 증명하는 근원적인 이미지로 내 마음에 남아 있다.

운전을 시작한 지 이틀이 되던 아침, 우리는 일찍 캐나다 국경에 도착했다. 그때쯤 아빠도 조금 걱정하기 시작했다. 캐나다 세관이 아빠를 국경 너머 카사블랑카에 영원히 두고 오려는 우리 계획을 알아채면 입국은 분명 거부당할 것이기 때문이었다. 그래서 우리는 그저 호수나 돌아볼 생각으로 캐나다를 여행하는 거라고 말하기로 했다. 그러나 그게 통할지 아무도 딱 꼬집어 확신하지 못했다. 우리가 검문소에 도착했을 때는 줄을 선 차량이 없었다. 그런데도 우리는 괜히 의심만 사게 검문소에서 떨어져 응대 연습을 한다고 우물쭈물했다. 그렇게 시간을 보낸 다음 천천히 차를 몰고 검문소의 열린 창 앞까지 갔다.

우리가 가까이 다가가자 국경 관리가 부어오른 한쪽 눈꺼풀을 들어 올려 멍하니 차창을 넘겨다보았다. 아빠가 몇 마디 건네자, 관리는 "신고할 거 없어요?" 하고 물었다.

"아빠, 아무 말이나 해 봐요. 저 사람들, 우리 말은 하나도 안 믿을지 몰라요."

언니가 갑자기 대본에도 없던 말을 나직하게 내뱉었다.

"네, 없습니다."

아빠가 언니 말은 무시하고 관리에게 다시 말했다.

"신고할 건 없어요. 두어 시간 당신네 나라에 들어갔다 나오려고요. 이 길이 지름길 아니오? 여기 한번 보시오."

아빠가 지도를 들어 올려 보여 주었지만 관리는 아빠가 짚은 부분에는 눈길도 주지 않고 심드렁했다.

"이쪽으로 도로만 직선으로 깔아 놨어도……."

아빠가 말을 이었다.

"아니면 호수가 이 방향으로 나 있지만 않았어도……."

나도 거들었다.

"쓸데없는 농담하지 마."

언니가 이번에는 우리 둘을 향해 잇새로 말을 뱉었다.

한동안 꿈쩍도 않던 관리가 갑자기 들고 있던 종이에 뭔가를 끼적거렸다. 그러고는 우리를 다시 쳐다보았다.

"관계는?"

그런 질문은 예상하지 못했기 때문에 뜻을 알아차리기까지는 조금 시간이 걸렸다. 아빠가 가장 빨랐다. 아빠는 잽싸게 대답했지만 너무 서두르느라 말이 헛 나왔다.

"애비요."

우리도 그 관리에게 맞다는 의미로 고개를 끄덕였다.

"내가 얘들 아버지요."

아빠가 한 번 더 말했다.

"좋습니다. 그리고 저건 다 뭡니까?"

관리는 지루한 표정으로, 짐을 높이 쌓아올린 닷선 트럭의 짐

칸과 그 뒤에 매달고 온 이삿짐 트럭을 가리켰다.

"모두 내 이삿짐이요. 별 거 없소. 일반적인 거요. 책 같은 거."

"좀 봐도 됩니까?"

"물론이오."

아빠는 그렇게 말하면서 차에서 내리려고 했다.

"아, 거기 그냥 있어요."

관리는 아빠를 저지하고는 부스에서 무거운 몸을 끌고 나와 트럭 뒤편으로 갔다. 관리가 손짓해 부르자 근처에 서 있던 사람 두어 명이 곧 그 뒤를 따랐다. 우리는 고개를 쭉 빼 차 안 백미러로 볼 수 있는 데까지 그들을 지켜봤다.

"별 거 없소. 내가 말했잖소. 까짓 별 거 아니라고."

아빠가 말했다.

"입 다물어요!"

언니가 한마디 했다.

"국적?"

아빠가 묵직한 가성으로 혼잣말을 주고받았다.

"술꾼."

아빠의 이번 험프리 보가트 성대모사는 최고였다.

"아니면 '세계 시민'이라고 대답할 걸 그랬나?"▪

"입 다물라고요."

언니가 또 한마디 했다.

▪ "국적", "술꾼", "세계 시민"은 〈카사블랑카〉에서 주인공들의 대사.

"컴퓨터 좋네요. 우리 큰아들한테도 똑같은 걸 사 줬는데……."

관리가 돌아와 말했다.

"어, 잘했네요."

아빠가 이번에도 크고 싹싹한 목소리로 대답했다.

"게다가 가격도 괜찮잖아요?"

"자, 내 말 잘 들어요."

관리는 우리와 거래라도 할 것처럼 아빠 말을 잘랐다.

"여길 통과하는 건 문제가 아닌데 돌아올 때 좀 성가실 겁니다."

"한 두어 시간 갔다오는 건데요?"

아빠가 말했다.

"우리가 미국 시민인데도요?"

언니가 거들었지만 아빠는 콧방귀를 뀔 뿐이었다. 아무래도 보가트를 생각하고 있는 것 같았다.

이제는 관리가 사정하는 투가 됐다.

"잠깐 있다 나오든, 미국 시민이든, 마찬가지죠. 이런 짐 때문에 좀 지체될 거라는 얘기예요. 그냥 한 바퀴 도는 게 더 빨라요. 여기 세관에서 그냥 돌아가요. 실제로 미국을 떠난 게 아니니까 캐나다 세관에서 귀찮게 할 일도 없죠."

관리가 자기 뒤편의 작은 다리를 가리켰다. 그 다리로 차를 몰아 건너면 미국 세관으로 되돌아오게 돼 있었다.

"여기서 그냥 한 바퀴 돌란 말이죠?"

그러면서 아빠는 장난기 가득한 얼굴로 언니와 나를 쳐다봤다. 아빠는 틀림없이 이 상황이 엄청 재밌는 모양이었다.

"저 사람 말대로 해 볼까?"

언니는 신경질이 난 듯 아무 말도 하지 않았다.

"이거 정말 웃기는데."

나는 아빠를 보고 재빨리 덧붙였다.

"한번 해 봐요."

"자, 얼른 결정해요."

관리가 말했다. 그때쯤 우리 뒤에 줄이 생겼다.

"좋아요."

아빠가 대꾸하면서 좀 세게 차를 밟았다.

우리는 침묵 속에서 다리를 건넜다.

"허, 거 참. 별짓을 다하네."

다리를 건너자 아빠가 말했다. 언니와 나는 자리를 바꿨고 이번에는 내가 운전대를 잡았다. 그래서 이제 언니가 가운데에 끼어 앉았다.

"안 그래도 내 인생에서 제일 긴 하루야. 그런데도 이제 겨우 여덟 시라고."

안전벨트를 매면서 언니가 말했다.

잠시 뒤 언니의 자세가 뻣뻣해지는 것이 느껴졌다. 아빠가 또 담배에 불을 붙이려고 하는 중이었다. 나는 도로에만 집중하려고 했지만 잘 안 됐고, 또다시 그 전 과정을 보고야 말았다. 아빠는 담뱃갑에서 담배 한 개비를 꺼내 입술 끝에 물면서 주머니를 뒤지고 성냥갑을 찾아냈다. 거기서 성냥 하나를 떼 낸 아빠는 성냥갑을 다시 접고 막 불을 댕기려고 했다.

우리는 아무 말도 하지 않았다. 언니와 나는 그때까지도 '어쩌면 이번에는!' 하고 기대했기 때문에 숨을 참고, 그저 기다렸다. 오는 내내 그랬던 것처럼 트럭 운전석으로 첫 담배 연기 한 줄기가 퍼지자 우리는 소리를 질렀다. 그러자 아빠는 사과를 하고 창문을 아주 조금 내렸다. 연기가 돌돌 말리면서 바람을 타고 운전석 밖으로 빠져 나갔다.

5

어릴 때 카사블랑카에서 찍은 사진은 많지 않다. 사진을 찍은 사람은 아빠가 아니라 엄마였다. 몇 장 안 되는 사진들은 다른 것과 동떨어져 완벽하게 나만 존재하던 때의 느낌을 되살려 냈다. 그때의 내 모습, 아무런 방해도 받지 않은 채 나를 둘러싼 사물에 완전히 몰입한 순간들을 말이다. 그러나 되돌아 생각해 보면, 그때 나 자신은 지금 내가 바라는 것처럼 그렇게 깊이 몰입하고 있지 않았던 것 같다. 언니와 내가 호수를 좋아했다는 것도 그렇다. 어렸을 때도, 또 그 뒤로도 우리는 엄청나게, 미치도록 지루해질 때가 많아서 공상에 빠지곤 했다. 뒷마당에서 원래의 카사블랑카, 그러니까 옛날 동네 이야기를 꾸며낸 것도 언제 끝날지 모를 길고 긴 오후를 보내기 위해서였다. 헨리 아저씨네 부엌문에서 고작 이삼백 미터밖에 떨어져 있지 않은 물속 동네 이야기를 하면서 말이다.

우리는 아저씨는 물론이고 호수 근처에서 가끔 만나는 이웃 사람들이 원래 동네를 아직도 잘 기억하고 있다는 걸 분명히 알고 있었다. 그러나 실제로는 그렇다는 증거가 아무것도 없었기 때문에 그 사실은 깡그리 무시해 버렸다. 마을 사람들이 지금 동네가 아니라 물에 잠긴 옛날 동네에 단단한 소속감을 느끼는 것도 알고 있었지만 역시 무시했다. 우리 공상이 방해받지 않은 것은 사람들이 그런 내색을 한 적이 없기 때문이었다. 어린 내가 사물이란 간단히 싹 잊어버릴 수 있는 거라는 잘못된 확신을 가지게 된 것도 사람들의 바로 그런 태도 때문인지 모르겠다.

헬렌 언니와 내가 아빠를 캐나다로 보낼 계획에 몰두해 있던 어느 날 아침, 아빠가 전화를 걸어 왔다. 언니가 보낸 조카 소피아와 내 디지털 사진을 잘 받았다는 이야기였다. 그 사진은 몇 달 전 언니와 형부가 스토에 스키 타러 가려고 북쪽으로 올라가는 길에 날 보러 뉴욕에 들렀다가 찍은 거였다. 1월이었다. 사방 천지가 추웠다. 스토가 너무 추워서 언니와 소피아는 숙소에만 머물면서 핫초코나 엎지르고 치우며 시간을 보냈다. 뉴욕 역시 마찬가지로 추웠는데, 우리 집에 온 언니는 대뜸 이렇게 말했다.

"너만 추운 줄 아니? 테네시도 추울 땐 추워."

추위 때문에 제대로 고생하고 있는 사람은 아빠였다. 사진 얘기를 하고, "그냥 일반 용지를 넣었는데 어찌나 선명하게 나오던지"라며 새로 산 프린터 자랑을 하더니 아빠는 온도계가 지난 나흘간 영하 35도 근처에서 꿈쩍도 안 했다면서 일주일 동안 수돗

물도 안 나왔다고 했다.

"그럼 어떻게 지내세요?"

진짜 궁금했다.

"눈을 녹였지. 근데 이젠 눈도 모자랄 것 같다, 젠장."

마실 물은 평소처럼 사서 마시고, 설거지를 할 때나 변기를 쓸 때는 포치에 쌓인 눈을 녹인다는 거였다.

"그런데 이제 변기에 오줌도 못 누겠다. 냄새가 지독해."

"그럼 어디다 눠요?"

그렇게 물으면서, 아빠가 영하 40도 아래로 떨어진 날 밤, 포치로 비척대며 나가 오줌을 누다가 오줌 줄기가 포물선으로 얼어붙는 장면을 상상해 보았다. 그런데 돌아온 대답은 이랬다.

"우유 깡통에 눈다."

"수도관 좀 수리해 달라고 부를 사람 없어요? 수도관이 얼었다고 말이라도 해 봤어요?"

"누구한테? 내가 누구한테 말해, 내 집 수도관을?"

전화를 좀 돌려 보면 분명 누구라도 와서 수도관을 들여다봐 줄 거라고 했더니 아빠 대답이 이랬다.

"아, 좀 전에 로이드 불러서 같이 한 번 들여다봤다. 히팅테이프가 전부 벗겨져서 그랬단다, 그게 문제였대."

"그럼 이제 괜찮아지겠네요, 아빠."

"그래야지."

그렇게 대답해 놓고 아빠는 얼른 말을 바꿨다.

"금값이 올랐어."

"어, 잘됐네요."

"뭐, 그렇게 잘된 건 아니고."

아빠는 조심스레 말했다.

"우린 금이 없거든. 나는 의료 기기에 투자했다. 에프디에이 승인을 기다리는 회사가 하나 있는데, 새로 내놓은 심박조절기로 시장을 점유할 판이야. 어느 집에나 심박조절기 하나씩은 꼭 필요하니까. 이 회사는 카데터 같은 것도 만들어. 아, 에이즈 연구도 한단다. 내가 거기 주식이 좀 있지."

"에이즈 연구요? 아빠가 거기 **주식**을 살 수 있어요?"

"주식이야 어디가 됐든 살 수 있지. 네 큰아버지가 그 회사 얘기 해 줬지. 대박 날 거라던데."

아빠는 자랑스레 말했다.

"네, 행운을 빌게요."

"고맙다. 이젠 끊어야겠구나. 그냥 사진 얘기하려고 걸었어. 얘야, 정말 특별한 사진이더라. 부엌에 놔뒀더니 눈 녹일 때마다 보게 되네."

"말도 안 돼요. 그냥 여기저기 전화 좀 해 보는 게 어때요? 거기 제3차 대전이라도 터진 것 같잖아요."

"제3세계인 건 맞아. 그래도 내 컴퓨터를 보면 생각이 바뀔걸!"

자기 농담이 재밌는지 아빠는 한참 웃었다.

"그런데 너, 저 망할 눈이 얼마나 더러운지 아냐? 보기엔 정말 예쁘지. 새하얀 게 얼마나 깨끗해 보이느냐 말이다. 그런데 눈 속에는 더러운 거 천지다."

"히팅테이프를 더 구하든지 좀 어떻게 해 봐요."

여행할 때만 해도 내가 헬렌 언니에 대해 모르는 게 두 가지 있었다. 본인도 한 가지는 알았지만, 다른 하나는 모르고 있었다.

아빠의 짐을 유홀 트럭에 꾸려 넣고 동쪽으로 여행길에 나섰을 때 헬렌이 알고 있던 한 가지는, 남편 탐이 자기 짐을 싸서 밴에 싣고 서쪽으로 갔다는 사실이었다. 형부는 승진 제안을 받았는데 근무지가 오마하*였다. 형부가 거절하기 어려운 제안이었지만 언니는 반대할 권리가 있었다. 그리고 이미 반대 의사를 명확히 밝힌 뒤였다. 엄마 집에 온 언니는 이렇게 말했다.

"여기 이삼 일 정도만 있을 거예요. '전화'를 받기만 하면 당장 내려갈 거라고요."

언니는 '전화'라는 단어에 특히 힘을 주었고, 눈을 크게 뜨고 무릎을 끌어안았다. 그 품이 마치 눈에 보이진 않지만 어마어마한 어떤 것으로부터 자신을 보호하려는 것 같았다.

"무슨 전화?"

내가 물었다. 소피아는 까르르거리며 내 다리를 반 정도 기어올랐다. 다리를 내 무릎에 걸친 채 몸을 뒤로 젖히는 바람에 소피아의 몸은 내게서 떨어져 머리카락이 바닥에 쓸렸다.

"엄마, 안녕?"

소피아가 말했다.

---

* 중부 네브래스카 주의 도시. 헬렌이 사는 남부의 테네시 주와 거리가 매우 멀다.

"탐 전화."

언니가 대답했다.

"아빠 전화!"

"무슨 전화?"

내가 다시 물었다.

"오마하로 간대. 짐 빼내면 전화하기로 했어."

소피아와 나는 그제야 그 일에 대해 알게 됐다.

언니와 내가 몰랐던 나머지 하나는, 언니가 왼쪽 난소에 진주알만 한 종양을 품고서 그 끝나지 않을 것 같은 여행에 나섰다는 거였다. 아빠를 옮겨 놓고 넉 달이 지나 정기검진을 받고서야 종양의 존재를 알게 됐는데, 그때 이미 종양은 서양배만큼 커진 상태였다. 의사가 양성이라고는 했지만 언니에게는 양성이든 음성이든 종양은 종양이었다.

"자기 몸이 어디 잘못되면 바로 느끼는 사람도 있다던데."

언니는 내게 전화를 걸어 말했다.

"그러니까 **뱃속**에서 말야. 다들 그런 얘기하잖아. **그냥 안다**고. 뭐 그렇게들 말하잖니. 그런데 난 아무것도 못 느꼈어. 지금도 그렇고."

늦여름에 발견된 언니의 종양은 그 위치를 파악한 며칠 뒤에 깔끔하게 떼어져 나갔다. 수술 후 일상으로 돌아온 언니는 사실, 잠시 동안은 전보다 더 낙관적으로 보였다. 언니는 자신과 소피아를 위한 멋진 계획들을 꿈꾸기 시작했고, 매주 나에게 전화를 해 댔다. 그 사이 언니와 소피아는 엄마와 같이 살려고 테네시에서 오로노로 이사를 왔고, 가을이 되자 소피아는 언니와 내가 다녔던 학교에 입학했다. 할머니가 돌아가신 지 3년쯤 됐을 때였다. 엄마는 같이 살 사람이 생긴 것을 고마워했다.

10월이 되자 언니는 차에 소피아를 태우고 헨리 아저씨네로 가서 아저씨와 아빠를 만났다. 언니는 내게 아빠가 '비교적 잘' 정착한 것 같다고 알려 왔다. 컴퓨터는 침실에 설치했지만 책은 아직도 상자에 그대로 있더라고도 했다. 아저씨 집에는 2번은커녕 1번 서재도 없었던 것이다.

아저씨가 망가진 배 엔진을 어설프게 손보는 낮 동안 아빠는 포치에서 십자말풀이를 했다. 밤이 되면 아빠는 바닥에 놔둔 상자에서 손에 잡히는 대로 책을 한 권 꺼내 중간부터 읽다가 다 읽지도 않고 집어 던졌다. 아저씨는 텔레비전 앞에서 직접 만든 수학 문제를 풀면서 자신이 밝혀 낸 이상한 공식들을 아빠에게 한 번씩 큰소리로 읊어 주었다.

아빠는 행복하다고 했다. 카사블랑카의 아저씨 집에서는 늘 그랬다. 하지만 그런 아빠 말투에는 집 짓는 목수의 질긴 낙관주의에서 오는 그리움 같은 것이 묻어 있었다. 궁전 이야기를 할 때 그 목소리는 늘 향수와 그리움에 젖어 있었다. 아빠 기억 속에서 궁전은 여전히 특별한 무언가로 남아 있는 듯 했다.

아빠는 침실에 둔 컴퓨터로 또 주식을 샀고 묵혀 두기도 했다. 그러나 그 특이한 프로젝트에 대한 열정도 시들어 버린 것 같았다. 아빠의 카드 빚이 연체된 걸 알게 된 언니가 주식 거래는 이제 그만하라고 계속 채근하자, 아빠는 별 저항도 없이 그 뜻에 따랐다.

언니와 소피아와 함께 카사블랑카에 간 것은 이듬해 2월이었다. 소피아에게 담배 알레르기가 있어서 우리는 시내 호텔에서 묵었다. 헨리 아저씨 집 현관에는 코트와 부츠를 벗어 걸어 둘 만한 공간이 있었는데, 늘 싸늘한 기운이 돌았다. 아저씨와 아빠를 보러 집에 가서 그 싸늘한 공간에 들어설 때면 언니와 내 신경은 조금 날카로워졌다. 그래서 소피아가 새 학교를 얼마나 좋아하는지, 요새 무슨 운동을 하는지 따위의 이야기를 주고받았다. 누구든, 심지어 아빠도 현관 바로 안쪽에 놓인 그 불편한 공간에서는 무척이나 점잖아지는 것 같았다.

언니와 내가 소피아를 데리고 집 옆에 있는 낮은 언덕으로 썰매를 타러 가면 아저씨와 아빠는 그런 우리를 집 안에서 내다봤다. 아빠는 사이사이 담배를 피우러 포치로 나왔다가 호탕하게 웃고 기침하면서 우리를 향해 큰소리로 외쳤다. 대개 이런 말이었다.

"자, 달려라, 애들아!"

아니면,

"그게 최고로 빨리 끌어당기는 거냐?"

이런 말을 하기도 했다. 한바탕 썰매를 탄 뒤에 우리는 제페토에 저녁을 먹으러 갔다. 기름기 많은 이탈리아 음식을 내놓는 그곳은 동네에 하나뿐인 식당이었다. 아빠는 식당에서 간단한 저녁을 먹다가도 담배를 피우느라 포치에서 더 많은 시간을 보내곤 했다. 담배를 피우면서 아빠는 유리창 너머로 우리를 들여다보며 한 번씩 손을 흔들었다. 그럴 때면 우리도 짐짓 힘껏 손을 흔들어 주었다.

겨울이 깊어지자 아빠는 점점 더 우울해했다. 이사한 뒤로 건강이 급격히 나빠져, 한겨울에는 부엌에서 거실 건너 침실까지 가는 것도 아주 성가셔했다. 아빠는 결국 자신의 마지막 요새인 궁전을 떠올렸고, 겨울이 깊어갈수록 그 곳을 떠올리는 횟수도 더 잦아졌다.

"건널 수 있는 다리는 죄다 내 손으로 태워 버렸구나."

상태가 특히 안 좋았던 어느 날 밤에는 전화로 그런 말도 했다. 아빠의 그 말을 듣는 순간 나는 지독한 회한이 몰려드는 걸 느꼈다. 그건, 내가 저지른 일이 아니라서 이해할 수도 없는 일에 대한 회한이었다. 아빠가 그렇게 슬픔에 젖어 있으니 아빠를 헨리 아저씨 집에, 그러니까 생애 마지막 장소에 영영 데려다 놓고 죽을 날만 기다리게 한 것에 대해 언니와 내가 적어도 조금은 책임이 있다는 생각이 들었다. 아빠도 이따금 우리에게 책임이 있다고 생각하는 것 같았다.

아빠는 늘 그 집에 가고 싶어 했다. 해마다 여름이면 아빠에게는 다시 한 번 새로운 인간, 새로운 종류의 인간이 될 가능성이 돼 주었던 아저씨의 집이 이제 아빠에게는 마지막이자 유일한 선택 사항이 돼 버렸다. 아빠는 보가트를 흉내 내며 중얼거렸다.

"난 카사블랑카에서 죽을 거요. 죽기 괜찮은 곳이니까."▪

그래도 아빠가 그 대사를 읊을 때는 그나마 기분이 괜찮을 때
라는 걸 우리는 알고 있었다.

▪ 〈카사블랑카〉에서 릭이 일자에게 하는 대사.

카사블랑카

우리의 이상 속에 도사리고 있는 부정적인 것들은
실재Real 안에서 반드시 부정해야 한다.
그렇게 해야만 우주는 굳건해지고 바다는 고요하고 잔잔해진다.
우리는 폭풍 치는 수면 위에 살지만
실재가 있으므로 닻을 내려 고정할 수 있다.
닻이 단단한 바닥을 거머쥐고 있기 때문이다.

_ 윌리엄 제임스

▪ William James, 1842~1910. 미국의 철학자이자 심리학자. 실용주의 철학으로 유명하고 소설
가 헨리 제임스의 형이다. 인용문은 『프래그머티즘*Pragmatism*』에서 따 온 것이다.

1

아빠가 헨리 아저씨 집에서 처음 겨울을 나고 맞은 봄, 너무나 갑작스레 종착역에 다다른 건 다름 아닌 내 인생이었다. 그냥 그렇게 됐다. 출근길에 도미니언 가와 퀸 가 교차로에서 신호를 받고 정차해 있을 때였다. 차들은 사거리에 대기해 있고, 신호등이 빨간 불에서 파란 불로 넘어가려고 깜박거리는 그 짧은 순간이었다. 브레이크를 밟은 채 왼쪽으로도, 오른쪽으로도 달리지 못하고 멈춰 선 자동차들이 여차하면 튀어나가려고 부르릉거리는 소리를 들을 수 있었지만, 꽉 막힌 혈관 속 혈전처럼 깜박거리는 자동차 불빛도 느낄 수 있었지만, 나는 꼼짝을 할 수 없었다. 나는 그 특별한 교차로에 꽁꽁 묶인 채 내 차를 움직이지 못했다. 전에는 기억에도 없는 배경음악에 불과하던, 저 높은 전화선에 앉은 새들의 노랫소리가 내 마음 속의 현絃을 정확하게 켰고, 멈춰 버린 내 심장에서 그 현이 계속 울렸다. 내 발 아래 지구는 거대한 압력에 밀려 앞으로 움직이면서 아주 정확하게 한 방향으로 축이 기울어진 채 우주를 가로질러 항해해 다른 방향으로 움직였지만, 나는 옴짝달싹도 못 했다.

그 순간을 겨우 모면한 뒤 교차로를 벗어나 아래 넓게 펼쳐진 외곽 도로를 내려다보았다. 거기서는 북쪽의 킹부터 우드번까지 이어지는 모든 국도가 다 보였다. 동쪽의 핼리팩스 가부터 서쪽의 디비전까지 보였고, 더 멀리 있는 시 경계까지 거의 다 보였다. 시의 경계부터는 도로가 무성한 수풀에 가려 보이지 않았다. 시 경계 지대에는 농장 몇 개가 남아 있었고 거대한 입간판 여러 개가 드문드문 서 있었는데, 대지의 시작과 끝을 큰소리로 알려주는 것 같았다.

그때 나는 얼마나 멍한 상태였던지, 차가 지나가는지 새가 우는지도 몰랐다. 이리저리 늘어선 사물도 전혀 분간하지 못했다. 그저 먼 곳만 바라보면서 집에 가고 싶다는 생각만 간절했다. 그러나 그때는 **집**도 시공간에 분명히 자리 잡고 실재하는 것인지 아닌지 종잡을 수 없었고, 그게 어디에 있는지 감도 안 잡혔다. 그러니 가벼운 충격에 순간 몸이 움찔하면서 제정신으로 돌아올 수 있었던 건 설명하기 힘든 우연이었다. 나는 자세를 고쳐 앉고 직장이 있는 퀸을 향해 동쪽으로 가는 대신 북쪽으로 차를 돌렸다.

그 뒤 직장으로 다시는 돌아가지 않았다. 나는 끊어지다 다시 이어지고, 계속 변화하는 빛의 흐름을 따라 도미니언 중심가를 달렸다. 브루클린에 도착해서는 아직 내 것이라 여겨지는 소지품을 챙겨 카사블랑카로 향했다.

교차로에서 발이 묶이기 꼭 열흘 전, 결혼까지 생각하면서 6년을 만났던 남자가 다른 여자와 한 침대에 있는 걸 우연히 보았노라 말하면 도로에서 있었던 일 따위는 대수롭지 않아 보일 수도 있을 것이다. 여자는 나와 무척 닮았다. 여자는 내가 그날 아침 일찍 걷어서 침대 위에 얹어 놓은 깨끗한 옷가지 위에 앉아 있었다.

그날 이후 나는 그 일을 입 밖으로 꺼내지 않았다. 아주 하찮은 외도가 벌어졌을 뿐이라고 믿었다. 지나간 일이고, 현실 같지 않은 일이라 애써 외면했다. 다만 나와 몹시 닮았던 여자의 모습은 지워지지 않았다. 여자는 개어 놓은 옷가지와 침대보에 뒤엉켜 자기 옷을 찾지 못하자, 방바닥에 있던 내 옷을 주워 입고 문밖으로 태연히 걸어 나갔다. 나를 향해서 조금은 놀란 얼굴로, 누군지 알겠다는 표정을 지었다. 그 표정 또한 잊히지 않는다.

그날 오후, 출근하다 말고 브루클린으로 되돌아간 나는 짐 가방 두 개에 내 물건을 아무렇게나 쑤셔 넣었다. 결혼하려던 남자, 그리고 그 남자의 존재를 드러내는 온갖 물건을 다 내버려 두고 나 자신만 챙겨 나왔다. 상관없었다. 어차피 다 그 사람 거니까. 그다지 중요해 보이지도 않는 것만 모으면서 서른을 넘긴 나는 택시를 잡아타고 공항에 가 캐나다행 비행기를 탔다. 헨리 아저씨와 아빠하고 함께 살기 위해서였다. 분명한 이유도 없었다.

    살면서 맞닥뜨린 특별한 사건에 얽매여 사는 건 실망스러운 일이다. 대체로 맞는 말이다. 마찬가지로, 누가 가르쳐 줬는지, 뭘 배웠는지도 잘 모르면서 그저 외우기만 했는데, 삶이란 달달 암기한 단순한 공식처럼 단순하지 않다는 것을 알게 되는 것도 실망스러운 일이다. 이렇게 저렇게 조합해 본다고 내 삶의 영역이 넓어지는 게 아니었다. 시간이 흐른다고 사랑이 저절로 커지는 것도 아니었다. 사랑은 나누기도 쉽고, 언제든 다시 찾을 수도 있는 거였다. 사랑이 사라지면 남은 건 이를 악물고 사랑이 돌아오기를 기다리는 것 말고는 아무것도 없다. 사랑은 마치 작은 새처럼, 처음에는 도시를 가로질러 날 수 있다고 자신했다가 마음을 고쳐먹고 서둘러 창틀로 돌아오기 십상이다. 아, 새가 날아갔다가 결국 돌아올 거라는 걸 알았다면 그 새가 다시 나타날 때까지 나는 한 마리 개처럼 일곱 번의 삶을 되풀이하면서라도 기다렸을 것이다! 새가 한때 훌쩍 떠나버릴 거라 마음먹었던 그 작은 방을 애정 담뿍 담긴 얼굴로 계속 들여다볼 줄은 몰랐다. 서로를 알고, 친밀해지고, 약점이 잡히는 삶을 그렇게 다시 들여다볼 줄 몰랐다. 후회와 그릇된 행동, 자기만의 사소한 희열로 가득한 인생을 들여다볼 줄 몰랐다.

    선반 위 늘 그 자리에, 새를 위해 꼼꼼하게 정리된 물건들은 작은 새에겐 아주 귀해 보였다. 새는 자기 심장이 그렇게 작지 않기를, 심장이 자기 가슴에 그렇게 가까이 박혀 있지 않기를 바랐을 것이다.

그러나 나는 날아오르겠다고 시도조차 제대로 해 보지도 않고 자꾸만 창을 찾아가기만 했다. 그래서 도미니언과 퀸 교차로에서 나는 사실상 그 창이 도저히 통과할 수 없는 경계임을 확신하게 됐다. 몇 년 사이 이미 마음에 가느다란 금이 조금씩 생기는 걸 초조하게 지켜본 건 사실이다. 그러나 막상, 예상치 못한 순간에 갑작스레 유리창이 깨져 버리자, 유리창이 깨진 것을 알아차리지도 못했다. 창틀도 유리도 없는 텅 빈 공간이 생겨 나자 나는 이제 떠나야 했다. 어떤 길로, 어디로 가야 할지도 몰랐다. 여러 가지 모습을 한 이 세상도 그때는 예전만큼 무섭지 않았다. 그저 내가 떠나야 하는 방의 그 환하고 구석구석 손에 잡힐 것 같은 풍경과 비교할 때 한없이 지루해 보일 뿐이었다. 내가 들어가 살려고 꿈꾼 방들에서 완전히 떨어져 나온다 해도 적어도 그 방의 색채와 질감은 아직 내 눈에 선하고 손에 잡힐 듯 실재하기 때문에 잿빛 그림자만 공허하게 이어지는 것보다는 더 행복하고 가치 있게 느껴졌다.

추상적인 것이 더 좋아보이거나 실현 가능하다고 여겨지는 것은 거리를 두고 바라보기 때문이다. 살아 있는 사람에게 거는 전화 따위의 어떤 일도 실제 행동에 옮길 만큼 내키지 않았다. 그저 새롭고 겪어 보지 않은 인생에 대해 맨 처음 어쩔 수 없이 느끼는 냉기만이 있었다. 막상 카사블랑카로 가야겠다고 결심하고 공항 대합실에 멍하니 앉아 있자니, 마음에 드는 게 하나도 없었다. 뜬금없이 떠오른 창문 생각이 내 인생을 밝혀 줄 것 같지도 않았다. 내게 매달려 있는 커다란 슬픔이 떠난 삶도 상상할 수 없었다. 슬픔은 마치 별개의 사물처럼 느껴졌다. 내가 가진 것 가운데 무게를 지닌 것이라고는 슬픔밖에 없는 것 같았다.

"그냥 좀 쉬고 싶었어."

이틀 뒤 나는 헨리 아저씨 집에서 헬렌 언니에게 전화했다. 그때까지 전화를 미룬 건 누구에게든, 어떤 말이든 하고 싶지 않았기 때문이다. 딱히 할 말이 없기도 했다. 나는 가장 간단한 말로 설명했다. 침대에서 웬 여자를 봤고, 뉴욕에서 비행기를 탔다고. 그런 얘기를 듣고도 언니는 눈썹 하나 까딱하지 않았다.

"잘됐네. 그렇다고 거기서 정신 줄 놓지는 마. 우리 집에는 안 올래?"

무슨 대답을 해야 할지 몰라 나는 잠자코 있다 전화를 끊었다.

헨리 아저씨 집 벽에 수화기를 다시 걸어 놓고 주방을 둘러봤다. 이제 나는 여기서 혼자다. 나는 뭔가를 찾았던 것 같다. 지난 열흘 동안 내게 일어난 일이 진짜라고 말해 줄 어떤 것 말이다. 도저히 내가 만들어 내거나 상상할 수 없는 것을 아저씨 주방에서 찾아내면 그게 꿈이 아니라는 증거가 될 것 같았다. 내가 실제로 카사블랑카에 왔다는 걸 믿을 수 없었다. 헨리 아저씨 집에서 며칠을 보내며 짐 가방 두 개를 뒤져 본 결과 꾸려 온 짐이 사실 아무 쓸모없는 것들이었음을 알게 됐다.

모든 건 거기 있었다. 헨리 아저씨 주방에 늘 있던 물건들, 그리고 내가 잊어버렸던 것들, 그리고 처음 보는 모든 것이 진짜 거기에 존재했다. 포치 문 옆에 걸어 놓은 화분은 실제로 최근에 거기 놓인 것이었다. 그러나 늘 '습도 높고 바람 조금'이라는 글귀만 보이던 우스운 기압계는 예나 지금이나 거기 있었지만 내 눈에는 처음 띄었다. 먹다 남은 점심도 버너 위에 남아 있었다. 그건 구체적이면서도 상상한다는 게 불가능한 것이었다.

처음 며칠은 헨리 아저씨나 아빠한테 거의 말을 걸지 않았다. 막상 아빠가 말 좀 걸어 주었으면 싶은 생각이 들었을 때도 아빠는 무슨 일이 있는 건지 묻지 않았다. 희한했다. 나는 홀로 호숫가 길을 따라 산책을 하면서 헨리 아저씨 집에 대한 옛 기억을 되살리려고 했다. 아저씨 집 또한 내 기억 속에 묻혀 잊힌 곳이었다. 한때는 아저씨 집이 어떤 의미가 있었을지도 모른다. 그러나 지금은 되살리고 싶은 기억조차 내 것이 아니라 남의 것처럼 느껴진다.

밤에는 오언의 낡은 침대에서 잤다. 어릴 때 많이 자던 곳인데도 침대 아래 바닥에서 일정하게 울려오는 백색소음 말고는 아무것도 느껴지지 않았다. 슬프지만 되돌릴 수 없을 정도로 변해 버린 것 같았다. 항상 나 자신처럼 느꼈던 거대하고 광활한 공간이 이제는 완전히 사라져 그걸 되살릴 희망마저 없어졌다. 그리고 과거에 여러 차례 가슴으로 느낀 그 가벼움은 다시는 맛볼 수 없게 됐다. 어렸을 때 나는 그 방에서 드넓은 세상, 그리고 무엇과도 비교할 수 없는 아름다움을 꿈꿨다. 그 기대감은 목을 갑갑하게 죄어 오던, 더 견딜 수 없을 것 같은 불안감을 느슨하게 풀어 주었다.

나는 내 마음에 깊이 스며들어 손으로 만지듯 느껴지는 그 공간이 견딜 수 없이 공허한 내 인생을 평생 따라 다닐까 봐 정말 겁이 났다. 그런데 그러기는커녕 흔적도 없이 완전히 사라져 버렸다. 한 번도 채워진 적 없이. 그 모든 게 인간의 육체 안에서 짜부라져 허파와 심장의 기계적인 작동으로만 남았다는 게 무척이나 놀랍다. 더구나 그렇게 오랫동안 내가 그 공간이 사라졌다는 것조차 모른 채 지냈다는 사실이 더더욱 놀라웠다. 그걸 알아차리지도 못하고 얼마나 더 오래 그냥 살았을까 궁금할 지경이었다. 창이 부서지지 않았으면 계속 눈치 채지 못하고 살았을 것이다. 교차로에서 내 인생이 스르르 멈추지 않았다면 말이다.

이미 오래 전 엄마에게, 인생에 너무 많은 것을 바라는 것은 바보 같다는 것을 배웠다. 많이 바라게 되면 인생에 품었던 기대의 흔적과 철저한 실망 속에서 살아가게 될 뿐이었다. 그러나 지금 생각하면, 겨우 발붙이고 살고자 했던 현실조차 현실이 아니라 망상에 불과하다는 것을 깨닫는 것보다 더 고통스러운 게 또 뭐가 있을까 싶다. 차라리 추락할 때 하더라도 환상이나 진귀한 꿈을 바라보며 사는 것이 더 낫지 않을까? 한 번쯤 그런 꿈을 꿔 봤다는 사실만으로도 위로받을 수 있게 말이다.

아침에는 잠에서 깨고 싶지 않아 되도록 오랫동안, 뭉그적거릴 수 있을 때까지 뭉그적거렸다. 깨어나 내가 있는 곳이 오언의 방이라는 걸 깨닫게 되는 게 싫어서였다. 잠에서 깨는 순간 나는 눈을 꾹 감고, 카사블랑카에 온 것은 현실이 아니라고 믿으려 애썼다. 그저 우주의 장난질이라고, 위대한 유체이탈의 여행에 나선 내가 뉴욕 교외 지역을 훌쩍 건너 어떤 사람의 몸과 어떤 방으로 빨려 들어간 거라고.

정말 그럴지도 모른다고 생각하면서 침대에서 한 시간 이상 뭉그적거렸다. 그러면서 아래층에서 나는 아빠와 헨리 아저씨의 소리를 들었다. 아침 식사 그릇을 내려놓는 소리, 원숭이 소리같이 크고 단조로운 음성으로 거실 건너로 이야기를 주고받는 소리.

'도대체 저 두 사람은 무슨 이야기를 하고 싶은 걸까?'

최대한 버티다 안 되면 침대에서 일어나 무거운 몸을 끌고 느릿느릿 계단을 내려갔다. 아빠는 "우리 방랑자 아가씨 잘 잤나?" 하고 아침 인사를 했다. 나는 말 없이 그냥 씩 웃어 주고 싱크대로 어슬렁어슬렁 가서 커피 잔을 헹구고는 창가에서 커피를 연달아 석 잔을 마셨다. 아빠는 그날 신문에 실린 십자말풀이를 훑어보고 있었고, 헨리 아저씨는 부고 기사와 지역 뉴스를 읽으면서 무어라 중얼거렸다.

엄마와 언니는 하루에도 몇 번씩 전화를 해댔지만 아빠와 아저씨는 내게 도무지 뭘 묻지 않았다. 그런 아빠가 예전처럼 활력을 띨 때도 있었다. 아빠가 여기서 첫 겨울을 난 이후로 내가 그리워했던 활력이었다. 그 뒤로는 아주 짧은 통화에서도 참으로 거대한 침묵이 흐르곤 했다. 아빠는 그걸 헨리 아저씨 집 탓으로 돌렸다. 집이 겨울이면 텅 빈 것 같아 정나미가 뚝 떨어진다면서 아빠가 버리고 온 궁전의 좁은 거실이 주는 폐소공포증보다 더 심한 공포증이 이 휑한 곳에서도 생긴다는 거였다.

2

카사블랑카로 간 지 채 일주일이 지나지 않은 어느 날 밤, 나는 오언의 침대에 누워 있었다. 잠은 오지 않았다. 주위의 침묵을 깨고 아빠의 비명이 들려왔다. 아빠의 비명 소리는 소용돌이 치며 내가 있는 방까지 올라왔다. 너무나 크고 긴 비명은 사람이 내는 소리 같지 않아서 처음에는 아빠의 입에서 나온 것일 거라고 생각도 못 했다. 차라리 내 속에서 나온 소리였다면 모를까. 당시 나는 스스로 엄청나게 외로움을 타고 있다는 걸 서서히 깨달아가던 중이었기 때문이다.

아니면 헨리 아저씨 집에 사는 유령들이 내는 소리일 수도 있다고 생각했다. 오랜 세월 집안 구석구석을 날아다니고 선반의 접시나 책을 이리저리 옮기고 다니는데도 인간들이 아무도 믿지 않으니까 싫증이 나서 한 번이라도 눈치채 달라고 소리를 지른 게 아닐까?

그러나 비명 소리는 계속 이어졌다. 커졌다 작아졌다 하다가 욕지거리까지 들렸다. 그제야 아빠란 걸 알았다. 나는 계단을 급히 달려 내려갔다.

아빠 방 앞에 이르렀을 때 소리는 뚝 그쳤다. 나는 방문을 두드리지 못하고 주저했다. 왜 그랬을까?

"아빠?"

조심스럽게 불러 보았다.

"아빠?"

문을 열고 들어갔는데 아빠가 보이지 않았다.

부엌에는 헨리 아저씨가 있었다. 아저씨는 휠체어를 밀고 나와 게슴츠레한 눈을 하고 있었다.

"무슨 일이야?"

그때 세 번째 비명 소리가 들렸다. 소리가 좀 작아서 이번에는 사람이 내는 소리 같았다. 끙끙대며 잦아드는 소리를 따라 욕실 문을 열어 젖혔더니, 거기 아빠가 있었다.

아빠는 바닥에 미끄러져 쓰러졌는데 욕조와 변기 틈새에서 몸을 공처럼 말고 있었다. 다리는 가슴께까지 접혀 있고 한 팔로 몸을 지탱하면서 이 사이로 욕을 내뱉었다.

"이 망할 놈의 팔."

욕실 불을 켜자 눈이 부셨다. 아빠와 나는 동시에 눈을 찡그렸다. 밖으로 드러난 아빠의 기다란 팔다리는, 거대한 새 몸통에 팔다리가 들어 있다면 그걸 끄집어냈을 때 저런 모양이겠거니 싶었다. 어릴 적 할머니 집에서 높은 선반에 얹어 둔 유리로 만든 동물 모형을 건드려 깬 적이 있었다. 아빠에게 손을 대면 그때처럼 아빠의 온몸이 부서질 것만 같아서 손대기가 겁이 났다. 실제로 아빠는 내가 다가가자 소리를 꽥 질렀다.

"아이고, 나 죽는다!"

나는 얼른 몸을 빼고 다친 부위를 건드리지 않도록 조심하면서 상처와 멀찍이 떨어진 부분에 손을 갖다 댔다. 손을 어찌나 꽉 쥐고 있었는지 아빠의 손가락 끝이 하얗게 변해 있었다.

헨리 아저씨는 욕실 문간에 있었다.

"아이고, 세상에 맙소사, 나폴리언."

헨리 아저씨가 아빠 이름을 부르는 걸 들은 건 그때가 처음이었다. 아빠와 나는 욕실 바닥에서, 아저씨는 욕실 입구에서 그렇게 앉아 있기만 했다. 30분 정도 지나자 아빠가 "옷을 입혀 주방까지 데려다 다오" 하고 말했다. 그러나 우리는 주방에 와서도 한 시간 15분 정도 가만히 앉아 뭘 어떡해야 할지 고민했다.

"아침까지 기다려야지. 그때까지 어떻게 되나 두고 보자."

아빠가 말했다. 하지만 넘어지면서 부딪친 어깨는 이미 시퍼런 상태였다.

"망할, 숨이라도 제대로 쉴 수 있으면 정말 좋겠는데."

실제로 아빠의 호흡은 평소보다 매우 거칠고 가빴다.

결국 나는 칠흑 같은 어둠을 뚫고 아빠를 부축한 채 헨리 아저씨의 차가 있는 곳까지 갔다. 우리는 천천히 걸었고, 헨리 아저씨는 불을 켠 포치에서 한 번씩 큰소리로 힘내라고 응원했다. 하지만 아빠가 오른발을 뗄 때마다 다친 어깨에서 시작한 끔찍한 고통이 옆구리부터 폐까지 전달되는 모양이었다. 급기야는 심장까지 아파 오는 것 같았다. 걸음을 옮길 때마다 아빠는 짤막하게 비명을 질렀다. 꼭 '헛둘, 헛둘!' 구호를 붙이는 것 같았다. 그 때문에 이동이 자꾸 지체됐다. 겨우겨우 아빠가 조수석으로 기어오르자 나는 몸을 기울여 최대한 조심하면서 다친 곳 반대쪽으로 안전띠를 채우려고 했다. 아빠는 또 비명을 질렀다.

"아이고, 애, 애야, 날 아주 **그냥 죽이려고 작정했나?**"

나는 차 문을 닫고 앞으로 돌아가 운전석에 올라탄 뒤 두 시간을 달려 새벽 네 시 반에 국경을 넘었다. 아빠는 차 유리에 얼굴을 기댄 채 잠이 들어 있었다.

잠결에 아빠는 침대에 다 온 줄 알았다가 그만 욕조에 부딪혔다고 했다. 넘어지는 순간 충격을 받은 어깨는 가운데 뼈가 똑 부러져 버렸다. 처치가 끝나고 오전 열 시가 되자 우리는 벌써 집으로 돌아가고 있었다. 아빠의 어깨는 붕대에 감겨 어깨띠에 고정된 상태였다. 아빠는 돌아오는 내내 창밖만 바라보면서 거의 아무 말도 하지 않았다. 내가 말을 걸어도 대꾸가 없었다. 집을 싸아저씨 집에 들어온 뒤 처음으로 마음 먹고 애써 밝고 차분한 음성으로, 길에 보이는 이런저런 것들을 가지고 말을 걸었는데도 말이다.

국경에 거의 다 왔을 때 차 안에 또 한 차례 침묵이 찾아왔다. 아빠가 문득 입을 열었다.

"네가 기억할 수 있는 게 딱 한 가지, 네 인생밖에 없다 치자, 어떤 인생이었으면 좋겠냐?"

"아빠는요?"

"질문한 건 나야. 내가 너한테 물은 거야."

갑자기 피로가 밀려오는 것 같았다. 대화하려고 애쓴 건 아주 잘한 일이었지만 이런 식의 대화를 바란 건 아니었다.

"몰라요. 어렵네요."

우리 대화는 그렇게 끝났다.

3

내가 여섯 살이고 언니가 여덟 살일 때 우리 가족은 헨리 아저씨와 처음으로 카사블랑카에서 여름을 같이 보냈다. 엄마는 그때 말고는 카사블랑카에 간 적이 없다. 우리는 방학 내내 물가에서 아저씨 배를 타거나, 부두에서 놀거나, 근처에서 수영을 하며 지냈다.

엄마는 거의 대부분 물가에만 있었다.

내 기억 속에서 아빠와 헨리 아저씨는 늘 함께 있었다. 내게 두 사람은 그 자체로 완벽한 건강과 행복의 상징이었다. 아저씨는 휠체어를 타고 있었지만 아저씨의 두 팔은 어린 나무 밑동만큼 굵었다. 아저씨가 휠체어에서 몸을 앞으로 숙이고 바닥에 주먹을 짚으면 우리는 아저씨 팔을 타고 올라갔다. 그렇게 언니와 나는 교대로 아저씨 등에 기어올라가 놀았다.

우리가 등을 탈 때 아저씨는 큰소리로 웃거나 소리를 질렀고, 정상에 거의 다 올라갔다 싶으면 팔 하나를 들어 올려 우리를 놀라게 하기도 했다. 아저씨에게 우리 몸무게쯤은 아무것도 아니기 때문에 한꺼번에 우리를 잡아 안을 수도 있었다. 아저씨는 우리를 잡으면 간지럼을 태우거나 그러는 시늉을 했고 우리는 키득거리고 캑캑거리며 빠져나오려고 애썼다.

아빠도 한때는 체격이 좋았다. 우리가 어릴 때, 특히 호수에서 여름을 보내기 시작한 처음 몇 년이 그랬다. 우리는 아빠를 폴 버니언*이라고 불렀다. 차를 타고 메인 주 럼스포드를 지나가다 폴 버니언의 조각상을 봤는데 아빠를 닮았던 것이다.

아빠가 우리 둘을 단숨에 들쳐 업고 부두에서 호수로 곤두박질치면 언니와 아빠와 나, 우리 셋은 눈 깜박할 사이에 공중에 붕 떴다.

물에 첨벙하고 빠지면 갑작스런 충격이 온몸에 전해지고 우리 셋은 한 덩어리가 됐다. 셋 중 수영을 제일 못했던 나는 바짝 겁먹은 새끼 고양이처럼 아빠의 목과 어깨에 찰싹 달라붙었다.

어떨 때는 우리를 하나씩 물 위로 높이 던지기도 했다. 그러면 내 몸이 아빠에게서, 부두에서 떨어져 나갔다. 던지는 힘이 엄청나서 우리는 정말이지 거의 날아갔다. 부두에서 아빠 손에서 떨어져 나와 공중으로 솟구쳐 날아오르는 이삼 초 동안 어떤 느낌, 어떤 기분이었는지는 지금도 생생하게 기억난다. 곧 물에 첨벙하고 잠길 거라는 예상까지 할 수 있었다. 그러나 미루어 짐작하

---

* Paul Bunyan, 미국 북동부와 캐나다 동부 지역에 전설로 내려오는 벌목꾼. 거한으로 묘사되고 푸른 소 베이브를 항상 데리고 다닌다.

려고 애쓰지는 않았다. 날아오르는 그 순간을 놓치고 싶지 않았다. 최대한 많이, 최대한 길게 그 순간에 머물고 싶었다.

저녁마다 엄마와 아빠는 침실로 가서 조용하게 다투곤 했다. 어느 날 엄마가 갑자기 의자에서 벌떡 일어나더니 "들어가서 얘기해요" 하고 말하던 기억이 난다.

싸우는 소리를 듣기 전에는 싸우는지도 모를 때가 많았다. 그때 나는 이미 부모님이 서로 심한 말을 주고받는 것에 익숙해져 있었다.

나는 엄마와 아빠, 이 두 사람에 대해 생각해 본 적이 없었다. 이게 가능한 일일까?

그해 여름을 추억할 땐 대부분 헨리 아저씨, 아니면 아빠가 떠올랐다. 그 두 사람의 몸이나 호수 같은 것만 생각났다. 엄마에 대한 기억은 좀 달랐다. 엄마는 마치 완전히 다른 세상에서 살고 있었던 것 같다.

싸움은 꼭 아빠가 침실 문을 요란하게 닫고 나와 맥주 캔 두 개를 들고 포치로 활기차게 걸어 나오는 걸로 끝났다. 하나는 헨리 아저씨 몫, 하나는 아빠 몫이었다. 그리고 아저씨와 아빠는 기분 좋게 하다 만 얘기를 다시 이었다.

도대체 그 시절 두 사람은 무슨 얘기를 그리 열심히 주고받았을까?

헬렌 언니와 나는 책을 읽거나 집에서 챙겨 온 레고를 가지고 놀았다. 그 여름, 언니와 나는 포치 한구석에서 레고로 도시 하나를 세웠다. 잔디밭 그늘진 곳에서 놀다 보면 고저가 실린 엄마의 새된 목소리가 들리기도 했다. 그 다음에는 아저씨와 아빠의 저음이 들렸다. 중간중간 고함을 지르며 박장대소하는 바람에 말소리가 끊기기도 했다.

그런 날 밤이면 집안으로 들어오라고 우리를 불러야 할 엄마는 잠자코 있었다. 우리는 늦게까지 남아 놀았다. 아빠가 방문을 쾅 닫고 나가 버리면 엄마는 한 시간쯤 방에서 꼼짝도 하지 않았다. 그러나 방 밖으로 나왔을 때 엄마는 전혀 흐트러짐이 없었고, 우리를 사랑하는 마음만 전보다 더 커져서 어찌나 다정하고 부드럽게 말을 거는지, 언니와 나, 엄마는 서로에게 겁을 냈다. 엄마가 우리에게 애정을 퍼부으면 우리는 평소보다 더 마음이 약해졌다.

밤에 만끽하는 그런 기분이 좋았다. 센 체 할 필요가 없었다. 낮처럼 시끌벅적 경솔하게 굴지도 않았다. 엄마 걱정은 하지도 않았다. 아니, 아예 엄마에 대해서는 신경조차 쓰지 않았다. 밤이 깊어지면 우리한테 너무나 잘해 주던 엄마는, 실은 그런 식으로 스스로를 다독였던 것 같다. 언니와 내가 매일 밤 엄마 품 안에 파고드는 것이 엄마에게는 커다란 위안이었을 것이다.

같은 해 8월 말, 난생 처음으로 일주일간 야영 캠프에 다녀왔다. 어찌나 집이 그립던지 그때 생각을 하면 아직도 입 안이 씁쓸하고 텁텁할 정도다. 사실 그때 내가 그리워한 집은, 헨리 아저씨 집이었다.

처음으로 아저씨 집 호숫가에서 2주를 보내면서 나는 집이 무엇이고 집은 어떤 것이어야 하는지 확실한 개념을 얻은 것 같았다. 그건 지금도 절대 바뀌지 않는다. 지금 나는 어릴 땐 몰랐던, 우리 모두가 얽혀 있는 그 복잡한 관계망을 알고 있지만, 여전히 아저씨 집에 대한 강렬한 그리움을 안고 있다. 유일한 차이가 있다면 그 진짜 집이 지금은 어디에도 존재하지 않는다는 것이다. 어쩌면 그런 집은 처음부터 아예 없었거나 적어도 내가 상상한 대로는 아니었을지 모른다. 인정하건대, 나는 특별히 뭘 그리워한 게 아니다. 그러나 그해 여름 이후, 그 모든 일이 일어난 뒤에도 그 집은 바뀐 게 거의 없으며 나는 여태껏 내가 찾아다니던 것을 찾아 낼 거라는 기대를 품고 있다는 것도 인정한다.

4

병원에서 돌아와 보니 아저씨가 집의 창이란 창은 모두 열고, 포치로 난 부엌문까지 열어 놓고 있었다. 6월이기는 해도 아직은 차가운 공기가 집 구석구석에 들어차 있었다. 그래서 평소 집을 늘 떠돌고 있던 찌든 담배 냄새, 고양이 냄새, 그리스 기름 냄새, 그리고 들큼하기도 하고 항생제 냄새 같기도 한, 도무지 무슨 냄새인지 구별이 안 되는 냄새 역시 사라지고 없었다.

나는 커피 주전자를 올려놓고 식탁에 반쯤 풀다 만 십자말풀이를 집어 들어 아빠에게 주었다.

"네가 좀 도와줘야겠다."

아빠가 오른팔을 가리키며 말했다.

그때 헨리 아저씨가 들어와 아빠 어깨를 보며 한마디 했다.

"병원에서 자네를 미라로 만들어 놨을 줄 알았는데."

나는 두 사람에게 커피를 따라 주었다. 아빠는 평생 처음 커피 잔을 잡아 보는 사람처럼 왼손으로 어색하게 커피 잔을 들고 홀짝거렸다.

아빠는 나에게 펜을 하나 던져 주면서 십자말풀이를 다시 가리켰다.

"좀 도와줘라. 팔이 잘렸잖니."

그러고는 방이 떠나가라 웃었다.

그날 밤 헨리 아저씨는 잔디밭에서 생선을 손질했다. 아저씨가 내장을 야옹거리는 고양이들에게 던져 주면 나는 생선살을 받아 마늘과 마가린을 넣고 볶았다. 버터는 없었다. 늦은 오후가 되어 창문을 닫자마자 부엌에 고여 있던 찌든 담배 냄새가 금세 되살아났기 때문에 갓 볶은 마늘 냄새와 생선 요리 냄새가 반가웠다. 아저씨가 잡아 온 건 큰 농어 네 마리였다. 네 마리 전부 아주 맛있게 조리가 되어서 아저씨까지 그걸 인정했다.

"암만, 내가 제대로 가르쳤지."

뼈에서 살이 깔끔하게 떨어지게 생선살을 발라내자 아저씨가 말했다.

저녁을 먹고 나서 우리는 다시 조용해졌다. 아빠는 주방 식탁

옆 미리 열어 놓은 창 쪽으로 몸을 살짝 기울여 담배를 두어 개비 피웠다. 아빠는 담배 연기를 내뿜으면서 속까지 비워 내는 듯 보였다. 아빠는 지나치게 세게 당신의 몸에서 연기를 밀어 냈다.

사위가 모두 어둠에 잠긴 사이, 포치에 달린 전등은 현관문 바로 앞에 깔린 잔디만 조그맣게 타원형으로 비추었다. 하지만 이 전등 빛에 화답이라도 하듯 저 멀리 호수 끝, 여러 채의 주택에서 불빛이 새어 나왔다. 호수에 반사된 불빛으로 우리는 그 아래 수몰된 구역을 표시한 장대가 호수 가장자리를 따라 귀신 몸뚱이같이 길쭉이 솟은 것을 알아볼 수 있었다.

몇 년 전에 우리는 이 지역 스킨스쿠버 클럽 회원들이 호수 바닥을 찍은 다큐멘터리를 본 적이 있었다. 촬영지는 수몰된 헨리 아저씨 집 부근이었다. 집처럼 보이는 건 하나도 없었는데도 헨리 아저씨는 더운 여름에 오언과 같이 낚시하고 다이빙했던 옛 부두를 분명하게 알아보았다. 아저씨에게 그 다큐멘터리가 기억나느냐고 물었다. 호수 밑바닥이 바로 그 순간 과거의 어느 때와 같이 그대로 존재했다는 것이 갑자기 이상하게 여겨졌던 것이다. 호수 건너편에 흐릿하게 스쳐가는 가로등 불빛 같은 카메라 조명에 비치지 않고도 말이다.

"그럼. 아직도 다 거기 있지. 아이고, 울 뻔했다, 그때."

아저씨는 '그럼'을 삼킬 듯 발음하며 말했다.

그때까지 나는 한 번도 아저씨가 우는 걸 본 적이 없었다. 아저씨도 말은 그렇게 했지만 전혀 울 것 같은 표정은 아니었다. 그러나 헨리 아저씨의 슬픈 인생이 그때도, 그리고 그 뒤로도 항상 우리와 함께했다는 생각이 들어서 참 이상하다 싶었다. 나는 그저 깨닫지 못했던 것뿐이었다. 나는 아저씨 집 포치 불빛과 건너편 호숫가의 불빛 사이에 놓인 어두운 잔디밭을 뚫어져라 바라보면서 이 모든 걸 수몰 전으로 돌려놓을 수만 있으면 정말 좋겠다는 생각을 했다. 말 그대로, 진짜로 아저씨의 옛집을 되살릴 수 있다면 얼마나 좋을까? 그래서 아저씨와 아저씨 가족이 이리저리 흩어지지 않고 그 집에서 영원히 함께 살 수 있었다면, 목에 걸린 가시처럼 그들을 괴롭혔던 문제를 맞닥뜨리지 않고 살 수 있었더라면 얼마나 좋았을까? 내가 비로소 처음 알게 된 그 문제를 말이다. 그러나 바로 거기에 숨은 딜레마가 있었다. 만일 그랬다면 아빠, 아저씨, 나, 모두에게 어떤 일이 벌어졌을까?

아저씨와 아빠에게 이런 생각을 얘기해 보려 했지만, 말만 더 듬대다가 결국 큰소리로 이렇게 외쳤다.

"도대체 내가 무슨 말을 하고 있는지 하나도 모르겠어요!"

실은 나는 알고 있었다. 그런 기분이 들었다. 나는 아주 특별한 어떤 것을 말하고 싶었지만, 내게는 그저 그걸 말할 방법이 없었을 뿐이다.

아빠와 내가 그 뒤로도 잠시 동안 별 이유도 없이 서로의 말을 잘라 가며 다투는 중에도 헨리 아저씨는 한두 번 흠흠, 헛기침만 하면서 계속 침묵을 지켰다. 아저씨는 처음에는 아빠를, 다음에는 나를 빤히 바라보았다. 나는 헨리 아저씨의 그런 얼굴을 예전에도 몇 번 본 적 있었다. 겁에 질린 표정이라기보다 이 세상의 평범한 아버지가 짓는 그런 표정이었다. 자식들이 장차 위험하고 불의로 가득한 세상에 나아가면 크지는 않더라도 자잘한 실패를 겪을 수밖에 없다는 걸 알고 있는 아버지의 표정 말이다. 헬렌과 내가 어릴 때 마당에 짓다 만 나무 집에서 놀 때나, 수심이 얕은 물 위로 밧줄 그네를 타고 놀거나, 본헤드 헨더슨의 4륜 오토바이를 타러 갈 거라고 할 때 그랬던 것처럼. 낮게 드리운 가지 위로 밧줄을 휙 던져 올리던 그 태평스러운 자신감을 잃지나 않을까, 시동을 걸고 차를 우주선처럼 출발시켰는데 그만 그 끔찍한 4륜 오토바이 아래로 우리가 미끄러져 들어가지 않을까 하며 걱정하는 바로 그런 표정이었다.

시간이 흘러 아빠와 내가 또다시 처음의 논쟁으로 되돌아오자 헨리 아저씨가 말문을 열었다.

"내가 얘기 하나 해 주지."

1959년
카사블랑카

짙푸른 바다도, 산산조각 쏟아져 내리는 하늘도 없다.
프레즌트 박사는 제 일밖에 모르고
헨리도 저 혼자 실을 자을 뿐.
박사의 털을 뽑고, 비통에 빠진 박사의 아내들은
펄떡이는 두꺼비들의 노예로 던져 버리자.
박사를 옭아 맨 사슬이여 달궈져라.
오언 선장이여, 박사를 태양 속으로 내려놓아라.

_존 베리먼

■ John Berryman, 1914~1972. 미국 시인이며 영문학자. 대표작은 퓰리처상을 받은 「77편의 드림 송77 Dream Songs」(1964)과 내셔널북어워드 상을 수상한 「그의 장난감, 꿈, 그리고 휴식His Toy, His Dream, His Rest」(1968)을 하나로 묶은 시집 『드림 송Dream Songs』(1969)이다. 여기에서 인용된 시는 『드림 송』 114편, 마지막 셋째 연이다. 헨리는 『드림 송』 연작시의 주요 인물로 작가의 문학적 분신이다. 중년의 백인 헨리는 돌이킬 수 없는 상실감에 큰 고통을 겪는다. 프레즌트 박사는 현재를 의인화한 시적 인물로, 정확하게 파악하거나 이해하거나 수용하기 힘든 현실을 상징한다.

1

   헨리 아저씨가 꼬맹이였을 때 아저씨 가족은 세계지도에서 분홍색으로 표시된 곳, 그러니까 미국이나 캐나다를 떠돌아다니며 살았다. 딱 한 번 주황색인 멕시코까지 내려간 적도 있었는데, 아저씨는 지도를 벽에 붙일 때 그 부분에 압정을 단단히 꽂았다. 압정을 박느라 엄지가 욱신거릴 때도 있었지만, 벽이 무르면 쉽게 들어가기도 했다. 앨버타 북쪽 끝과 노스캐롤라이나와 사우스캐롤라이나 경계 근처가 그랬다. 아저씨는 압정 뒷면이 벽면에 닿을 때까지 빈틈이 생기지 않을 정도로 꽉 눌렀다. 가족이 또 이사를 하게 돼 압정을 빼면 벽에는 영원히 사라지지 않을 조그만 구멍이 생겼다. 그 구멍은 아저씨가 떠난 뒤에도 남았다. 항상 갖고 다닌 그 지도에도 압정을 꽂았던 작고 까만 흔적이 남았다. 아저씨네 가족은 나중에 온타리오에 정착하게 되는데, 그곳에서 세계지도를 펼치면 가족들이 당시 살던, 캐나다 순상지 가장 아래에 불안하게 매달린 지역뿐 아니라 가족들이 더 이상 가 볼 일이 없는 곳이 어디인지도 보였다.

'**우리 옮긴다, 헨리.**' 헨리 아저씨의 아버지는 늘 그런 식으로 말했다. 아저씨는 억지로 잠자리에 들었다가 누가 흔드는 바람에 벌떡 깬 사람처럼, 덜컹거리는 기차 복도를 걷는 사람처럼, 아버지 말에 따라 그렇게 옮겨 다녔다.

온타리오로 돌아온 뒤 아저씨의 아버지는 일을 못 할 정도로 아팠다. 그래서 가족들은 아버지가 아주 어렸을 때 살던 집에 다시 들어가 살게 됐다. 헨리 아저씨는 아버지의 어린 시절 집을 마치 자기가 그곳에서 자란 것처럼 또렷하게 기억했다. 그 기억은 아저씨 마음에 깊고 좁은 구멍을 새겨 놓았는데, 그 구멍의 형태는 할아버지의 집에 대한 이런저런 얘기들과 정확히 일치했다. 그리고 구체적이라는 점에서 그동안 옮겨 다닌 집들의 추상적이고 지리적인 차원과는 극명한 대조를 이루었다.

그 집에는 유령이 많았다. 적어도 할아버지 말로는 그랬다. 유령은 전부 할머니의 유령이라고 했다. 아이들이 이 돌과 저 돌, 이 나무와 저 나무, 이 새와 저 새를 구별하는 법을 배우듯이 어린 헨리는 이 유령과 저 유령을 구별하는 법을 배웠다. 아버지와 할아버지처럼 유령들을 알아봤고 평소처럼 생활하면서도 유령이 출몰하면 그걸 감지할 수도 있었다. 유령들은 헨리의 옆을 스치고 지나 문으로 나갔다 들어왔고, 거실에 비스듬하게 서 있거나, 예전에 정원이었던 잔디밭 위로 몸을 구부리고 있기도 했다. 제 나이 또래의 어린 유령도 있었고, 부끄러움이 많고 늘 웃기만 하는 유령도 있었다. 심각한 표정을 짓고 다니는 유령도 있었고, 아파서 침대에 누워 있는 유령, 빨랫줄이 없는데도 옷을 너는 유령도 있었다.

헨리의 아버지는 살아가는 모든 순간에 유령이 있다고, 할머니 유령처럼 주변에 어슬렁거리며 다닌다고 했다. 다 나름대로 그럴 만한 이유가 있어서 모습을 드러낸다고도 했다. 하루는 할머니 유령이 평소처럼 흐리마리하지 않고 아주 또렷하게 모습을 드러냈다. 어린 헨리는 단박에 할머니를 온전하게 알아볼 수 있었다. 그런 경험을 하자 아버지와 할아버지처럼 헨리도 할머니 유령을 사랑하게 됐다. 그 집에 사는 살아 있는 사람들보다 더, 그저 담백하게 사랑하게 됐다.

아들 오언이 열두 살이 되던 해, 시웨이 전기회사가 들어오면서 회사 측 요청으로 또 이사를 하게 됐다. 당시 헨리는 할아버지 집에서 너무 오래 살아서인지 자신과 아버지가 마치 압정처럼 세계지도에서 떨어져 나왔다는 걸 까맣게 잊어버렸다. 압정은 당시 오언이 쓰던 방 벽에 지도와 함께 꽂혀 있었고 오언은 밤에 잠들기 전에 그걸 살펴보곤 했다. 압정이 꽂힌 부분은 흐릿한 갈색 녹이 고리 모양으로 번져 압정 주변과 온타리오 남부, 뉴욕 대부분을 덮어 버렸다.

헨리는 고등학교를 졸업하던 해 여름에 재키와 결혼했다. 같은 해 12월 초에 오언이 태어났다. 헨리와 재키는 여전히 할아버지 집에서 아버지와 같이 살았다. 헨리는 시내에 있는 공장에 다녔는데, 돈을 벌어 나중에 집을 지으려고 커피 깡통에 돈을 모았다.

이미 장소도 점찍어 둔 상태였다. 헨리의 아버지는 예전부터 헨리를 집 뒤편 공터에 자주 데려가곤 했다. 가서는 넓적한 손바닥을 펴서 저 멀리 들판의 경계를 가리키며 토씨 하나 바꾸지 않고 매번 "언젠가는 저 땅이 네 땅이 될 거다" 하고 간단명료하게 말했다.

헨리가 어렸을 때 헨리의 아버지는 봄이면 늘 되살아나는 잡초와 가문비나무를 뽑아 공터를 정리했다. 그땐 아들에게도 일을 시켜 여전히 그 땅이 거기 있다는 것을 기억하게 했다. 어느 날 아버지는 아들에게 더 이상 그 땅 얘기를 하지 않게 됐다. 여러 해가 흘렀다. 헨리는 혼자서 그곳에 가 아버지가 그 큰 손을 자기 어깨에 얹었을 때를 생각했다. 몹시도 차가운 냉기가 등뼈를 타고 오르내리던 그때처럼 서늘한 기운이 온몸을 타고 흐르는 것을 느꼈다.

결혼을 하고 나니 그 땅에 재키를 위한 집을 짓고 싶어졌다. 그러나 헨리의 아버지는 생각이 달랐다. 그 땅이 아들을 위한 옥수수나 스위트비트, 체리로 가득하기를 바랐다. 그건 먹고살려고 일하다 폐가 시커멓게 돼 버리는 광산 일과는 달랐다. 헨리의 아버지 역시 시커멓게 변한 폐 때문에 일을 못 하게 됐다. 또 아버지가 보기에 그건 광산 일과는 정반대로 일꾼들을 하나같이 창백하게 만드는 공장 일과도 달랐다.

헨리가 시내에서 일자리를 얻자 그의 아버지는 공장 일은 진짜 일이 아니라고 했다.

그러나 헨리는 아버지가 모르고 이해 못 하는 게 많다고 생각했다. 어쩔 수 없이 그렇게 타고나는 것도 있지 않은가? 들판을 가리키며 호언장담하는 것 이상의 일도 있지 않은가? 공터 7천여 평보다 더 나은 것도 있는 법이다. 게다가 재키에게 약속도 했다. 헨리 본인도 바라는 일이었고 어쩌면 재키보다 더 간절하게 바라던 건지도 몰랐다. 자기 자신만의 삶을 사는 것 말이다. 이런저런 모습으로 갑자기 나타났다 사라져 사람을 헷갈리게 하는 할머니 유령이 나오지 않는 집, 그리고 유령처럼 홀연히 집을 떠나 버리는 아버지가 없는 집, 헨리는 그런 집에서 살고 싶었다.

그런데 오언이 세 살 되던 해 공장이 문을 닫고 말았다. 커피 깡통에 저축한 돈은 모을 때보다 훨씬 더 빠른 속도로 사라졌다. 시내에서 집수리 일을 얻었지만 공장 일보다 더 힘들었다. 헨리와 재키는 깡통 바닥에 마지막으로 남은 10센트짜리 동전 두 개가 서로 땡그랑 부딪히듯, 어떤 날은 하루 종일 싸우기만 했다.

공장이 문을 닫은 다음 해, 그러니까 오언이 네 살 되던 해, 나날이 좋아진다며 잠시 동안 원기를 회복해 가던 재키가 그만 죽어 버렸다.

헨리는 아버지의 세비 자동차를 몰고 가다 시내에 있는 폐쇄된 공장 벽돌담을 들이받았고 척추가 부러진 채 병원에 실려 갔다.

그 뒤 헨리 아저씨는 지으려고 했던 집에 대해서도, 재키에 대해서도 입을 닫아 버렸다. 그래서 오언에게 엄마 이야기를 들려주는 것은 늘 할아버지였다. 오언 할머니와 오언 어머니 유령의 모습을 나란히 그림으로 그려 가며. 그렇게 두 여자는 오언 곁에서 함께 살게 됐다. 각자 독립해서 살고 싶어 하다가 결국 여전히 좁아터진 곳에 남는 것으로 일이 마무리되니 놀랄 일이었다.

오언은 할아버지로부터 어머니 재키에 관한 이야기를 들었고, 아버지 헨리는 그 이야기를 옆에서 들으며 아내를 떠올렸다. 싱크대에서 거위 목을 비틀듯이 행주를 짜던 재키, 카드놀이를 할 때 남편에게 자기 카드를 숨기려고 눈을 굴리면서 소리 지르고 몸을 구부리던 재키. 아버지가 손자에게 들려주는 얘기를 들으면서, 헨리는 재키가 살아 있을 때 집을 지어 살게 해 주지 못한 것을, 남의 집에 얹혀살다만 가게 한 것을 가슴 치며 후회했다. 처음 봤을 때의 재키, 고등학교 3학년 교실로 들어서던 재키. 되새기고 또 되새기는 그 순간이 헨리에게는 평생 단 한 번, 지극히 행복한 순간이었다. 그 순간은 한 인간이 다른 한 인간에 대해 사랑을 느끼는 최초의 순간이며, 절대적으로 완전하고 또한 절대적으로 완벽한 순간이었다.

이사 소식을 아버지와 오언에게 전한 건 헨리 본인이었다. 댐 공사 때문에 이사해야 한다는 소식을 처음 듣고 나서 만 하루를 꼬박 기다린 다음날 아침 식탁에서였다. 신문사와 소방서에 전화를 여러 통 걸어 자기가 들은 게 맞는지 이미 확인까지 마쳤다. 그게 사실인 걸 알고 난 뒤, 헨리는 그 소식을 들었을 때와 똑같은 상황을 골랐다. 헨리는 시리얼을 앞에 놓고 아버지와 오언에게 알려 줄 내용을 혼자 미리 연습했다. 그러고는 아침 먹는 자리에서 댐 공사가 인간이 이루어 낸 과학기술의 위업이라고, 우리는 지금 진정한 진보의 시대에 살고 있으며 **우리도** 분명 그 일부를 누리고 있다는 말도 보탰다. 그 말을 연습하면서 헨리는 빈 식탁에서 고개를 들고, 아버지와 오언이 평소 앉는 자리를 향해 고개까지 끄덕였었다.

오언이나 오언의 할아버지는 헨리보다 낙관적이지 않았다. 헨리도 실은 자기가 생각한 것만큼 낙관적이지 않았다. 그러나 헨리가 아버지와 다른 점은, 어릴 때부터 체념에 익숙해 아버지가 **'떠나자'** 라고 하면 압정을 뽑아 바로 따라나섰다는 점이다.

사람들은 이제 그 동네를 '카사블랑카' 라고 부른다. 헨리는 나무가 베이고, 지은 지 가장 오래된 집들이 불타는 걸 성난 얼굴로 지켜봤다. 아버지가 힘들게 개간한 들판도 결국 여느 주변 지물과 하나 다를 게 없이 돼 버렸다. 다른 이웃들처럼 헨리가 상자에 그릇을 담는 동안 아버지는 다른 길을 찾았다. 마을이 수몰되기 전 마지막 여름을 나던 7월 초, 헨리는 오언이 할아버지를 따라 자갈 채취장에서 왕모래를 퍼 담은 들통을 들고, 재키가 살아 있을 때 가꾸던 정원이 있는 마당 둔덕을 오르내리는 걸 지켜봤다.

아버지는 거기에 자신만의 댐 기초를 다져 올린 뒤, 이가 맞지 않는 징 열두 개를 울퉁불퉁한 땅에 박아 넣었다. 그리고 오언이 퍼 온 왕모래와 느슨하나마 이를 맞춰 쌓아 올린 돌덩이로 방벽을 세웠다. 그날 저녁 아버지는 물샐 틈도 없을 거라고 얘기해 주었다.

오언의 할아버지는 새로 만든 정원에서 돌을 직접 캐 왔다. 집 앞쪽과 뒤쪽에는 자투리 땅이 있었는데, 허물어진 돌담이 풀에 덮여 뱀처럼 구불구불 이어져 있었다.

자갈과 왕모래를 가져오는 허드렛일은 오언의 몫이었다. 자갈 채취장까지는 족히 일이 킬로미터는 됐기 때문이다. 날은 덥고 외바퀴 손수레는 너무 낡아 바퀴가 휘어 있었다. 자갈을 싣고 돌아오다가 방향을 틀 때마다 자갈이 쏠려 매번 손수레가 엎어질 뻔했다. 손수레의 금속제 마찰음이 어찌나 귀에 거슬렸는지 7월 중순으로 접어들던 당시 오언이 보낸 날들은 **끽끽, 짤깍짤깍** 외바퀴 손수레 소리 말고는 전혀 기억나는 게 없을 정도로 깊이 새겨졌다. 그 소리는 북소리처럼 리듬에 맞춰 흙먼지로 단단히 다져진 길에 울렸다.

주방 창 너머 오언과 아버지가 댐을 쌓는 걸 지켜보던 헨리는 처음에는 오언이 일손을 돕지 못하게 막았다.

"오언, 할아버지가 댐 뉴스를 듣더니 정신이 약간 이상해지신 거야."

포치에서 새 모이통에 모이를 넣다가 계단을 내려오는 오언과 맞닥뜨리면 헨리는 말했다.

"괜히 할아버지 부추기지 마라."

그 말끝에 갑자기 왠지 모를 역겨움이 느껴졌다. 주먹에 쥔 씨앗 한 움큼을 마당에 휙 던져 버렸다. 어쩌면 자기가 한 말이 역겨웠는지도 몰랐다.

몇 마리 안 되는 새들은 조심스레 날아와 모이를 살피다가 날아가 버렸다.

헨리는 마음을 가다듬고 다시 말했다.

"진짜다. 할아버지도 적응해야 돼."

그러면서 오언에게 한쪽 눈을 찡긋해 보였다.

"내가 어렸을 때는 일주일마다 옮겨 다녔는데, 뭐."

다른 때 같았으면 웃었을 텐데 오언은 웃지 않았다. 그래서 헨리는 처음으로 자기 아들을 모르겠다고 생각했다. 적어도 오언이 그 더운 여름에 바깥에서 할아버지와 그렇게 오랜 시간을 보내면서 도대체 무슨 생각을 하는지 도저히 알 수가 없었다.

그때까지만 해도 헨리는 자기 피 속에 가득한 어린 시절의 기억이 일종의 유전자로 잠복해 있다가 오언에게 이어진 건 아닐까, 혼자 엉뚱한 생각까지 했다. 그러다가 퍼뜩 당연히 오언은 자기가 어떻게 살았는지 전혀 모를 거라는 생각이 들었다. 오언의 방에 걸린 세계지도 말고는.

"이제는 안 한다고 딱 잘라 말씀 드려."

헨리는 확신도 못 하면서 그저 무슨 말이라도 해야 할 것 같아 말했다.

"아마 금세 잊어버리실 거다."

헨리는 오언이 지나갈 수 있게 휠체어를 돌려 두 번째 새 모이통 쪽으로 자리를 옮겼다. 그리고 모이통 아가리에 낀 단단한 모이를 부수어 빼냈다.

그때까지만 해도 헨리는 그들이 그토록 사랑했던 유령들을 떼어 내고 거기를 떠나는 일이 그다지 어렵지 않을 거라 생각했다. 훨씬 더 멀리까지 이사해 어쩌면 토론토에 정착할 수도 있을 거라고, 어쩌면 그럴 수도 있을 거라고 생각했다. 토론토라면 오언이 대학교에 다닐 수 있고, 바닥에는 리놀륨 장판을 깐 계단 없는 집에서 살 수도 있을 것이다. 아버지는 옛집에서 계단을 오르내리는 걸 힘들어 했다. 늙고 시커멓게 되어 늘 공기가 모자라 헐떡이는 폐가 다시 숨을 고를 수 있도록 아버지는 두 군데 좁은 계단참에서 잠깐씩 쉬어가야 했다. 토론토에 가면 아버지가 바람도 쐬고 새도 날아올 만한 마당을 마련할 수 있을 것이다. 작아도 상관없었다. 어쨌거나 아버지는 이제 마당에 구덩이를 팔 힘도 없으니까.

그런 곳으로 이사하면 오언도 15분이면 잔디를 다 깎을 수 있을 거라고 생각했다.

오언에게 댐 일을 돕지 말라고 한 지 2주가 지났지만 오언은 전보다 더 열심히 제 할아버지를 도왔다.

"할아버지는 완전히 돌았어."

오언과 같이 주방에서 접시를 포장하던 어느 날 밤, 헨리는 다시 얘기를 꺼냈다.

"이제 할 만큼 했다. 동네 하나를 수몰시키는 사람들인데, 다 짓지도 못하고 댐은커녕 담장밖에 안 되는 걸 물 속에 가라앉히는 건 식은 죽 먹기다. 아무것도 못 건져."

다리가 긴 의자에 올라서서 낡은 찬장 깊숙한 곳에 손을 집어넣은 오언은 고개를 끄떡하면서 그레이비 소스를 담는 큰 그릇을 꺼내 아버지에게 건네 줬다.

그 뒤로 한동안 헨리는 그 얘기를 꺼내지 않았다.

2

그날 식사를 끝낸 뒤, 헨리 아저씨는 손으로 식탁을 밀어 휠체어를 뒤로 뺐다.

"더 들어갈 데 남겨 두라고. 파이도 있으니까."

아저씨가 나이프와 포크를 접시에 함부로 던지자 쟁그랑 소리가 크게 났다. 아저씨가 휠체어를 밀어 다른 방으로 가자 아빠가 찬성이라도 한다는 듯 아저씨의 말을 따라 했다.

"그렇지, 파이도 있었지."

하지만 아저씨의 그 말엔 아무 뜻도 없었다. 그냥 아저씨가 옛날에 써 먹던 농담이거나, 아니면 누가 먼저 시작한 건지도 잊어버린 농담이었다. 우리는 아저씨가 그런 농담을 하는 걸 거의 들어 본 적이 없었다. 집에는 후식으로 먹을 파이 따위도 없었다. 한 번씩 수전이 후식을 가져오기도 하고, 아빠가 마트에서 전혀 맛있을 것 같지 않은 껍질 얇은 파이를 사 들고 오기는 했다. 사실 파이란 건 두께가 가장 중요하다. 그해 여름, 그 얄팍한 파이는 누구의 관심도 끌지 못한 채 식탁 위를 지켰고 결국 내가 내다 버렸다.

내가 내다 버리지 않았다면 두 남자는 그 많은 상한 음식들을 다 어떻게 했을까?

헨리 아저씨는 공책을 들고 다른 방에 자리를 잡았다. 텔레비전 채널 돌리는 소리가 나더니 운동경기 소리가 나직하게 퍼졌다. 아빠와 나는 아무 말도 하지 않고 각자 자기 퍼즐을 풀었다. 전날 다 못 푼 십자말풀이였다.

헨리 아저씨는 경기가 채 끝나기 전에 텔레비전이 있는 방 옆에 붙은 자기 방으로 휠체어를 밀어 갔다. 아저씨는 밤마다 꾸준히, 진지하고 열성적으로 기도하듯 팔굽혀펴기를 하는데, 침대 틀을 잡고 마지막 일곱 번째 팔굽혀펴기를 할 때는 낑낑거렸다. 그때쯤이면 아빠도 안 다친 팔을 허공에 쳐들고 손가락 하나로 천장을 가리키며 성스러운 영감이라도 얻은 것처럼 마침내 십자말풀이를 완성했다고 선언했다.

다음 날 아침 전화벨이 울렸다. 아빠는 헬렌 언니라고 생각하고 달려가 받았는데, 뜻밖에 병원에서 온 전화였다. 그날 오후 병원을 나와 다시 국경을 넘을 때 아빠는 지난주처럼 조용히 창밖만 내다봤다. 평소와는 다른 모습이었다.

그런데 이번에는 내가 운전하면서 자기를 보는 걸 알아차리고는 내 쪽으로 몸을 기울여 무릎을 톡톡 치면서 힘없이 웃으며 말했다.

"뭐 생각?"

딱히 답을 듣겠다는 질문은 아니었다. 아빠는 내게 미안해하는 것 같았다.

지난주 어깨 부상으로 엑스레이를 찍었을 때, 사진에서 아빠의 오른쪽 폐에 큰 덩어리가 발견됐다고 했다. 그래서 오후 내내 이 검사 저 검사를 받았다. 아빠가 검사를 받는 동안 나는 텅 빈 병원 로비에서 잡지를 읽으며 기다렸다. 그러나 온갖 검사를 해도 결과는 '확진 불가'였다. 폐 기능이 전반적으로 나빠져서 그렇다는 거였다. 6월의 바로 그날, 공격적인 폐암 말기 단계로 접어든 것 같다는 소리를 듣고도 아빠는 결국 아무런 진단명도 받지 못한 채 병원을 나섰다.

그날 밤 아빠는 파고를 떠난 뒤 처음으로 맥주를 마셨다. 13년 만이었다. 아빠는 맥주 열두 캔을 더 비웠다.

"뚱하니 풀 죽은 시늉 따위 집어치우자고."

세 번째 캔을 따면서 아빠는 말했다.

나는 집을 나와 부두 쪽으로 걸어갔다. 바깥에 나가고 싶지 않았지만, 집 안에 있기도 싫었다. 최대한 거기 서서 버티면서 호수

반대편 물가에 어룽거리는 불빛에 신경을 집중했다. 아무 생각도 안 났다. 발길을 돌린 나는 눈에 익은 포치의 불빛을 따라 집으로 돌아왔다.

아빠가 살 수 있는 가능성은 희박했다.

부두에서 아저씨 집으로 돌아올 때, 처음에는 아저씨 집 불빛이 저 먼 하늘의 별빛 같았다. 이미 죽은 별 말이다. 오르막을 올라 호수에서 멀어져 집으로 점점 가까이 갈 땐, 그 불빛이 커다란 동물의 눈처럼 보이기 시작하더니 다시 그보다 훨씬 더 큰 별빛으로 바뀌었다. 이번에는 전과 달리 살짝 떠는 것 같기도 했다. 살아 있는 것만 같았다. 그러나 다시 그 빛은 집 바깥 난간에 걸어 놓은 원래의 등불로 돌아갔다.

내가 돌아갔을 때 아빠는 맥주를 다섯 캔째 비우는 중이었다. 헨리 아저씨가 나를 먼저 보고 눈짓을 했다.

'내가 뭘 어쩌면 좋겠니?'

나도 눈으로 답을 했다.

'아무것도요.'

나는 아저씨 건너편 식탁 의자에 앉아 그날 신문에 실린 십자말풀이를 폈지만, 벌써 다 풀려 있었다.

아저씨는 그날 밤 경기를 보지 않았다. 처음이었다. 그래도 공책은 펼쳐 놓고 한두 번씩 흘긋흘긋 들여다보았다. 하지만 수학 문제를 푸는 것 같지는 않았다. 잠시 뒤 아빠가 아저씨에게 말을 걸었다. 아빠는 풀이 죽기는커녕 상당히 유쾌해 보였고, 그 상태는 마지막 열세 캔째 맥주를 비우고 쓰러질 때까지 계속됐다.

"어, 헨리, 무슨 일 있어요?"

"으응, 별 거 없네."

헨리 아저씨가 어깨를 으쓱했다.

아빠는 냉장고로 가서 여섯 번째 캔을 꺼내며 내게 말했다.

"폴 어도스가 어떻게 내 목숨을 구했는지 얘기해 줬나?"

아빠는 몸을 기울여 헨리 아저씨 어깨를 쳤다.

"누구요?"

"어도스 말야!"

아빠가 소리를 꽥 지르고 식탁에 앉았다. 그러더니 헨리 아저씨를 보며 말했다.

"당신은 아직 세상을 구하지 못했어요."▪

아저씨는 웃었고, 웃음을 감추려고 퍼즐도 없는 신문에 고개를 박고 문제를 푸는 척했다.

"그래도 어디서든 다시 시작해야 해요. 안 그래요? 어쨌든 다시 시작해야 한다고요."▪▪

"어도스가 누군데요?"

내가 물었다. 아빠가 기침을 하면서 웃었고, 성한 팔로 헨리 아저씨를 가리켰다.

"지금 네가 보고 있는 사람이다!"

"알았어요."

▪ 〈카사블랑카〉에 나오는 대사.
▪▪ 마찬가지로 〈카사블랑카〉에 나오는 대사.

나는 그렇게 말하고 신문을 다시 집어 들었다. 물론 눈에 들어오지 않았다.

그러나 아빠는 쉽게 포기하지 않았고 이야기를 하나 꺼냈다. 지금껏 내내 그 이야기를 해 줄 생각만 하고 있었던 사람처럼.

"내가 어디 있었는지 전혀 기억 안 나. 태평양 해안과 파고 중간 어디쯤에 있는 끔찍한 동네였어. 지저분한 호텔에서 아프다 말다 아프다 말다 했고, 술도 마시고 십자말풀이도 했지. 거의 다 풀었는데 딱 하나, 그 젠장 맞을 문제 하나가 안 풀렸어. 잊을 수가 없네. '숫자를 사랑한 사람', 그게 마지막 문제였지. 젠장, 그래서 생각했지, '**나도 그런 사람 하나 아는데.**' 헨리도 그랬으니까."

"네 아버지는 내 이름을 한번 찔러 본 거야. 글자 수는 맞았는데 철자가 틀렸어."

"글자 칸이 다섯 개짜리고, 순서는 모르겠지만 이e, 디d, 오o, 이렇게인데, 아무리 생각해도 모르겠는 거야! 거의 다 왔는데, 거의 다 풀었는데. 그런데 제기랄, 단어 하나가 남았어. 아니, 글자 두 개만 알면 되는데 그게 생각이 안 나. 그래서 호텔 프런트로 뛰어 내려가서 거기 아가씨한테 그랬지. '이봐요, 아가씨, 컴퓨터로 뭣 좀 검색해 주시겠소?'"

얘기를 듣던 헨리 아저씨가 큭큭거렸다. 그렇게 웃으니까 아빠는 용기백배해 아예 포효하듯 웃었는데, 기침 때문에 웃음은 금세 막혀 버렸다.

"진짜 웃겼어. 술이 떡이 된 상태였으니까. 프런트 아가씨가 '물론이죠, 선생님. 뭘 도와드릴까요?' 하는 거야. 그래서 내가 얘길 하니까 그 아가씨가 '아, 죄송합니다만' 그러지 뭐야."

아빠는 목소리 톤을 바꿔 여자 흉내를 냈다.

"손님, 죄송합니다만, 제게는 그걸 해 드릴 권-한이 없거든요."

"아니, 아가씨에게는 그럴 권한이 있어요."

아빠는 카운터 너머로 몸을 기울여 직원의 컴퓨터를 넘겨다 보려고 했다.

"인터넷 되는 거 아니오?"

"아, 물론 됩니다만, 호텔이나 기업체 관련 사이트만 검색하는 겁니다."

직원은 사무적인 말투로 딱 부러지게 말했다.

"이 거지같은 일을 하라고 맡기면서 성서에 대고 선서라도 시킨 거요, 뭐요?"

"취하셨네요, 손님. 객실로 돌아가시는 게 어떨까요? 안 그러시면 지배인을 부르겠습니다."

아빠는 흥분을 가라앉혔다.

"이거 봐요, 아가씨, 미안해요. 이걸 꼭 검색해 봐야 한다고요. 날 도와주면 아가씨는 정말이지 날 **살리는 거나** 마찬가지라오. 그냥 이거 하나만 검색 좀 해 줘요. 1분도 안 걸려요."

그러자 직원은 주위를 살폈다. 의자에 앉은 자세가 몹시 불편해 보였다.

"좋아요. 뭔데요?"

"아이고, 고맙습니다. 고마워요. 검색창에 '숫자를 사랑한 사람'이라고 한번 쳐 보세요. 뭐가 나오는지 한 번만 봐요."

직원이 컴퓨터에 그 말을 받아 쳤다. 그리고 입을 꽉 다문 채 입술 한구석을 잘근잘근 씹었다.

"흐음, 사이트가 수도 없이 뜨네요."

"그래요, 뭐가 뜹니까?"

"제일 먼저, 보자, '숫자만 사랑하는 사람은 쉽사리 빠져드는 게……'"

"계속해 봐요."

"그 특이함에도 불구하고 그는, 폴 어도스▪, 19……."

"잠깐, 돌아가요. 좀 전에 그 이름 어떻게 쓰는 거죠? 아까 그 이름요."

"폴 어도스. 이,알,디,오,에스E-r-d-o-s네요."

아빠는 아이처럼 손가락으로 이름의 글자 수를 꼼꼼히 셌다.

"그거예요! 어도스! 정말 고맙습니다."

아빠는 그 뒤에 도서관으로 가서 어도스를 찾아보았다.

▪ 폴 에르되시Paul Erdos, 1913~1996. 헝가리 태생의 유대인 수학자. 여러 나라를 떠돌며 생활했던 그는 매카시 광풍이 불었을 때 미국 FBI의 수사 대상에 오르기도 했다. 수학의 난제를 매우 단순하면서도 아름다운 방식으로 풀었다는 찬사를 받았다. 개인의 자유를 억압하는 나라를 소문자로 시작하는 독특한 이름으로 불러 유명하다. 가령 미국은 엉클샘에서 '샘랜드samland', 소련은 요세프 스탈린에서 딴 '조덤joedom'이었다. 에르되시에 관한 책 중에 『숫자만 사랑한 남자*The Man Who Loved Only Numbers*』(1998)가 있다. 본문에서는 영어식 발음을 따라 '폴 어도스'로 표기했다.

"참 희한한 사람이더군. 뭐 하나 제대로 되는 게 없고, 아파트도 하나 제대로 간수 못 하는 사람이었지. 사람들과 여기저기 부딪히질 않나, 친구나 친구의 친구들과 마찰이 생기질 않나. 그런데 아무도 그런 것에 신경을 안 쓰더라는 거야. 워낙 천재다 보니 그 사람이 옆에 있는 걸 다들 좋아했대요. 진짜 대단한 사람이었지. 관심은 온통 수학밖에 없었고. 이 나라에 있는 천재라는 사람들하고 똑같아. 몇 시간을 꼼짝도 하지 않고 앉았다가 문제를 하나 들고 나와서는 그걸 풀어 보이는 거지. 그게 어도스에게는 삶 그 자체였어. 살 만한 가치가 있는 유일한 일이라고 생각했지."

"알았어요. 근데, 아빠 목숨을 구했다는 건 무슨 소리예요?"

"아, 그거."

나는 그제야 깨달았다. 아까 아빠 목숨을 구했느니 어쨌느니 했던 이야기는 어도스란 작자의 이야기가 하고 싶어 나를 꾀려고 던진 미끼라는 것을. 어도스는 아빠에게는 굉장히 재미있는 사람이겠지만 그런 미끼가 없으면 내가 관심을 가질 인물은 아니었으니까.

머뭇거리는 아빠 대신 헨리 아저씨가 나섰다.

"보자⋯⋯, 하루는 네 아버지가 뜬금없이 전화를 해서 지금 너한테 하듯이 이 어도스란 작자 얘기를 꺼내지 뭐냐. 그러면서 우리가, 그러니까 나랑 어도스가 되게 닮았다는 거야. 통화를 어찌나 길게 하던지⋯⋯, 그래서 본 지도 워낙 오래됐고 너도 알다시피 소식 들은 지도 오래됐잖니, 그래서 내가 전화통에서

네 아버지를 떼 내려고 그냥 여기 한번 오는 게 어떠냐고 말한 거지."

"그래서 그날 밤 당장 차를 몰고 출발했지. 도대체 왜 그렇게 긴 세월이 걸렸는지 이해가 안 됐어. 새 출발이 필요하다는 생각은 줄곧 했지만, 뭐 이제는 문제될 것도 없었지. 갑자기 무슨 일이 있어도 호수로 가서 살아야 한다고, 옛날처럼 우리 두 딸이랑 헨리 아저씨랑 살아야 한다는 생각이 간절해졌어. 옛날에는……."

아빠가 말을 뚝 잘랐고, 아저씨는 식탁에서 휠체어를 앞뒤로 왔다 갔다 밀었다. 조금 신경질적인 움직임이어서 우리 모두를 신경 쓰이게 만들었다. 아빠 목소리가 갑자기 쉰 걸로 봐서, 아저씨가 일부러 그러는 것 같았다.

"그게 언제였는데요? 그때 그 여름은 아니었죠? 맨 처음 돌아왔던 해 여름이요?"

적어도 내가 아는 한, 최초로 자취를 감춘 뒤 처음 호수로 돌아왔을 때 아빠는 몇 달간 술을 끊은 상태였다.

"그래, 아니다."

아빠의 나른한 감상感傷은 순식간에 사라졌다.

"파고로 들어선 날 밤에 경찰한테 잡혔는데, 또 음주 운전으로 걸리는 바람에 알코올중독 클리닉에 들어갔다가 다시 병원으로 갔지. 클리닉은 효과가 없었으니까. 복수심에 위장을 아주 혹사시켰어. 거의 망가질 뻔 했지. 다시 클리닉에 들어갔는데, 이번에는 효과가 있었어. 그리고 그 다음 해 여름에 이리로 온 거다."

"그러니까 폴 어도스랑 아빠가 목숨을 건진 거랑은 아무 상관 없는 거네요. 실제로는 아빠 목숨을 구한 게 아니라 죽일 뻔했고요. 그때 경찰이 아빠를 제지하지 않았다면 말예요."

"어떻게 웨스트파고 경찰 두 명이 내 목숨을 구했다고 할 수 있어! 차라리 헨리 아저씨한테 내 목숨을 빚졌다고 하는 게 더 낫지 않니?"

아빠가 소리를 꽥 질렀다.

"난 아닐세. 내 이름이랑은 안 맞잖아, 기억 안 나?"

"폴, 어, 도, 스. 나는 그에게 내 여생을 빚졌다."

아빠가 한 음절 한 음절 내뱉었다.

"좋은 사람이었지. 수학 천재고."

아저씨가 아빠 말에 맞장구를 쳐 주었다.

"진짜 멋진 게 뭐냐면 말이지, 어도스가 정말 현명한 말만 하는 사람이었다는 거야."

"아이고, 또야?"

헨리 아저씨의 반응으로 봐서 이미 이 얘기가 여러 차례 나온 것 같았다.

"처음에는……."

아빠는 연극배우같이 폼을 잡더니 목소리를 깔았다. 아빠 목소리가 울리자 그렇지 않아도 좁은 주방은 갑자기 몹시 황량하고 더 작게 느껴졌다.

"처음에는 지퍼 올리는 걸 잊어 먹는다. 다음에는 지퍼 내리는 걸 잊어 먹는다. 시란 그런 것이다. 어떠냐?"

"우울해지네요."

내가 말했다.

"우울증. 그 사람은 우울증 덕에 목숨을 구했지."

헨리 아저씨 말이었다.

"처음에는 지퍼 올리는 걸 잊어 먹다가……, 다음에는……."

아빠가 말했다.

"이제 그만하지. 한두 번 들었어야 말이지."

아저씨는 그러고는 분위기를 바꿀 생각으로 하던 이야기를 계속 이어 갔다.

3

봄이 되고 땅이 풀리자 오언과 오언의 할아버지는 뒷마당의 댐 공사를 재개했다. 겨울을 지나며 허물어진 부분에는 비계飛階를 다시 세워야 했다. 이번 공사에서는 지난 가을, 전기회사가 나무를 베고 남은 나무토막이나 잔가지를 활용할 수 있었다. 전기회사가 나무를 베는 바람에 그 지역 풍광이 망가졌다.

헨리는 점점 아버지가 미쳐 버린 게 아닐까 하는 생각이 들기 시작했다.

아버지 말고도 집을 떠나지 않겠다고 버틴 사람이 더러 있었다. 그러나 제일 늦게까지 버틴 사람은 바로 아버지였다. 헨리와 오언이 호수 도로에서 떨어진 곳에 새로 지은 정부 주택으로 이사한 뒤에는 오언의 도움도 없이 아버지는 뒷마당 댐 공사를 강행했다. 결국 공사를 완전히 제지당하기까지 4주 동안이나 날마다 공사가 강행됐다. 헨리와 오언은 옛집까지 10킬로미터 정도를 운전해 가서 아버지를 설득했다.

"할아버지, 소용없어요. 저도 댐을 봤다니까요."

오언이 말했다. 그렇게 말해도 매번 할아버지는 아들과 손자의 청을 뿌리쳤다.

물이 차오르기 시작했는데도 오언의 할아버지와 다른 주민 두 명은 그대로 남아 버텼다. 마침내 경찰이 개입했다. 경찰은 배를 빌려 사람들을 태웠다. 카풀이라도 하는 것 같았다. 오언도 따라갔다. 오언은 뱃머리 쪽, 아버지와 경찰관 두 명 옆에 앉았기 때문에 멀리서도 할아버지를 제일 먼저 알아볼 수 있었다. 할아버지는 두 팔을 옆구리에 끼고 포치 앞에 서 있었다. 포치 제일 위 계단까지 차오른 물 때문에 할아버지의 신발이 몽땅 젖어 있었다. 경찰 한 명이 몸을 앞쪽으로 기울이는 바람에 배가 기우뚱했다. 그 경찰이 눈을 찡긋하며 확성기를 오언에게 건네주었다. 깜짝 놀랄 정도로 무거웠다. 오언은 자기가 말하고 있다는 사실조차 인식하지 못한 채, 자기 목소리가 크고 높게 공중으로 퍼져나가는 소리를 들었다.

결국 할아버지는 포치에서 발을 떼 배 난간 위에 올라섰고 중심을 잡으려고 오언의 어깨를 잡았다. 할아버지는 헨리와 오언 바로 옆자리인 뱃머리 쪽 낮은 벤치에 자리 잡고 앉아 비바람이 몹시 심한 날 우산을 꽉 그러쥐듯이, 한참 동안이나 자기도 모르게 오언의 어깨를 꽉 잡고 놓지 않았다.

4

아빠는 집에서 술을 마시고 십자말풀이를 하거나 빌린 디브이디로 영화를 봤다. 나는 헨리 아저씨와 같이 호수에 가서 시간을 보내는 일이 더 많아졌다. 어렸을 때 그랬던 것처럼 아저씨와 나는 배를 타고 호수의 작은 만들을 드나들며 낮 시간을 보내거나 물이 잔잔한 날이면 몇 시간이고 호수 한가운데 배를 띄운 채 가만히 있었다. 아저씨는 낚싯줄을 물 아래 수직으로 드리웠다. 물고기가 잡힐 것 같지 않은 모양새인데도 어쨌거나 아저씨는 그러고 있었다.

어릴 때 아빠가 사라졌던 그 외로운 여름, 언니와 나만 달랑 아저씨 집에 찾아갔을 때, 나는 과거가 헨리 아저씨네 뒷마당에 반쯤 잠긴 채 실제로 존재한다고 상상했다. 사람은 모두 과거를 한 구석에 묻은 채 산다. 그러면 된 것 아닌가? 적어도 나는 그랬다. 나는 가끔씩 아저씨 표정에서 어떤 슬픔을 보았고, 그 슬픔에 대해 알고 싶었다. 슬픔은, 만약 당신이 슬픔을 눈으로 볼 수 있다면, 펼쳐 놓은 자기 삶의 모서리를 들어 올려 거기, 그 안에 조심스레 머물고만 싶게 만드는 것이다.

물론 지금은 예전에 생각했듯이 그렇게 묻어 버릴 수 있는 건 없다는 걸 안다. 대신 나는 모든 게 그 자리에 그대로 남아 있다고 생각한다. 사물의 표면, 사물의 제일 가장자리에. 그러니 결국 진짜 중요한 건 인생에서 떨어져 나간 것이 아니라 여전히 그 자리에 남아 있는 것들 사이의 거리인 것이다.

휠체어에서 배로 옮겨 타는 건 절대 쉬운 일이 아니었다. 그러나 일단 배에 타면 아저씨는 무척 좋아했다. 배에서는 다리를 쓸 일이 없으니 가늘어진 다리를 양반 다리로 해 앉으면 더 편한 것 같았다. 내가 배를 몰 때면 가끔씩 한 팔을 뻗어 배를 세우라고 소리치기도 했다. 그러면 우리는 그냥 물 위에 배를 띄운 채 주위를 살피며 한동안 아주 조용히 떠 있기만 했다. 우리는 아빠에 대해, 아빠가 곧 죽을 거라는 것에 대해 얘기하지 않았다. 헬렌 언니에 대해서도 그랬다. 아빠가 또 술을 마신다는 것을 알고 언니가 불같이 화를 낸 것에 대해서도 나는 말하지 않았다. 전화기에 대고 언니는 내게 정말이지 맹렬하게 분노를 퍼부었다. **"너, 도대체 거기서 뭐하고 있는 거야?"**

내 이야기도 마찬가지였다. 내가 남겨 두고 온 것들, 남겨 놓지 않고 온 것들, 앞으로 어떻게 새로운 인생을 찾아낼지, 앞으로 어떻게 살아야 할지, 아저씨와 나는 아무런 이야기도 하지 않았다.

우리의 여행에 대해서도 묻지 않았다. 전에는 헨리 아저씨가 저녁에 자기 얘기를 시작하면 한 번씩 넌지시 묻기도 했지만, 이제는 아니었다. 아저씨도 더는 내게 묻지 않았다.

그러나 아빠나 언니에게 대놓고 묻고 싶은 것이 있기는 했다.

아저씨가 재혼하지 않은 이유 같은 거였다. 물론 오언에 대해서도 묻고 싶었다.

한번은 아빠가 여자들이란 슬픈 일이 생겼을 때 그 일이 일어난 이유만 알면 없던 일처럼 만들 수 있다고 착각한다고 말했다. 전쟁에서 겪은 일을 얘기해 달라고 했더니 돌아온 대꾸가 그랬다. 아빠는 내가 꼭 엄마처럼 호기심이 많다고 했는데, 그 말투에서 나는 내가 최악의 질문을 했다는 것을 깨달았다.

그래서 시간이 흘러 아빠가 스스로 이야기를 꺼내기 전까지, 나는 두 번 다시 아빠에게 전쟁 이야기를 하지 않았다.

나 역시 **슬픈 일이 사라지게 할 수 있다**고 정말로 믿었던 게 맞다. 헨리 아저씨에게 어떤 일이 생겼는지 알면 나나 내가 사랑하는 사람에게는 그런 일이 생기지 않게 막을 수 있다고 말이다. 아저씨는 이번 여름에야 그 차 사고에 대해 이야기해 주었다.

왜 헨리 아저씨에게 그런 일이 생겼는지, 그리고 왜 부모님이 그토록 쓸쓸하게 헤어질 수밖에 없었는지, 정확하게 이유를 알게 되면 그들이 겪은 외로움을 나는 피해 갈 수 있을 거라고 믿었다.

그러나 당시 나는 그럭저럭 만족하며 지냈던 것 같다. 아저씨와 함께 배를 타고 호수에 떠서, 아저씨가 모터를 끄라면 끄고, 아무 대화 없이 그렇게. 수몰된 옛터를 지날 때면 배의 모터를 끄고 무거운 봉돌을 단 긴 낚싯줄을 호수 아래로 드리웠다. 물고기를 잡겠다는 마음도 없이 긴 오후 시간을 보냈다.

그럴 때면 슬픔은 내게서 떠나 완전하고 분리된 물체같이 더는 나와 아무 상관이 없는 것처럼 보였다. 그런 오후면 헨리 아저씨의 슬픔도 아저씨와는 거의 상관없는 것처럼 보였고, 내가 항상 아저씨 슬픔의 근원이라고 짐작했던 것도 마찬가지로 멀어졌다. 어쨌거나 우리는 수몰된 마을 위를 아주 편안하게 떠다녔고, 아저씨에게서는 아무런 회환도 찾아볼 수 없었다. 아니다. 아저씨의 슬픔은 사라진 마을과 관련된 것도 아니고, 수몰 이후 아저씨에게 일어난 지독히도 슬픈 일들과 관련된 것도 아니었다. 진짜 슬픈 일은 그보다 훨씬 전에 일어났고, 아저씨 입으로 직접 말한 것처럼 우리는 **이런저런 일을 겪으면서 살아야** 하는 것이다. 앞서거니 뒤서거니 하면서, 어쨌거나 이렇게 저렇게 오랜 세월을 살아야 하는 게 인생이라고 했다.

아니, 어쩌면 슬픔은 특정한 순간이나 감정을 떠올리게 하는 어떤 냄새나 형태, 색채, 아니면 뭔지는 몰라도 순간적인 어떤 느낌과 관계있는 것인지도 모른다. 갑작스레 몰아닥치는 기이한 그리움이나 향수병 같은 것 말이다. 가 본 적도 없는 곳에 대한 그리움. 처음 맡아 보는 냄새가 불러일으키는 어떤 그리움 같은 것. 색채나 형태도 마찬가지다. 도무지 기억나지 않는 풍경과 관련된 어떤 색채나 형태가 불러일으키는 그리움 같은 것, 그것과 관계있다.

5

7월 중순, 아빠는 한밤중에 또 한 번 원시인이 내는 것 같은 비명을 질러 나를 깨웠다. 아빠의 비명은 두 개 층을 타고 3층 오언의 침실까지 날아왔다. 그러나 이번 비명은 그 긴박함의 성질이 좀 달랐다. 예전에 잊어버린 어떤 소리의 메아리 같았다. 무엇 때문에 비명을 질렀는지는 몰라도 아주 옛날 아빠의 폐 속에서 울렸던 비명이 이제야 내게 전달되는 것 같았다.

잠시 뒤 주방에 내려가 보니 헨리 아저씨와 아빠가 있었다. 전에는 늘 십자말풀이가 놓여 있던 탁자 위에는 책 한 권이 있었다. 나를 발견한 아빠는 기뻐 함성을 지르면서 엄지손가락을 끼워 둔 쪽을 펼쳤다. 거기에는 페트럴이 있었다. 그 긴 세월 동안 아빠 가슴 속에 계속 남아 메아리를 울린 게 바로 그 배였음을, 그리고 아빠가 그 배에 다시 손대고 싶어한다는 것을 나는 알 수 있었다.

엄마는 멕시코의 로디 스튜어트 창고에서 보관비 50달러를 치르고 배를 찾아 오로노의 할머니 댁으로 갔다. 배를 싣고 가는 데 한 시간 반이나 걸렸다. 배는 오로노에 자리를 잡은 뒤 계속 거기에 있었다. 그래서 18년의 세월이 흐른 뒤 아빠가 책을 펼치다 우연히 찾아낸 그 배는 할머니 집 진입로 흙길 끄트머리에 있는 창고에, 로디 스튜어트 창고에 방치되어 있을 때와 똑같이 방치돼 있었다. 배는 그동안 비둘기 똥을 엄청 뒤집어썼다. 덕분에 아주 오랜 세월 항해를 해 이물부터 고물까지 온통 따개비가 덕지덕지 붙은 것만 같았다. 할머니는 집에 한 번 들어온 건 절대 내버리지 않았기 때문에 창고는 아무짝에도 쓸모없는 것들과 용도가 보류된 것들을 위한 최후의 안식처가 되었다. 그래서 여러 세대에 걸

쳐 내다 버린 자전거나 쓰지 않는 가구, 폐목재와 함께 그 배도 내게는 희귀한 물건이 되었다. 사람의 손을 탔던 흔적이 말끔히 제거되고, 처음부터 그것만의 세계에서 단독으로 존재한 물건 같았다.

사실 나는 그 배가 우리 가족과 어떻게 관계를 맺었는지조차 잊고 있었던 것 같다. 배는 한때 엄마의 마음을 찢어 놓은 물건이었고, 엄마는 언니와 내게 그랬듯이 그 배를 향해 맹렬한 분노와 자부심을 동시에 품었다. 나 말고는 아무도 창고에 가지 않았고, 가더라도 짐을 하나 더 보태러 갈 뿐이었기 때문에 나는 나만의 사적이고 단순한 방식으로 그 배와 관계를 새로 맺을 수 있었다. 처음에는 배가 미완성이란 것도 깨닫지 못했다. 그냥 그게 창고에 방치돼 있다는 사실만으로 충분했다. 비둘기가 여러 세대에 걸쳐 거기에 똥을 싸 놓은 것, 그리고 상상 속에서 배가 항해를 하는 것만으로도 충분했다.

그래서 어느 날 엄마가 불쑥, 언젠가는 배를 완성해야 할 거 아니냐고 했을 때 나는 깜짝 놀랐다.

"아니라면 뭐하러 여태 보관하고 있겠니?"

엄마가 말했다.

어른들은 특별한 이유도 없이 이랬다저랬다 했다. 나는 그들을 오래 전에 포기한 참이었다. 하지만 그때는 그 사실을 깜빡하고 있었다.

엄마가 배를 마저 손봐야 하지 않겠냐고 했을 무렵, 나는 더 이상 아이가 아니었다. 그때는 아빠의 소재도 파악된 상태였고, 나는 스무 살이 다 되었을 때였다. 엄마에게 창고에 갖다 놓은 다른 물건들은 어떻게 할 거냐고 묻지 않았다. 그러나 쓸모가 없어진 정원용 가구나 소파 베드, 고장 난 엔진 부품 따위가 게으름과 은둔의 긴 세월에서 벗어나 갑자기 생명력을 되찾는 광경을 상상했다.

"네 할머니는 저걸 내다 버리라고 늘 잔소리였지."

엄마는 믿을 수 없다는 표정으로 그런 말도 했다. 그 순간 엄마 얼굴엔 엄마가 헬렌과 나에게 말할 때 짓곤 하던 표정이 떠올랐다. 그 순간이 오면, 아니, 엄마가 그런 기미만 보여도 우리는 숨이 멎을 듯했다. 아주 각별한 사랑을 받고 있는 것만 같았다. 지독히 강렬한 사랑이라 우리는 그 사랑의 크기에 맞먹는 공포감마저 느꼈다. 크면서 그런 식의 사랑을 너무 많이 받았고, 세상으로부터도 그만큼의 사랑을 받은 터라 우리는 도저히 되돌려 줄 힘이 없고, 되돌려 줄 의지도 생기지 않을 것 같았다.

아빠는 책에서 고개를 들더니 이제는 내가 누르고 있는 책장에서 손을 뗐다. 그러더니 너털웃음 끝에 기침을 하면서 일어나 엄마에게 전화를 하러 갔다. 나는 그 모습을 보면서 생각했다. 우리가 외할머니네 창고에서 배를 꺼내 카사블랑카로 실어 오면, 아빠와 함께 보낸 마지막 여름에 우리가 엄마에게 남긴 치유할 길 없는 큰 상처가 조금이라도 치유될지 모른다고.

아직도 배가 거기에 있고, 아빠가 배를 만들어 주겠노라 약속한 것이 여전히 유효하다는 것은 놀라운 일이었다. 아빠는 어쩌다 이야기가 잘못 튀어나오는 경우가 아니라면 절대로 먼저 그 배 이야기를 꺼내지 않았다. 배를 완성한다는 것은 나나 아빠에게 현실성 없는 옛날 일이었고, 절대 되찾을 수 없는 과거와 같았다.

엄마의 말은 아무도 귀담아듣지 않았다. 나도 그랬고, 아빠와 거의 말을 하지 않는 언니도 이것에 대해서만은 아빠 편이었다. 지금 생각해 보면 우리는 배가 아빠의 파고 궁전 노릇을 해 주길 바랐던 것 같다. 아빠를 카사블랑카로 데려간 것에 책임을 느꼈으므로.

우스운 일 아닌가? 자기 이야기를 하면서도 남 이야기처럼 하고 옛날 일을 지금 일처럼 말한다. 아예 뚝 떨어져서 자기 이야기가 아닌 것처럼 말하기도 한다. 그렇게 오랫동안 아빠 배라고 짐작만 했던 것이 진짜 아빠 배란 걸 깨닫고, 내 배였거나 내 배가될 가능성은 그보다 훨씬 적다는 걸 깨닫는 데 그렇게 오랜 세월이 걸릴 필요는 없었는데 말이다.

또 있다. 배가 아빠 것이라기보다 오히려 엄마 것에 가깝다는 걸 깨닫는 데는 더 긴 세월이 필요했다. 엄마를 향한 특별한 사랑으로 만들기 시작해 온갖 일을 겪으면서도 계속 배를 만들었고, 바로 그 때문에 긴 세월을 지나 오면서도 아빠가 줄곧 배 생각을 했다는 걸 깨닫는 데도 마찬가지로 시간이 걸렸다.

내가 하는 이야기 역시 내 이야기가 아니었다. 어쩌면 나는 나 자신의 삶도, 그리고 분명 타인의 삶도 이해하지 못하는 것 같았다. 아주 간단한 일도 내게는 너무나 복잡한 수수께끼처럼 보였고, 그걸 풀 수 있는 제대로 된 단서 역시 찾을 수가 없었기 때문이다. 사람들의 인생과 부모님, 그리고 이 세상으로부터 조금씩 들어 알게 된 것들을 되짚어 읽을수록 나는 점점 더 길 바깥으로 멀리 내동댕이쳐질 뿐이었다. 곧게 뻗은 깊은 바다를 향해 나아가고 있다고 생각했는데 이제 알고 보니 아주 멀리 밀려나왔을 뿐이었다. 내가 가고 싶은 미지의 영역에 다가가고 있는 줄 알았는데, 실은 완전히 엉뚱한 길을 따라가고 있었던 것이다. 제대로 된 경로를 아주 벗어난 좁은 하구로 말이다. 그런 곳에 닿으리라고는 생각지도 못했던, 아주 불쾌하고 머나먼 곳에 나는 와 있었다.

시도해 보다 좌절만 거듭하고 짜증만 내다가 겨우 여기에 이르렀는데, 이런 우연한 지혜밖에 얻어 낸 게 없단 말인가? 결국 나는 바람에 밀려 도달한 이 작은 하구 역시 다른 도착지와 마찬가지로 진실이라는 것을 알게 됐다. 아직 가 보지 못한 깊고 탁 트인 바다는 실제로 존재하지 않기 때문에 지도에 표시돼 있지도 않았다. 바다는 오직 내 마음의 요술 램프 그림으로만 존재하거나, 죽음이 벌이는 그림자놀이에 불과하다. 아직은 너무 이르지만 언젠가는 우리 모두 거기서 자유로이 항해하게 될 것이었다.

6

배를 꺼내던 날 언니와 나는 창고 다락으로 올라갔다. 예전에 다락은 점점 쌓여 가는 물건을 처치하는 공간일 뿐이었다. 아빠는 숨을 가쁘게 몰아쉬면서 창고의 열린 문 사이로 큰소리로 지시를 했다. 이웃 사람 둘의 도움을 받아 언니와 나는 배를 땅에 천천히 내렸다. 우리는 다락에서 내린 배를 헨리 아저씨의 낡은 트레일러에 조심스레 내려놓았다. 트레일러는 아저씨에게 미리 빌려 두었다. 배는 오랜 세월 한 번도 바깥 구경을 해 보지 못한 날개로 애를 쓰더니 결국 자리를 잡았다. 배 역시 자신이 인간과 전혀 상관없는 존재임을 의심해 본 적이 없는 것 같았다. 배 스스로 자기는 아빠와 아무 상관없는 물건이고, 심지어 울지 않으려고 주방에 앉아 씩씩거리고 있는 엄마와도 무관하다고 말하는 것 같았다. 자신은 인간과 전혀 관계 없는 존재라는 것 같았다. 인간이 물건을 간수하건 말건, 인간이 만드는 기억의 방식이나 체계 따위는 물론이고, 인간이 물건을 이리저리 배열하는 방식 따위와도 아무 상관이 없다는 듯이.

배에 기대 선 아빠는 이미 수십 번이나 숨을 고르고 있었다. 백 살은 족히 되어 보였다. 배 옆에 있으니까 아빠가 갑자기 너무나 작아 보여, 모든 것이 뒤바뀐 것 같았다. 아빠가 배를 기다린 게 아니라, 배가 아빠를 기다린 것 같았다. 나는 바로 그 순간 그 배가 내 배라는 것을, 엄마의 가슴에 생생하게 새겨진 엄청난 상처가 사실은 내 상처라는 것을 뱃속 깊숙한 곳에서부터 깨달았다. 아빠는 숨을 가다듬고 배 옆에 기대 있었고 헬렌 언니는 밧줄로 능숙하게 배를 동여매고 있었다. 차문 옆 휠체어에 앉은 헨리 아저씨는 바람 결에 무언가를 감지한 듯 불안한 눈길로 이 모든 것을 지켜보고 있었다.

매사에 실용적인 언니는 배를 옮기기 전 몇 주 동안 내내 입씨름을 하면서 이 말만 했다.

"내가 이것 땜에 미치겠어. 정말이지 엿 같은 배야."

사실은 배 자체가 중요한 게 아니었다. 이제는 배에 진짜 중요한 의미가 하나도 남지 않았다는 것이 핵심이었다. 언니는 문제의 핵심이 바로 거기 있다는 걸 깨닫지 못했거나, 알면서도 대충 넘어가려고 했다. 배가 가진 의미의 공백을 통해, 배는 엄마에게 언젠가 우리의 삶에 닥친 문제를 해결해 줄 수 있는 비밀스런 어떤 것을 뜻하게 됐다.

그러나 그날은 무슨 정해진 방식이 있었던 것도 아니어서 나도 내 슬픔을 꾹 눌렀다. 나 아닌 다른 사람, 다시 말해 엄마의 감정과 내 감정이 뒤섞여 하나가 되게 내버려 두거나 내 감정과 엄마의 감정이 완전히 분리되게 두지도 않았다. 엄마는 집 밖으로 용감하게 걸어 나와 진입로 끝까지 와서 차창 옆에 서더니 아빠의 입술에 입을 맞추었다. 그때 엄마 자신은 깨닫지 못했지만 엄마의 눈가에는 눈물이 그렁그렁했다. 엄마는 눈물을 닦아 내지 않는 것으로 자신이 눈물을 흘린 것을 인정하지 않으려는 것 같았다.

당시에 나는 언니와 내가 바랐던 배의 사물성이 완전히 드러났다는 것이 아니라 아빠가 갑자기 참고 볼 수 없을 정도로 늙어버렸다는 것만 생각했다. 그리고 이것이야말로 아빠와 엄마가 살아온 인생이 도달할 이야기의 최종 도착지가 틀림없다고 생각했다. 두 사람이 그 도착지에 대해 서로 생각이 얼마나 다르든, 이제는 끝에 다다랐고 더는 할 일도, 더는 간직할 것도 없다고.

아빠의 슬픔에 대해서도 생각했다. 아빠는 엄마가 차에서 물러나자 헨리 아저씨의 등을 한 대 쳤다. 아침 나절에는 맥주 세 캔을 비웠다. 아빠는 매우 쾌활했지만 그래도 슬퍼 보였다.

아니다. 그건 그저 내가 내 안에 품고 있던 작고 개인적인 슬픔일 뿐이었다. 나는 끝까지 버텼다. 당시 언니와 나는 슬픔을 토해 낼 입장도 아니었다. 우리는 배를 그저 그런 하나의 물건으로 취급했고, 그렇게 25년 세월 속 그 모든 것을 털어 낼 수 있다고 보았다. 지난 세월 배라는 형식에 얹어 놓았던 부당하고 어마어마한 짐을 이제 털어 내도 된다고 보았다. 그날 오후, 우리 자신이 이제는 자유로워질 수 있다고 생각한 것처럼 배도 자유를 얻을 수 있다고 생각했다. 언니는 외할머니네 흙길을 달려 사라지는 배의 사진을 찍었고, 엄마가 안전을 기원하며 우리를 배웅하는 가운데 헨리 아저씨와 아빠, 그리고 나는 진입로를 빠져나와 온타리오까지 달렸다. 땅에서 들어 올려져 새의 울대처럼 뱃머리가 튀어나온 배는 외할머니네 창고에 매여 있던 그 긴 세월을 이미 다 잊어버린 것 같았고, 아예 모든 유대 관계를 끊어 버린 것 같았다.

우리는 화요일에 집에 도착했지만 배는 금요일 오후가 되어서야 트레일러에서 내려 아저씨네 차고로 옮길 수 있었다. 아빠의 지시에 따라 배를 올려놓고 제대로 손을 볼 수 있도록 두 단을 쌓아 올렸다.

배를 땅에서 들어 올리는 데만 꼬박 사흘이 걸렸다. 마침내 그 일이 끝나자 아빠는 맥주를 연달아 여덟 캔이나 마시면서 축하했고 결국 혼수상태와 다름없이 부엌 테이블에 쓰러져 버렸다.

아빠는 나흘째 되던 날 겨우 침대에서 빠져나와 오후에 파고에
사는 게리에게 전화를 넣었다.

"때가 되었다고, 친구."

아빠의 말소리가 들렸다. 아빠의 후견인이자 오랜 친구인 게리
역시 한때 목수였고, 아빠와 일을 같이한 지도 오래됐다. 그 당시
두 사람은 언젠가는 배를 완성하자고 자주 얘기했다고 한다. 그
러나 나는 그때만 해도 그런 사정은 하나도 몰랐다. 그저 알지도
못하는 게리의 나지막한 목소리를 전화선 너머로 들을 뿐이었다.
전자음처럼 알아듣기 힘든 목소리여서, 아빠가 전화기에 귀를 대
고 무슨 이야기를 하는지는 짐작도 못 한 채 통화하는 아빠를 지
켜보기만 했다. 알 수 없는 사연을 통역하고 낯선 언어를 해독하
던 아빠가 전화기에다 이렇게 말했다.

"볼 것도 없어. 그냥 앉아 있기만 할 건데 뭐. 자네가 해낼 수
있으면 배는 자네 걸세."

정말이지, 아빠는 그런 식으로 배를 우리에게서 뺏어 가 버렸
다. 엄마가 예견한 그대로였다.

사실대로 말하면 속으로는 조금 안심이 되기도 했다. 배는 내
가 포기해야 할 필요도 없이 이미 예전에 그렇게 버려진 상태였
다. 그러나 지금 생각하면 배를 창고에서 꺼내던 날, 엄마가 느꼈
던 기분을 나도 마음 한구석에서 느꼈던 것 같다. 그건 할아버지
에게 자기는 댐을 포기했다고 선언하던 날, 오언이 느꼈을 기분
과 비슷할지 모른다. 오언은 마치 자기가 물이 들어오게 공모라

도 한 것처럼 느꼈을 것이다.

아빠도 엄마도 페트럴의 원래 청사진이 어디로 사라졌는지 전혀 몰랐다. 나는 어린 시절 그 청사진이 무척이나 특이하다고 생각했는데, 아빠는 별 어려움도 없이 인터넷에서 똑같은 청사진을 찾아 출력까지 해 놓았다. 배를 가져오기 몇 주 전부터 시작해 아빠의 전화 한 통으로 배를 만드는 일이 중단되기 전까지 우리는 그 청사진을 곰곰이 들여다봤다. 청사진에 그려진 복잡한 선들은 여러 가지 시점으로 구성돼 있어서 아빠의 공책에 그려 놓은 완성된 페트럴의 단순한 모형도보다 형태가 더 정교했다. 어쩌면 아저씨와 내가 나무 단에 얹어 놓고 손도 안 댄 선체로 짐작해 볼 수 있는 완성형보다 더 정교할 것 같기도 했다. 배는 이곳에서 보내는 마지막 여름 내내 네 번째 조연이 나타나 자기를 데려가기를 기다렸다.

그러나 태생이 집 짓는 목수였던 아빠는 그때까지도 자신의 패배를 인정하지 않았다.

"게리라면 당장 손을 봐 놓을 거야. 믿어도 돼. 배를 다 만들면 전부 같이 타고 나가는 거야. 그래스 레이크에서 출발하는 거지. 네 엄마도 같이."

7

배를 포기한 뒤 아빠가 침대에서 일어나는 시각은 하루하루 늦어졌다. 아예 일어나지도 않고 침대에 누워 있거나 먹지도 않고 라디오 뉴스를 들으며 욕을 해대는 날도 있었다. 커튼은 닫은 채였다.

여느 때와 다름없는 8월 중순이었다. 시계는 세 시를 가리키고 있었다. 아저씨가 휠체어를 타고 아빠 방문을 열고 들어가 침대 머리맡의 등불을 켰다.

"도대체 자네 왜 이러나?"

아저씨가 물었다.

"빌어먹을 모르핀 때문이야. 저렇게 많이 먹으면 안 되는데. 빌어먹을 술이랑 같이 먹어도 안 되고."

아저씨는 부엌으로 가면서 짜증을 냈다.

그러나 늦은 오후 무렵에는 아빠도 잠깐 기운을 차렸고, 그럴 때면 정치 문제를 놓고 전보다 더 열을 내며 아저씨와 입씨름을 했다. 아빠 머리에는 라디오 뉴스가 꽉 차 있었다. 아저씨가 "내 집에서 소동은 안 돼" 하고 으르렁대며 아빠 말을 자르려고 해도 아빠는 계속 고집을 부렸다. 보가트는 절대로 그런 식으로 행동하지 않았다. 결국 헨리 아저씨가 "자네한테 정치를 맡겼으면 우린 전부 골수 공산당이 됐을 걸세"라며 얼렁뚱땅 넘기면 아빠는 완전히 발동이 걸려 버렸다.

나는 두 사람이 입씨름을 하거나 말거나 신경 쓰지 않았다. 그런 입씨름을 들으면 아빠나 나나 아직 아빠가 살아 있다는 것을 느낄 수 있었다. 그 즈음 늘 화가 나 있던 아빠에게는 화풀이 대상이 필요했고, 화를 내지 않으면 달리 할 일도 없었기 때문에 그런 논쟁들이 위안이 되기도 했다.

아빠는 밥을 먹다가 포크에서 샐러드가 빠져 떨어지는 아주 사소한 일에도 "빌어먹을!"이라며 소리를 꽥 질렀다.

그럴 때마다 걱정이 돼 **"왜 그래요?"** 하고 물으면 아빠는 사과하는 수밖에 없었다.

"어, 아무것도 아니다. 그냥 샐러드 때문이야. 도대체 포크에 찍히지가 않아."

"손으로 집어 먹어. 공산당들은 그러잖아."

아저씨는 그렇게 말했다.

할 일이 없으면 헨리 아저씨의 차를 몰고 시내로 나갔다. 살 게 없어도 식료품점에는 꼭 들렀다. 식료품점의 깔끔한 분위기와 환한 내부 조명이 좋았다. 가게는 온갖 반짝이는 것들로 가득했지만 항상 어딘지 모르게 비어 보였다. 여기서는 다른 사람들처럼 이리저리 둘러보기도 하고, 귀 기울여 듣지는 않더라도 라디오에서 끊임없이 흘러나오는 느릿느릿한 음악을 함께 들을 수 있어 좋았다. 그러다 갑자기 어떤 거부할 수 없는 목소리가 끼어들어 물건을 사야한다는 욕망을 부추겼다.

집에 돌아올 때 빈손이었던 적이 없다.

한번은 머스터드소스를 사 와서 그게 꽃이라도 되는 양 부엌 식탁에 올려놓은 적이 있었다.

"야, 좋구나. 탁월한 선택이야."

아빠는 디종 머스터드소스가 맛있다며 아주 좋아했다.

아빠에게 샌드위치를 만들어 줄 때도 있었는데, 아빠는 거의 손을 대지 않았다. 나는 짜증을 내거나 더 심할 때는 아빠 침대 끝에 침울하게 앉아 아무 말도 하지 않았는데, 그럴 때면 아빠는 기운을 내는 척하며 이랬다.

"걱정 마라, 우리 딸."

한번은 아빠가 몸을 숙이고 힘이 좀 빠진 손으로 내 어깨를 잡으면서 보가트와 완전히 똑같은 목소리로 이렇게 말했다.

"카사블랑카에 온 건 건강 때문이었소."

아빠의 장단에 맞춰 줄 기분이 전혀 아니었지만 아빠도 지난 며칠간 나보다 더하면 더했지 덜하지 않았기 때문에 나는 이렇게 맞장구를 쳐줬다.

"왜 미국으로 돌아가지 않는지 의심도 했습니다."

내가 흉내 낸 르노*의 대사는 신통치 않았지만 아빠는 불평하지 않았고, 다음 대사가 따라 나오기를 기다렸다.

"혹시 교회 돈이라도 들고 튄 겁니까?"

나는 다음 대사를 했다. 이번에는 그 배우의 단호하면서도 정색한 저음을 제대로 흉내 냈다. 그러자 아빠가 껄껄 웃었다.

아빠는 원래 대사를 다시 한 번 하더니 이렇게 이어 말했다.

"카사블랑카에 온 건 바다 때문이었소."

"무슨 바다 말이오? 여긴 사막 한가운데요."

---

* 〈카사블랑카〉에 등장하는 인물이다.

내가 받아쳤다.

보가트 같은 아빠의 얼굴이 굳어지더니 엄숙하고 무표정하게 변했다.

"내가 잘못 알고 있었던 것 같소."

8

어떤 날 오후에는 나 혼자서 배를 몰아 길이 사라지는 곳 끝까지 갔다. 헨리 아저씨의 옛집이 물에 잠긴 곳이었다. 그 자리에 배를 세우고는 가만히 떠 있었다. 구명조끼를 깔고 머리는 뱃머리 쪽 데크에 대고 누웠다. 내가 누운 물 밑에 〈카사블랑카〉에 나오는 낡은 부두처럼 아직도 그대로 서 있을 옛집을 떠올렸다. 아직도 뭔가는 잡아 가두고 뭔가는 내보내고 있을, 아저씨의 아버지가 쌓았다는 댐도 그려 보았다.

생각해 보니 우스웠다. 온 세상이 그런 식으로 사라져 간다니. 우리는 순간순간 가까워지지만 그게 무엇이든 회피할 수 없는 한순간, 자극을 받으면 자신의 가장 먼 궁극에서부터 결국 하루아침에 날려 가 버린다. 나무 끝 가느다란 가지에서 낙엽이 떨어져 날려 가 버리듯이.

회피할 수 없다. 그게 내가 아는 최대한이었다. 그래서 나는 자신에게 큰소리로 분명하게 "회피할 수 없다"고 했다. 그러나 "회피할 수 없다"고 말하면서도 내 행동은 나 자신을 거슬렀다. 나는 차라리 귀를 막고 싶었다. 내 머리와 가슴에서 울리는 말은 그게 무엇이든 듣고 싶지 않았다. 가슴이 하는 말을 듣지 말 것. 만일 가슴이 내가 감정을 느낀 유일한 신체부분이라면.

아저씨네 옛집 위에 둥둥 뜬 상태로 머리와 가슴이 하는 말에 귀를 닫고 있으니 문득 이 모든 것의 반대도 진실이 아닌가 하는 생각이 불현듯 들었다. 사물은 사라지는 게 아니다. 마찬가지로 우리도 사라지지 않고 더 큰 비중으로 겹겹이 층을 이뤄 존재한다. 마치 홍수로 불어난 물에 잠긴 것처럼, 우리의 기준점은 서서히 변할지라도, 그 변화는 매순간 너무 조금씩 이루어져 거의 감지할 수 없기 때문에 모든 표면은 늘 그 상태 그대로 남을 것이다.

그렇다면 우리는 자기 자신에게서 멀리 떨어져 본질적인 사물들을 전혀 알아보지 못한 채 그것들 위에 둥둥 떠 있기만 할 수도 있을 것이다. 그리고 경우에 따라서는 그렇게 될 수밖에 없다. 예를 들면 이런 것이다. 나는 헨리 아저씨 배를 타고 아저씨의 옛집 위에 떠 있다. 그 위치에서 나는 물이라는 장애물이 없으면 물 아래에 있는, 오언의 할아버지가 만든 댐의 잔해를 일직선으로 볼 수도 있다.

시간은 물질적이기도 하고 그렇지 않기도 하다. 시간은 거기, 어디 사이엔가 존재하는 것 같다. 그러니까 내가 내 눈으로 볼 수 있는데도 실제로는 보지 못하는 것 사이에 말이다. 극도로 밀도 높은 공기라는, 아주 흥미로운 요소에 의해서만 일정한 거리를 두고 내가 매여 있는 것처럼 말이다. 그저 사물들의 두께에 의해 자리를 옮길 뿐이다.

그렇다면 모든 것이 그런 식으로 존재한다고 할 수 있지 않을까? 외할머니네 창고에 보관된 물건들처럼 늘 조금씩 더 먼 관계로 조합되어서 말이다. 아빠의 배도 마찬가지다. 아빠의 배도 시간과 함께 소멸하거나 사라진 게 아니라 되돌릴 수 없는 소실점이 될 때까지 뻗어나가면서 고집스레 이어졌다. 앞으로만 나아가는, 보이지 않는 선을 따라서.

호숫가에 너무 가까이 다가가는 바람에 배가 그만 바위 위에 올라서고 말았다. 배가 심하게 삐걱거리는 통에 파도가 계속 들이치고, 뱃전으로는 물이 튀어 올랐다. 어쩔 수 없이 내려서 배를 밀었다. 무릎까지 다 젖고 나서야 겨우 배를 돌려 아저씨 집으로 돌아갈 수 있었다.

가는 길에 두 번이나 뒤돌아보았지만 그때마다 내가 했던 것 이상을 할 수는 없다는 것을 깨달았다. 그 장소를 더는 기억에 새겨 둘 수 없었고, 이해할 수도 없었다. 그래서 나는 결국 포기해 버렸다. 아무것도 깨닫지 못하고 느끼는 바도 거의 없이, 처음 내가 왔던 식으로 배를 돌리는 수밖에 없었다.

그날 밤 늦게 우리는 아빠 침실에서 소리를 죽인 채 디브이디를 틀어 놓고 같이 앉아 있었다. 텔레비전은 얼마 전에 그리로 옮겨 두었다. 나는 아빠에게 물었다.

"왜 오언은 참전할 필요도 없는데 참전한 거예요?"

아빠는 내가 방에 있는 줄 몰랐다는 듯이 나를 쳐다봤다.

"어, 안녕, 우리 딸."

늦은 밤, 그 말투는 모르핀과 맥주 탓에 어눌해져 있었다. 텔레비전 화면에는 알 수 없는 어떤 도시에서 한 사내가 다른 사내에게 쫓기며 이 거리에서 저 거리를 끝없이 달리는 장면이 나오고 있었다. 그 장면은 이상한 각도로 찍혀 번쩍거렸다.

아빠가 내 질문을 못 들었다는 생각이 들었지만 다시 묻지는 않았다. 나는 침대 위 아빠 옆에 앉아 아빠 손을 꼭 쥐었다. 아빠의 손은 내 기억보다 더 작아 언니 손을 잡는 것만 같았다. 울퉁불퉁하던 감촉도 이미 사라지고 없었다. 그 감촉이야말로 아빠 손임을 증명하고, 아빠가 세상과 연결돼 있다는 증거였는데 말이다.

우리는 한동안 화면만 바라봤다. 소리를 죽인 화면 속 도시의 고층 빌딩들은 곧장 우리가 있는 방으로 침입해 들어왔다. 온통 눈이 달린 것 같은 외벽 유리가 이리저리 예리한 각도로 잘려, 장면이 바뀔 때마다 번뜩이며 달려들었다.

"그 누구도 자기가 원치 않는 건 할 필요가 없어. 너도 그건 알잖아."

아빠의 목소리는 물속에서 울리는 것처럼 떨렸다.

나는 재빨리 말했다.

"내 말은, 아빠와는 사정이 달랐다는 거예요. 징집 말이에요."

나는 말을 멈추었다.

아빠가 날 바라보았다. 마치 내가 아빠가 상상할 수 있는 가장 먼 거리 저 끝에서 막 말을 건 사람이라도 되는 것처럼. 그러다 결국, 매우 간결하게, 마치 한 번도 의심해 본 적 없다는 듯, 아빠는 이렇게 말했다.

"나도 지원했어."

아빠는 코를 세게 풀었다. 그러고 나서 내게 냉장고에서 맥주를 더 갖다 달라고 했다.

주방은 서늘했고, 나는 아빠에게 맥주 한 캔을 갖다 줬다.

"아빠가 지원했다고요?"

이번에도 아빠는 못 들은 것 같았다.

그런데 나중에, 식사를 한 뒤 남겨 두었던 설거지를 하고 있는데 아빠가 침실에서 큰소리로 말했다. 아빠는 그 사이 늘 침실에 머물렀다.

"어, 전쟁에 대해 뭐 궁금한 게 있으면 클라크 큰아버지한테 물어 봐라."

너무나 오랫동안 잃어버린 줄로만 알았기 때문에 이제 더는 없어졌다는 생각도 하지 않던 어떤 것과 우연히 맞닥뜨리면 기분이 참 이상하다. 그건 마치 어둠 속에서 상상의 계단 마지막 칸 때문에 계속 걸려 넘어지다가 어느 날 마침내 지금까지 줄곧 실제로 그 계단이 자기 발아래에 있었다는 걸 발견하는 것과 똑같다.

아빠는 전쟁 이야기를 좀처럼 하지 않았다. 그러니 전쟁 얘기를 꺼내면서 왜 클라크 큰아버지를 들먹였는지, 나는 아직도 이유를 확실히 모르겠다. 아빠는 큰아버지와 친하지도 않았고, 아빠 말대로 큰아버지의 '비극'은, 전쟁이나 아빠와는 거의 아무런 상관도 없어 보였기 때문이다. 나는 오랫동안 문제의 근본 원인이라고 생각했던 엄청나면서도 알 수 없는 양의 비극이 큰아버지와 무슨 관계가 있을 거라고는 짐작도 못 했다. 지금 큰아버지는 미네소타 주 어디엔가 살고 있다. 예전에 한 번 큰아버지는 스포츠용품 가게를 운영할 때 아빠를 전자상거래 일에 끌어들인 적인 있었다. 큰아버지는 해마다 당신이 키우는 개와 같이 찍은 사진을 인쇄한 크리스마스카드를 보내는데, 카드 뒷면에는 늘 이런 문구가 적혀 있었다.

'미네소타의 똥개 두 마리가 사랑을 보낸다.'

그러나 분명 상관이 있었다. 아빠가 큰아버지의 인생을 압축해 들려줄 때 아빠는 자기 이야기를 할 때보다 더 슬퍼했다. 지금 생각하면 그런 식으로 얘기하는 게 더 쉬웠을 것 같다. 자신의 슬픔을 이해하는 것보다 남의 슬픔을 이해하는 편이 쉬웠을 것이다. 그렇게 하면 자신의 슬픔을 어느 정도 멀찍이 떨어뜨려 놓고, 그걸 수천 번 곱씹으며 반성할 수 있기 때문이다. 그렇기 때문에 이해할 수 없는 우리 자신의 이미지뿐 아니라 세상을 바라보는 자신의 태도까지 수천 갈래로 나누어 생각해 볼 수 있는 것이다.

1967년
베트남

그러나 올라프는 과거 신화 속 영웅과는 달랐다.
올라프는 제 목숨은 물론이고 용맹한 자라면 으레 획득하는
영웅으로서의 명성과 명망까지 포기해야 한다.
그러나 올라프는 집단의 진실이 아니라 개인의 진실에 응답하는 인물이기 때문에
조국의 군사력과 철저히 길이 든 여론에 등 돌리는 일을 쉽게 해낸다.

_ 게리 레인

■ Gary Lane, 미국의 문학평론가. 인용문은 1976년 발간한 『나는 존재한다: E.E.커밍스 시 연구*I Am: A Study of E. E. Cummings' Poems*』에서 커밍스의 「성격 좋고 덩치 크고 다정했던 올라프는」을 논한 글 가운데 일부이다. 레인은, 그리스비극이나 서사시에 등장하는 아킬레우스 같은 영웅은 당대 사회의 공통 가치에 부응하는 모습으로 그려지지만 커밍스의 영웅 올라프는 그런 전통적인 영웅과는 궤를 달리한다고 분석한다.

1

늦은 아침에 마리화나를 몇 모금 피우면 열기도 좀 참을 만했다. 그래서 나폴리언은 어린애가 됐다. 아이는 열이 나 누웠고 지금 침대 옆에는 엄마도 있다. 귀를 기울이면 양말 바람의 엄마가 바닥을 울리며 복도를 타박타박 걸어오는 소리도 들린다.

어쨌거나 그런 느낌이 들었다.

방문이 열리면 나폴리언의 이마도 펴진다.

"나폴리언?"

나폴리언의 엄마가 아들을 부른다.

그들은 하나같이 진지했다. 마리화나를 마는 건 항상 오언이었고 나머지 셋은 모여 앉아 구경만 했다. 그들은 오언이 제대로 고르게 마는지, 마리화나 잎이 한쪽 끝으로 몰리지는 않았는지, 끝부분이 좁아진 건 아닌지, 전부 확인하려고 했다. 항상 테디가 가장 먼저 피웠는데, 일단 테디가 한 모금 빨기 시작하면 눈이 전부 그리로 쏠렸다. 테디는 혀를 종이 안쪽에 대고, 안에서 밖으로 여러 번 핥았다. 사이사이 혀를 내밀면서 테디는 그들 하나하나를 올려다보았다. 그런 다음에는 잇 사이에 문 마리화나에 성냥불을 멀찍이 뗐다가 다시 내려놓으면서 살며시 갔다 댔다. 마리화나가 금세 타 없어지지 않도록 아주 조심스럽게 불을 붙였다.

다낭*에서는 마리화나를 피울 수 있었다. 다낭에서 그들은 도무지 믿기지 않는다는 듯 종종 자기들 무릎을 뚫어져라 바라보았다. 아직도 팔다리가 서로 붙어 있고 아직도 몸이 땅에 닿아 있다는 게 혼란스러웠다. 땅바닥으로 쓰러져 뒹굴고 웃어 젖히며 고래고래 소리 지를 때도 있었다.

"좆같아, 좆같아."

자기들이 다른 곳도 아니고 바로 거기 있기 때문이었다. "좆같네, 좆같아!" 하고 떠들면 전부 같은 얘기를 한다는 걸 알 수 있었다. 아니면, 적어도 안다고 생각했기 때문에 뭘 달리 설명할 필요도 없었다.

---

* 베트남 중부 꽝남다낭 성의 주요 항구 도시. 프랑스 문화의 영향을 크게 받았고 베트남 전쟁 당시 가장 큰 미군 부대가 주둔했다. 한국군 청룡 부대가 주둔한 곳이기도 하다.

이제는 다섯 모금씩 돌아가며 마리화나를 빨 차례다. 그들은 늦은 아침에 모였다. 테디는 자기가 마리화나에 불을 댕길 때 관심이 집중되는 걸 아주 좋아했다. 테디는 처음 한 모금을 깊이 빨 때 두 눈을 반쯤 감은 채 머리를 특이한 각도로 살짝 기울여 완벽을 기했다.

테디 다음이 나폴리언이었다. 아무 생각 없이 너무 많이 빨면 목구멍에 연기와 바람이 들어가 급히 뱉어 내야 했고, 입과 콧구멍으로도 연기가 뿜어 나왔다. 손해는 그뿐만이 아니었다. 그건 공정하지 못했다. 모두가 마리화나 빠는 사람을 지켜봤고 돌아가면서 다섯 번씩 길게 빨면 총 스무 번이다. 오언이 마지막으로 다시 넘겨받아 담뱃불에 입과 손이 데는 걸 참고 한 번 더 빨면 스물 한 번이다. 그들이 서로를 지켜보는 건 공평하게 자기 몫만큼만 빠는지 확인하기 위해서였다. 물론 그냥 구경하는 게 재미있기도 했다. 특히 한 모금을 빨고 나서 잠깐 숨을 참는 순간이 재미있었다.

한 모금 빨아들이면 잠시 후 눈이 커지고 목구멍 뒤쪽이 꼴딱꼴딱거렸다. 구경하는 사람들도 다 함께 숨을 멈췄다. 그러나 자기들이 그러고 있는 줄은 몰랐다. 그들은 자기 자신에게 거의 신경을 쓰지 않았다. 그래서 모두가 숨을 죽이고 있는 그 시간 동안 들리는 건 오로지 연기를 들이마시고 있는 사람의 폐에서 나는 소리뿐이었다.

놀랍게도 무리 중에 몸집이 제일 작은 힐이 가장 오래 숨을 참았다.

날이 계속 달아올랐기 때문에 나폴리언은 오후 내내 마리화나의 기운을 느낄 수 있었다. 나폴리언은 그렇게 침대에 누운 아픈 아이가 되어 거실을 타박타박 걸어오는 엄마와, 자신이 치러야 하는 최초의 전투를 기다렸다.

인디애나 주 출신의 빈 중위는 깎은 밤톨같이 생긴 긍정적인 사내였다. 빈 중위는 나폴리언 무리와 멀찍이 떨어져서 그다지 편하게 굴진 않았지만 한 번씩 긴장을 풀고 친해지려고 할 때도 있었다. 식사 후에 담배를 피울 때가 그랬다.

"여기는 버지니아도 아니고, 니들이 신병 훈련을 받았던 곳도 아니다. 이제 그 정도는 다 알지?"

그러고는 사람 좋게 웃으면서 자기 전투 배낭에 등을 기대고 팔로는 자기 몸을 감쌌다.

자기가 치른 첫 번째 전투 얘기를 해 준 적도 있었다.

"정말로 좆나 무서워졌지. 니들은 얼마나 재수가 좋은지 몰라. 장교도 니들처럼 한심하기는 마찬가지였거든. 캘리포니아에서 온 신참이었다니까. 전투라고는 쥐뿔도 몰랐지. 또……"

테디가 씩 웃으며 끼어들었다.

"여기는 좆같은 캘리포니아가 아니죠."

다행히 빈 중위는 화를 내지 않고 웃기만 했다.

"맞아."

빈 중위가 테디의 등을 철썩 치며 말했다.

"내 말 잘 들어. 니들은 아직 전투를 제대로 겪지 않았어. 앞으로도 그럴 일 없을 거야. 눈앞에서 별이 번쩍번쩍 한다고. 하루 종일 여기서 **쾅**, 저기서 **쾅**, 사방이 지뢰밭이었지. 얼마나 겁을 먹었는지. 어디로 **쏴야** 하는지도 몰라. 장교 새끼는 뒈졌고 전투 내내 좌표도 분간 못했어. 그러니 베트콩은 어디서든 튀어나올 수 있는데 어디서 튀어나올지 알 수가 있나. 베트콩을 맞췄는지 아군을 날려 버렸는지도 몰랐다고."

빈 중위는 기대고 있던 전투 배낭에서 고개를 돌리고 목을 가다듬었다. 아무도 말을 하지 않았다.

"그런데 이제는 완전히 달라졌지. **맙소사**. 니들은 운이 좋다고 할 수도 있어. 전쟁이 다 끝나 가는 마당에 여기 떨어졌으니까. 마지막 전투 몇 번은 식은 죽 먹기일 거고. 그냥 뒷정리만 하면 되니까. 그러고 나면 니들 같은 얼간이들은 전투도 제대로 한 번 안 해 보고 그냥 명령이나 좀 따른 대가로 영웅이 돼 집에 가는 거라고."

빈 중위의 말이었다.

나중에 나폴리언에게 전사자의 유품을 분류하는 너저분한 임무가 떨어졌을 때 나폴리언은 재미로 물건 몇 가지를 챙겼다. 나폴리언은 그런 것들을 주머니에 대강 쑤셔 넣었다가 나중에 그걸 꺼내 테디와 힐에게 보여 주었다. 그때 테디는 허벅지를 드럼 삼아 두드리고 있었다.

"나 참, 그게 뭐야. 다른 건 없어?"

테디가 짜증을 냈다.

"성질머리 급하기는."

나폴리언이 대꾸했다.

나폴리언은 주머니 깊숙이 찔러 넣어 둔 다른 것들은 밤에 침상에 혼자 있을 때만 꺼내 보았다. 대부분은 폼을 잡고 찍은 조그만 사진들이었다. 나폴리언 또래 여자애들 사진도 있고 신문에서 오려 낸 사진도 있었다. 졸업식 사진과 졸업 앨범 사진도 있었다. 나머지는 사진관에서 찍은 것들이었다. 나폴리언은 사진관에서 찍은 게 제일 마음에 들었다. 대개 가족사진이었다. 나폴리언은 온갖 종류의 가족사진을 모아 놓고 몇 번씩 들여다보면서 그중에 죽은 아들이 어느 쪽일지 맞춰 보았다.

나폴리언은 사진 속 가족들이 둘러선 모양에 집중했다. 자리가 정해져 있는 건 아니지만 대체로 서로의 관계를 확실히 보여 주고 있었다. 한쪽 무릎을 꿇은 자세를 한 사람의 어깨에는 의자에 앉은 사람의 팔이 놓여 있고, 의자에 앉은 사람의 팔에는 서서 찍은 사람의 손이 얹혀 있었다. 몇 주 동안 전사자의 전투 배낭에서 꺼낸 무수히 많은 사진들을 보면서 나폴리언은 사진을 찍기 위해 취한 자세에도 공식이 있고, 그 공식이 반복된다는 걸 알게 됐다.

나폴리언은 절대 실수를 저질러서는 안 되는 명령을 받았다. 신문기사나 포르노 잡지나 마약이나 전투에서 챙겨 온 기념품같이, 유족이 전사자의 유품을 받아보고 나서 당황할 수 있는 것들은 반드시 없애야 했다. 나폴리언은 옷과 책, 편지, 통조림 음식, 포장된 사탕 따위를 하나하나 뒤져서 벗은 여자들이 나오는 잡지와 콘돔, 총, 총알이 없는 베트콩 무기 따위를 다 들어냈다. 한번은 어떤 배낭에서 종이에 싸 놓은 엄지손가락과 시커멓게 썩고 납작 눌린 귀 한 쪽을 찾아낸 적도 있었다. 나폴리언은 그걸 좀 떨어진 곳에 가지고 가서 묻어 주었는데, 그만 토하는 바람에 토사물이 그 위로 흘러내렸다.

사진은 자신의 노고에 대한 자그마한 보상으로 챙겼다. 아무도 수고했다고 팁을 주지 않았으니까. 나폴리언은 사진은 배낭당 한 장씩, 포장지로 싼 사탕은 한 움큼씩, 마약은 찾아내면 두 봉지당 한 봉지씩 챙겼다.

마약은 같이 어울리는 패들과 나누었지만 사진은 혼자만 봤다.

나폴리언은 그 사진들을 주머니 가장 깊숙한 곳에 넣고 다녔다. 나폴리언은 사진이 거기 있다는 걸 느낄 수 있었다. 사진에 찍힌 인물들의 사지가 이어진 부분 부분을 다 느낄 수 있었다. 여자아이의 각진 허리를 잡은 남자아이의 팔 길이까지도. 어린아이가 잡고 있는 여인의 어깨 넓이도.

나폴리언은 팔이나 허리나 대머리 같은 신체의 특정 부위만 눈여겨보기도 했다. 깔끔하게 차려입은 옷이나 신, 특히 사진 찍느라 굳은 채 살짝 지은 미소를 떼어 내서 봤다. 몸만 보면, 뾰족 튀어나온 어깨에 힘줄 불거진 손이 얹혀 있거나 귀 한 부분이 그 어깨에 기대 있기도 하는 등 구도가 아주 묘하고 특이해서 나폴리언은 '맙소사, 도대체 어쩌다 저 부분이 저렇게 떨어져 나왔을까' 하고 생각했다.

나폴리언은 다시 눈과 마음을 집중했다. 사진 속의 몸과 미소와 깔끔한 옷차림들이 되돌아와, 마치 용액 속에서 떠오르는 것처럼 각 부분이 전체로 이어졌다.

가족들은 다시 원래대로 복구되어 완전해졌다. 나폴리언은 자신이 그 집의 막내아들이라고 상상해 보았다. 나폴리언은 자기 팔로 이가 하나도 없는 입으로 씩 웃고 있는 뚱뚱한 남자의 어깨를 감싸안았다.

2

"얼마나 개판이었는지 알고 싶으면 네 큰아버지를 보면 된다." 아빠는 그 말을 적어도 두 번은 했다.

"젠장, 어릴 땐 아주 똑똑했는데. 도대체 그 무슨 낭비냐고!" 아빠는 머리를 흔들면서 쌕쌕대며 말했다.

그 말을 한 뒤에 아빠는 전우들과 다낭에서 겪은 모험과 불행에 대해 열을 내며 길게 얘기해 줬는데 전부 도박 아니면 술을 마신 이야기뿐이었다. 애초에 내가 물었던 오언에 대한 질문은 건드리지도 않았다. 아빠도 아는 게 없어서 그러는 것일지도 모른다고 생각했다.

아빠가 오언 이야기라며 해 준 건, 둘이 서로 사소하게 싸운 일이나 다른 해병대 군인들과 싸운 얘기였다. 밤에 수식으로 참호를 파면서 오언이 해 줬다는 이야기도 있었다. 아주 괜찮은 마리화나를 피우고 나면 기분이 정말로 희한해진다는 얘기도 했다.

아빠가 아직 파고에 살고 있었을 때, 힐이 아빠에게 전화를 걸어온 적이 있었다고 했다. 알고 보니 힐의 제대로 된 이름은 아서 힐이었다.

"맙소사, 완전히 과거로 돌아간 것 같았어."

아빠는 그러면서 식탁을 손으로 쓸었다.

휘리리릭!

우리는 주방 식탁에 앉아 있었는데, 식탁 위에는 아빠가 대충 차려 놓은 음식들이 있었다. 아빠 손이 맥주 캔을 살짝 치더니 식탁의 리놀륨 상판 위에서 캔이 커다랗게 원을 돌며 빙그르 돌다가 멈추었다. 마치 처음부터 건드리지도 않은 것처럼.

"그 힐 자식, 말하는 걸 들어 보면!"

아빠는 그 말을 하면서 굉장히 크게 웃었다.

"괴짜였지! 괴짜였고 말고! 그나마 그중 나은 놈이었는데. 베트남에 갈 생각은 없었다고 했지. 개조한 경주용 자동차랑 키가 멀대같이 큰 여자한테 푹 빠져 있었어. 진짜로 키 큰 여자들을 좋아했어. 그치가 키가 작았거든."

"개조한 경주용 차라고요?"

"응. 내가 힐한테 이랬지. 여기서 빠져나가기만 하면 어디 아무 데나 하늘 높이 우뚝 솟은 건물에 진짜 괜찮은 사무실 하나 얻으라고. 시카고도 좋고, 힐이 거기 출신이거든, 밖에 나가지 않아도 되는 아무 데서나. 아예 그 안에 식당이랑 이발소가 다 있는 거야. 그래서 날씨도 신경 안 써도 되고. 솔직히 말해서 그게 최고지. 인생에서 기대할 수 있는 최고. 거긴 날씨 하나는 정말 개판이었거든."

아빠는 담배를 한 모금 빨았다. 아빠가 가쁜 숨을 쉴 땐 쌕쌕거리는 소리가 났다. 공기가 순식간에 확 빨려 들어가는 것 같았다.

"더는 땅바닥을 죽어라 달리지 않아도 되고, 더는 쾅 날아가지 않아도 되고, 안 그래?"

나를 올려다보는 아빠의 두 눈이 반짝거렸다. 벌써 웃음을 괴어 물고 있었다. 시작이었다.

"으하하하하!"

아빠는 내가 "뭘 말이에요?" 하고 묻기도 전에 말을 이었다.

"결국 그 새끼가 내 충고를 받아들였지!"

기침 때문에 말이 끊겼다가 곧 이어졌다.

"나한테 전화를 해서는 시카고에 있는 큰 사무실 건물에 입주했다는 거야. 그러고는 지금 자기가 어디 있는지 맞춰 보래. 물론 그때 나는 내가 베트남에서 했던 말이 기억 안 났지. 그래서 못 맞췄고. 그래도 옛날 얘기를 들추니까 나도 기억이 나서 결국 그랬지. 이봐, 힐, 난 모르겠어, 그냥 말해 보라니까. 틀린 답을 대서 기분 상하게 하고 싶지는 않았거든, 안 그래? 그 친구가 결국 디트로이트에 엘리베이터도 없는 어떤 건물 사무실을 하나 얻어서 자기 나름대로는 지금 행복하고 기분도 째지게 좋은데, 내가 여기서 말이야, 왜 마이애미의 근사한 교외 지역이 아니냐고 하면, 좀 그렇잖아. 힐이란 놈은 그런 놈이었거든. 그 자식은 어떤 식으로든 살아남을 놈이야. 나한테 이러더라고. 식당이 어떻고, 거기가 기차역과 어떻게 연결돼 있다는 둥, 내키지 않으면 전혀 바깥에 나갈 필요가 없다는 둥, 기차역에서 자기 건물 로비까지 반 블록 정도 달려오는데 7초 정도밖에 안 걸린다나. 아이고, **하느님 맙소사!** 내가 도대체 그때 그 자식한 테 무슨 헛소리를 했지? 차라리 **나한테나** 그딴 소리를 했어야지! 그냥 한 우물만 파서 먹고살자고 마음먹었어야 했는데. 맞아, 그랬어야지."

아빠는 잠깐 숨을 쉴 때 빼고는 계속 아주 빠른 속도로 말을 했다. 이야기를 마친 아빠가 숨을 길게 들이쉬고 나더니 다시 천천히 말을 내뱉었다.

"내 머리에 제대로 된 생각이 뭐가 들어 있었겠어?"

아빠는 머리칼을 한 줌 움켜쥐더니 그 손으로 머리를 한두 번 흔들었다.

"맞아. 나야 뭐, 역부족이었지."

그러면서 이마를 톡톡 쳤고, 웃음 같기도 하고 기침 같기도 한 소리를 크게 뱉어 냈다. 그러니까 웃음과 기침이 연달아 터지는 일은 없었다.

아빠는 이야기가 옆길로 샌 걸 알아차리고 말을 이었다.

"어, 어쨌거나, 내가 힐한테 그랬지. 아직도 카레이서가 되려고 하나? 그랬더니 그 작자가 천-만에! 라고 하더라. '이젠 자동차 경주는 쳐다보지도 않아, 하하! 아예 금지 당했어. 마누라도 안 좋아하고. 내가 유일하게 얻어 낸 건 맥주 병 받침으로 쓰는 안 드레티 코스터*뿐이야. 그게 다야.' 그래서 내가 그랬지. 잘됐네, 뭐!"

"부인은 키가 큰지 물어봤어요?"

"어, 나 참, 그건 잊어 먹었네! 물어봤어야 했는데!"

아빠가 내가 한 말을 따라 했다.

"'부인은 키가 큰지 물어봤어요?' 분명히 땅꼬마일 거야. 내 눈에 선하다. 진짜 땅꼬마 마누라 얻은 거."

그러고는 식탁에 맥주 캔을 탕하고 내려놓으며 말했다.

"차라리 그게 낫지! 어떻게 전부 다 가지냐, 그 개새끼가!"

3

나폴리언이 다낭에 내려 제일 먼저 한 일은 차를 얻어 타고 북쪽으로 가 클라크 형을 찾은 것이었다. 속도 안 좋고 머리도 어질어질한 것이 현기증도 약간 있었다. 형을 만나러 가는 길이어서도 그랬겠지만, 오랫동안 잠을 못 잔 탓이기도 했다. 다낭까지 오는 길 대부분은 대형 민항기를 탔는데, 그 안에서는 전혀 잠을 자지 못했다. 연료를 채우기 위해 잠시 착륙했을 때도 잠 한숨 못 잤고, 비행기에서 내려 환승하려고 대합실 전등 밑에서 대기 중일 때도 못 잤다. 다시 탑승하기 위해 무거운 전투 배낭을 어깨에 메고 군용기로 갈아탄 뒤 비행할 때도 마찬가지였다.

인디애나폴리스를 벗어나 처음 탄 비행기에 군인은 한두 명뿐

■ 자동차경주 선수 마리오 안드레티의 이름을 딴 자동차경주 대회에서 나누어 준 음료 받침.

이었다. 오렌지 주스를 먹고 싶다고 하면 오렌지 주스를 갖다 주었고, 아이들은 색칠 그림책에 칠을 하거나 울어 댔다. 나폴리언은 신병 훈련을 받기 시작한 뒤 처음으로 비로소 혼자가 되어 원래의 자신으로 돌아온 기분이었다. 군복을 입으면 자신이 아니라 남 같아서 아무도 자기를 못 알아볼 것 같았다. 캘리포니아에서 훈련을 받을 때는 내내 혼자 떨어져 지냈다. 생각해 보니 그건 자기 탓이었다. 마음속에 이만한 의심을 품은 사람은 자기 하나뿐이었다. 그만큼 멍청하고 그만큼 겁먹은 건 자기밖에 없었다.

가끔은 자기나 다른 신병들이나 뭐가 다른가 싶기도 했다. 두려움이나 다른 모든 것도 다 잊었다. 당시엔 그런 생각이 재빠르게 나폴리언을 공격했다. 마치 누군가 배를 세게 걸어 차 헉 하고 숨이 빠져나가는 것 같았다.

그런데 그 비행기 안에서는 전혀 두렵지 않았다. 군용기가 아니라 괜찮은 일반 여객기라 기분도 좋았다. 다른 미국인들처럼 휴가라도 가는 것 같았다. 만약 나폴리언이 어디론가 떠난다면 지금이 바로 그때였다. 떠나는 자, 그건 나폴리언이었다. 입대를 한 것도 바로 이러한 감정을 맛보기 위해서였다.

사실 나폴리언이 입대한 건 클라크 때문이었다. 클라크가 나폴리언의 등을 어찌나 세게 내리쳤는지 숨도 못 쉴 지경이었는데, 그렇게 세게 등을 얻어맞고 나서 질문에 대답하려면 먼저 숨부터 골라야 했다. 다시 꼬마 동생으로 돌아가는 기분이었다. 비록 지금은 클라크보다 키도 크고 담배도 더 많이 피우지만.

"어이, 동생, 넌 왜 지원 안 했어?"

그때 클라크는 그렇게 물었다.

물론 '동생'이라고 해서 봐주는 건 없었다. 숨을 몰아쉰 뒤 나폴리언은 클라크에게 말했다.

"나도 몰라."

좀 웅얼거리며 말했던 것 같기도 했다.

"그러면 알도록 해 봐."

클라크는 이번에는 주먹을 쥔 손으로 나폴리언의 어깨를 쳤다.

"봐라, 여기서는 할 일이 뭐가 있냐? 널 좀 봐. 도대체 이 무슨 낭비냐, 이게?"

나폴리언은 주위를 둘러보았다. 둘은 집 차고에서 마리화나를 피우고 있었다. 주거니 받거니 피운 마리화나 꽁초는 이제 클라크 손에서 대기 중이었다.

차고에는 내용물이 반쯤 남은 각종 캔과 펑크 난 자전거 몇 대밖에는 아무것도 없었다. 자전거 중에 굴러가는 건 하나도 없었다. 클라크와 나폴리언 둘 다 시내에 갈 일이 있으면 집에 남아 있는 다른 차를 썼다. 나폴리언은 어깨를 으쓱하며 말했다.

"아무 이유도 없지, 뭐."

둘이서 그렇게 마리화나를 다 피우면 클라크는 운전석에 앉고, 나폴리언은 차고 문을 열고 차를 바깥으로 밀어내 주었다. 진입로 길이의 반쯤까지 차를 밀어야 했는데 그래도 얼마 되지 않는 거리였다. 엔진 시동이 걸리고 나폴리언이 폴짝 차에 올라타면 클라크는 진입로를 벗어나 주택가 도로의 나지막한 집들을 지나쳐 고속도로까지 차를 몰았다.

"됐어! 준비됐지, 동생? 끝내주게 달릴 준비 됐냐고?"

그럴 때면 클라크는 괴성을 질러 대곤 했다.

이날도 그럴 준비가 되었다. 엔진에 시동이 걸리고, 나폴리언이 차를 따라 뛰다가 폴짝 뛰어올라 조수석에 앉았다. 그런데 "됐어!" 하고 말하는 클라크의 목소리가 평소와는 달랐다.

나폴리언의 친구 중에는 군에 자원한 사람이 아무도 없었다. 캐나다로 가 버릴 거라는 애들도 있었다. 그래도 대개는 이사를 간다고 했다. 주소를 바꾸면 눈가림이 될 것이고, 그건 그렇게 나쁜 짓도 아니었다. 그 정도면 꽤 괜찮은 처신이었다. 『길 위에서』[*]에 나오는 이야기 같았다.

나폴리언의 마음 한구석에는 자기를 찾는 전화는 오지 않을 거라는 생각이 있었다. 국방부가 어떻게 자기 집 전화번호를 알아내겠냐 싶었다. 그런 전화가 올 거라고 생각하는 것 자체가 우스운 일 같았다.

그런 나폴리언이 갑자기 비행기를 타고 있는 것이다. 오렌지 주스를 얻어 마시면서, 자기 앞 좌석 어딘가에서 색칠 그림책을 쥐고 울어 대는 아이와 함께 비행기를 타고 있었다.

나폴리언은 괜찮았다. 그러나 그건 대개는 곧 클라크를 다시

---

[*] 미국 작가 잭 케루악Jack Kerouac의 1957년작 소설 『길 위에서On the Road』를 말한다. 미국 전역을 여행하는 젊은이들의 이야기로, 자전적 소설이며 히피 문화 탄생에 큰 역할을 했다. 케루악은 2차 대전 이후 미국 중산층의 물질주의와 경제적 자유주의를 거부하는 작품을 발표했고, 바로 그런 사상을 펼친 비트 제너레이션Beat Generation을 대표하는 작가다.

만날 거라고, 만난다기보다 '이봐, 형, 나도 알게 됐어' 하며 형 앞에 나타날 거라고 생각했기 때문이었다. 그러면 형은 또 자기 등짝을 한 대 칠 것이고, 이번에는 자기도 그걸 받아 쳐줄 요량이었다. 그때엔 자기 폐에서 숨이 빠져나가면 안 된다고 생각했다.

그런 게 나폴리언이 비행기에서 내려 짐을 찾으면서 한 생각이었다. 나폴리언은 지나가는 사람을 붙잡고 수소문했다. 한참 있다 덩치 큰 사내 하나가 다가와, "신참, 자네 어디 소속인가?" 하고 물었는데 예상보다 훨씬 친절한 말투였다. 나폴리언은 자기 소속 부대인 제1대대 브라보 중대 대신 클라크의 소속 부대를 댔고 그 다음부터는 아주 간단했다. 나폴리언은 다른 병사들 몇몇과 함께 트럭 짐칸에 올라타고 금세 그곳을 빠져나왔다. 나폴리언은 기분이 좋았다. 정말 그랬다. 기분이 좋았다. 속이 약간 거북한 것만 빼고는 오는 내내 머릿속이 가벼웠던 그 느낌 그대로였다.

나폴리언과 같은 트럭에 탄 병사들은 나폴리언을 따돌렸다. 그들은 친구 사이였다. 나폴리언은 그들이 여기 온 지 좀 됐다는 것을 금방 알 수 있었다. 그곳의 열기나 냄새 같은 것에 전혀 예민하게 굴지 않았기 때문이었다. 나폴리언처럼 사방을 둘러보지도 않았다. 나폴리언은 텔레비전 화면 안에서 그 모든 걸 내다보는 것처럼 눈이 휘둥그레져 있었다. 단순히 눈에 비치는 풍경 때문이 아니라 그곳의 느낌과 색채 때문이었다. 텔레비전 화면 안에 빨려 들어간 것처럼 모든 것이 그렇게 선명하고 빠르게 지나쳐 갔다.

아이들 여럿이 벌써 한참 동안 트럭을 따라 달리던 중이었다. 트럭이 속도를 늦출 때마다 아이들은 트럭에 매달리거나 트럭 옆으로 올라탔다가 뛰어내렸다. 그러다가 어떤 아이와 우연히 눈이 마주쳤다.

다른 병사들도 아이들을 향해 뭐라고 소리를 질러 댔다. 아이들은 트럭을 따라오면서 계속 같은 소리를 질렀다.

"짭, 짭, 짭, 짭."

나폴리언은 겨우 그 소리를 알아들었다. 아이들은 손을 내뻗으며 "짭, 짭, 짭"이라고 했다. **맙소사, 아이들은 구걸을 하고 있었다. 뭘 달라는 거지? 태워 달라는 건가? 돈을 달라는 건가?** 돈이다, 물론 돈이다. 누구나 돈이 필요하다. 나폴리언은 아이들이 돈을 달라고 이제껏 소리를 질러 댄 걸 어떻게 그렇게 멍청하게 눈치를 못 챘는지 스스로도 우스웠다. 지금 떠올려 보면 눈이 마주친 그 아이를 물끄러미 쳐다보기만 했을 뿐, 어깨를 으쓱하거나 무슨 말인지 알았다는 신호도 보내지 않은 채 꼼짝 않고 있었던 자신이 부끄러웠다.

그러나 아이들이 원한 건 돈이 아니라 먹을 거였다. 미군들은 아이들을 흉내 내 "짭, 짭, 짭" 하면서 아이들의 코를 꼬집고 웃어 댔다. 그중 한 명은 어찌나 심하게 웃었는지, 트럭 바닥 위를 데굴데굴 굴렀다.

나폴리언은 그만하라고 말하고 싶었다. 미국 달러 한 다발이 있으면 좋겠다는 생각도 했다. 할 수만 있으면 아이들 머리 위로 비처럼 돈을 뿌렸을 것이다. 나폴리언은 자기한테 돈이 많아서 아이들 머리 위로 돈을 폭풍처럼 뿌리는 모습을 상상해 보았다.

군인들이 웃는 거라도 멈추면 좋을 것 같았다. 속이 심하게 쓰려 왔다. 이제는 형 때문만은 아니었다.

그러고 있는데, 심하게 웃으면서 트럭 바닥을 뒹굴던 병사가 배급 식량이 가득 든 상자를 찾아냈다. 그는 트럭 뒤쪽으로 깡통 하나를 던지며 소리 질렀다.

"옛다, 니들 짭짭이다. 이 멍텅구리들아!"

캔이 날아가면서 머리를 맞힐 뻔하자, 어떤 병사가 소리를 꽥 질렀다.

"이, 옘병할! 사람 칠 뻔했잖아!"

진짜로 성질을 내려다가 생각을 고쳐먹은 것 같았다. 그걸 알아차리지 못한 패거리의 우두머리쯤 되는 사내가 자기 배낭에서 깡통 두 개를 꺼내 던졌다.

"이 제미 붙을 놈들, 여기도 니들 짭짭 간다!"

그러면서 사내는 트럭 뒤로 깡통을 차례차례 던졌다.

아이들은 좋아서 소리를 꽥꽥 지르면서 깡통을 잡으려고 내달렸다. 깡통은 공중에서 은빛으로 반짝하더니 떨어졌다. 깡통에 맞을 뻔했던 사내는 또 벌컥 화를 냈지만 곧 가라앉히더니 자기도 덩달아 몇 개 던졌다. 아까 웃던 사내가 다시 웃기 시작했다.

아이들은 깡통을 놓고 싸웠고, 트럭은 아이들을 내버려 두고 달렸다. 깡통을 던지던 사내들은 이제 열기가 식었는지 등을 기대고 잠잠해져서는 담배를 말았다. 나폴리언은 그제서야 마음이 놓였다. 아이들은 계속 따라왔다. 이제는 '짭짭'이라고 소리를 질러도 아무도 아이들에게 관심을 보이지 않았다.

아까 화를 내던 사내가 "야, 너도 하나 할래?" 하면서 두툼하게 만 담배를 나폴리언에게 내밀었다.

"겁나 조용하네. 저 자식 겁나 조용해. 안 그래?"

담배를 내밀던 병사가 우두머리에게 말했다. 그러나 그 우두머리는 나폴리언이 무슨 소리를 하든 안 하든 아무 관심이 없었다. 그는 세상에 이렇게 편한 적이 없었다는 듯이 담배를 피웠다.

"고마워."

나폴리언은 그렇게 말하고 담배를 받았다.

"고마워. 진짜로 고마워."

나폴리언은 그렇게 감사 표시를 한 자신을 증오했다. 한 번, 딱 한 번만 했어도 됐을 텐데.

나폴리언 일행이 탄 트럭은 좁은 길을 통통 튀며 달린 끝에 커다란 반원형 건물 앞에 도착했다. 농장에서 흔히 보는 농기구 보관 창고처럼 생겼고, 쇠붙이만으로 지은 건물이었다. 만약 이곳이 세계의 다른 쪽이었다면 이 건물은 진짜 농기구 보관 창고로 **쓰였을 것이다.** 베트남이 아니라 디모인에 휴가를 보내러 왔다면 말이다. 나폴리언은 갑자기 여기가 왜 **디모인이 아닐까** 하는 생각도 들고 자기가 어쩌다가 세상 반대편에 위태롭게 틀어박혀 기이한 각도로 땅에 매달리게 됐나 하는 생각이 들어 깜짝 놀랐다.

몸속의 피가 모조리 머리로 치솟는 기분이 드는 건 그래서 놀랄 일도 아니었다.

"다 왔다, 병사."

심하게 웃던 그 군인이 군홧발로 나폴리언을 툭 차면서 말했다. 나폴리언은 그 군인이 일어나기 전에 먼저 트럭 밖으로 뛰어내렸다. 나머지 군인들도 트럭 옆으로 뛰어내리더니 제 갈 길로 갔다. 그러나 나폴리언은 어디로 가야 할지 몰라 그 자리에 서 있었다. 트럭 문을 쾅 닫으며 내린 운전병은 뭐라고 소리를 지르면서 아까 그 납작한 건물로 들어갔다.

물론 나폴리언을 기다린 사람은 아무도 없었다. 하지만 여기 어디에 클라크가 있다. 그 생각이 들자 속이 또 뒤틀렸지만, 나폴리언도 납작한 건물을 향해 걸어갔다.

나폴리언은 고등학교에 다닐 때 약물을 많이 해 봐서, 저리로 따라 들어가면 약이나 하지 않을까 하는 생각이 들었다. 계속 정신이 없었지만 지금이 최악이었다. 대가리가 너무 커서 눈앞에서 사진을 마구 뒤흔드는 것같이 엄청나게 큰 독일 셰퍼드 한 마리가 목줄이 팽팽해질 정도로 흥분해서는 나폴리언에게 달려들었다. 실내 한구석에 있던 사람이 셰퍼드에게 뭘 집어 던졌다. 나폴리언은 그게 뭔지 못 봤다. 개도 처음에는 그걸 알아차리지 못하고 줄이 팽팽하게 당길 때까지 재차 달려들었다. 다시 목줄이 당기자 뒤로 물러난 개는 그때야 자기 앞에 던져진 물건을 봤다. 개는 그 물건을 발로 잡은 뒤 반짝이는 이빨을 드러내고 입술을 뒤집으며 핥기 시작했다. 실내는 어두웠고 나폴리언은 다시 걷다가 처음 마주친 사람에게 물었다.

"실례합니다. 해스컬을 찾고 있습니다."

나폴리언은 실내의 어둠에 눈이 적응한 뒤에야 말을 높일 필요가 없었다는 것을 알아차렸다. 자기보다 어려 보여 애나 다름없는 데다 키도 더 작았다. 얼굴에는 여드름까지 있었다.

꼬맹이가 큰소리로 말했다.

"해스컬이라고?"

그러자 또 다른 사람이 나타나 같은 말을 했는데, 나폴리언은 그 자가 개한테 뼈다귀를 던져 준 사람일 거라고 생각했다.

"해스컬을 찾아? 장교 식당에 가 봐."

"장교 식당."

꼬맹이도 따라 말하며 몸을 돌렸다.

"이봐. 잠깐만."

나폴리언은 이번에는 말을 높이지 않았다. 그냥 꼬맹이의 소맷자락을 잡았다.

"그 좆같은 장교 식당이 어딘데?"

이제 보니 자기가 꼬맹이보다 훨씬 더 컸다. 왜 항상 남 앞에서는 자기가 작게 여겨지는 걸까?

"어? 어."

꼬맹이의 말투에는 이제 당황스러움이 묻어났다. 나폴리언 혼자만의 생각일 수도 있었다. 꼬맹이는 장교 식당 위치를 가르쳐 주었다. 나폴리언은 꼬맹이의 말에 집중하려고 애를 썼다. 마음이 자꾸 산란해졌기 때문이다. 나폴리언은 이제 뭘 물을 때 어떻게 해야 하는지 알았다. 그것만 잘 기억하면 무슨 일이든 할 수 있겠다 싶었다. 트럭을 같이 타고 온 그 얼간이들한테도 한마디 해 줬어야 했다.

앞으로는 그렇게 해 볼 생각이었다. 멍청한 것들이 자신을 들들 볶게 내버려 두면 여기서 살아남을 길이 없어 보였다. 트럭에서도 그랬다. 아까 개를 처음 봤을 때 터무니없이 겁을 낸 것도 마찬가지다. 개는 지금은 얌전히 앉아 조용히 뼈를 갉아 대고 있다. 전투에 나가 죽기 전에 겁만 내다 먼저 죽을지 몰랐다.

캘리포니아에서 신병 훈련을 받는 6개월 내내 나폴리언은 괴롭힘을 당했다. 자기가 자기같지 않게 느껴지는 것도 당연할 지경이었다. 완전히 맥이 풀린 데다 기분도 늘 안 좋아서, 세탁기 안에서 이리저리 빙빙 돌아가는 셔츠라도 된 것 같았다. 그런데 여기서는, 세상에, 모든 게 완전히 달랐다. 끝내주는 와일드 웨스트*, 바로 거기나 다름없었다. 경계도 없고, 국경도 없고, 변경도 없는. 물론 현재 그가 무단 탈영병 신세라는 건 명심해야 하지만 나폴리언은 자기를 찾았다. 그러니 그 기분이 어떻겠는가?

나폴리언은 장교 식당으로 갔다. 그냥 고개만 들면 씩 웃는 형을 만나게 될 거라고 생각했는데, 홀까지 가서도 형은 안 보였다. 식당 입구에 선 나폴리언은 홀 안 어둠에 눈을 적응하면서 둘러보았다. 약 20미터 정도 떨어진 곳에 긴 탁자가 있고, 군인 너덧이 앉아 조용히 이야기를 나누고 있었다.

---

* The Wild West. 미국 프런티어 개척 시대 서부 지역을 말한다. 그냥 '웨스트The West' 나 '올드 웨스트The Old West' 라 부르기도 한다.

나폴리언은 형이 고개를 들어 자기를 보고 다가왔으면 했다. 오는 내내 기대한 것처럼. 자신이 직접 다가가서 입을 열고 "클라크 형!"이라고 하는 건 갑자기 너무 힘든 일처럼 느껴졌다.

지금 그렇게 소리 내 형을 부르면 까마귀 울부짖는 소리가 나올 것 같았다.

입구로 들어오던 장교 한 명이 나폴리언을 지나쳤다.

"누구 찾나?"

나폴리언은 고개를 저었다.

"죄송합니다."

그러면서 클라크가 앉은 쪽을 향해 고개를 까딱했다.

"형이 저기에……."

그러자 나폴리언보다 그렇게 나이가 많아 보이지 않는 그 장교가 이렇게 물었다.

"자네 해스컬 동생인가?"

그 장교는 실제보다 더 나이 들어 보이는 얼굴이었다. 중년이되면 어떤 얼굴이 될지 정확하게 그려 볼 수 있는 그런 얼굴이었다. 머리가 벗겨지고 좀 피곤해 보이지만 활력 있는 인상의 얼굴, 교수 같은 얼굴 말이다. 여자들이 좋아하는 대머리 남자 같은 얼굴. 나폴리언은 내키지 않았지만 고개를 끄덕이고 씩 웃었다.

"오오라, 그래? 만나서 반갑네."

교수같이 생긴 장교가 손을 내밀면서 말했고 나폴리언은 그 손을 잡았다. 그렇게 악수를 하는 사이 장교는 클라크가 앉은 탁자쪽으로 다른 손을 흔들며 말했다.

"어이, 해스컬, 자네 동생이 왔는데."

클라크가 고개를 들어 먼저 장교를 보더니 시선을 나폴리언 쪽으로 돌렸다. 나폴리언과 장교는 아직도 선 채로 마주보며 악수 중이었다. 나폴리언은 형의 얼굴에 처음에는 믿기지 않는다는, 그러다 이내 기뻐하는 표정이 떠오르는 것을 보았다. 클라크는 정말로 기뻐하는 것 같았다. 처음에 클라크는 자기 눈을 의심하는 듯했지만 곧장 그의 뇌가 상황을 파악한 것이다. 저기 장교와 내 동생이 있다, 캘리포니아에서 신병 훈련을 받는다는 소리를 마지막으로 들었던 것 같은데, 그런 사실들 말이다. 클라크는 탁자에서 일어나 그들을 맞으러 느릿느릿 걸어왔다. 나폴리언은 형을 기다리며 가만 서 있었다.

팔 하나 뻗을 거리까지 온 클라크가 나폴리언을 향해 손을 내밀었고 나폴리언은 두 손으로 그 손을 잡았다.

"여어, 동생."

클라크가 말했다.

"안녕!"

나폴리언이 말했다.

그 순간 시간은 굉장히 더디게 흘렀다. 둘은 자리에 앉았다. 누군가 두 사람을 위해 맥주를 갖다 주었다. 나폴리언은 클라크에게 무어라 얘기를 하기는 했지만 온통 뒤죽박죽이었다. 신병 훈련지인 캘리포니아를 떠날 때 거기가 얼마나 진저리가 났는지, 군사기지니 캘리포니아니 그 자체가 하나같이 전부 진저리가 났다고도 했다. 어머니, 아버지와 작별하던 이야기도 했다. 떠날 때 어머니가 나폴리언을 잡고 눈물로 옷깃을 적시면서 '나는 네가 대학생이 됐으면 했는데'라고 한 것까지. 어머니는 그러면서 아버지를 노려봤고 너무 큰 사이즈의 재킷을 입은 아버지는 기둥처럼 서 있기만 했다. 아버지는 재킷의 깃을 세워 방패처럼 바람도 막고 얼굴 한쪽도 가리고 있더라는 얘기도 했다. '왜 내 아들들이 대학생이 못 됐을까?' 하던 어머니의 말. 아버지가 팔을 뻗어 어머니 팔을 잡아 자기에게서 다소 거칠게 떼어 내던 일, 자기 입장에선 솔직히, 아버지가 어머니를 너무 거칠게 떼어내는 것 같더라는 얘기도 했다. 아버지 얼굴이 옷깃에 거의 가려 아버지가 진짜 화가 났는지 아닌지 알 수는 없었다고, 아버지가 자신에게 다가왔을 때 아버지 얼굴이 팽팽히 당겨져 있었는데 웃으려고 그러는 것처럼 보였다는, 뭐 그런 이야기도 했다. 아버지가 아들에게 손을 어떤 식으로 내밀었는지도 말했고 자기는 그 손을 힘없이 대강 잡았다는 얘기도 했다. 그리고 잠시 생각해 봤더니 아버지가 포옹을 하듯이 아주 살짝 자기를 잡더라고, 그런 얘기도 해 주었다. 그런데 너무나 짧고 친밀감도 없어서 아들과 아버지 사이의 서먹한 거리를 메워 주기는커녕 오히려 더 거리감이 느껴졌다고 했다.

"쓸데없는 말썽에 휘말리지 마라."

아버지는 그렇게 말하고 나서 어머니를 데리고 가 버렸다.

둘은 금세 맥주를 비웠다. 나폴리언은 더 이상 할 말이 없었다. 나머지 이야기들은 그냥 내버려 두었다. 클라크도 별로 할 이야기는 없어 보였다. 날씨가 더웠고 둘은 목이 말랐다. 클라크는 나폴리언이 얘기하는 동안 고개만 끄덕거리더니, 탁자에 같이 앉은 사람들에게 나폴리언을 소개해 준 뒤 맥주를 마저 비우고 일어났다. 나폴리언도 곧 일어났다. 클라크가 탁자 위로 손을 뻗어 자기 손으로 나폴리언의 손을 잡았다. 동생을 끌어안고 악수로 마무리하기에는 탁자가 너무 넓었다. 클라크는 대신 넓적한 손바닥으로 나폴리언의 어깨를 탁탁 치며 말했다.

"자, 병사, 이제 자네 부대로 가 봐야 할 것 같군."

나폴리언은 다른 사람들이 전부 자기들을 바라본다는 생각이 들었다. 나폴리언은 불편해졌고 금세 혼란스러워졌다. 뭔가 잊어버린 것 같았다. 나폴리언은 주위를 돌아보며 배낭을 찾았다.

"어, 알았어, 젠장, 가지 뭐."

나폴리언은 어깨를 으쓱하며 말했다. 나폴리언은 최대한 힘을 줘 형과 악수를 하고 그 엿 같은 곳을 빠져나왔다.

다낭으로 돌아가는 차편을 알아보는 건 별로 어렵지 않았다. 나폴리언은 그리로 가는 차를 제대로 잡아타고 소속 부대로 향했다. 비행기에서 그랬던 것처럼, 그리고 아까 꼬맹이가 자기한테 등을 돌리는 걸 멈춰 세웠을 때처럼 나폴리언은 용기를 내고 기분도 풀려고 했지만, 이제는 속이 정말 안 좋았다. 처음에는 맥주 때문이고 이제는 멀미 때문인 것 같았다. 토할 것 같았고, 일 년 동안 한 번도 볼일을 못 본 것처럼 배가 빵빵해졌다. 게다가 그동안 쌓인 피로가 갑자기 한꺼번에 몰려오는 것 같았다. 머리는 쪼개질 듯 아팠다.

이제는 시키는 대로 하는 게 편했다. 사실 이리 가라 저리 가라 하는 것 말고는 아무도 나폴리언에게 뭘 요구하지 않았다. 나폴리언은 그 정도 할 힘은 간신히 남아 있었다.

"저리 가 있어."

어떤 사람이 그렇게 말해서 나폴리언은 몸을 일으켜 나지막한 건물 한구석으로 갔다. 아까 형을 찾으러 갔던 금속제 건물과 비슷해 보였다.

시험 삼아 나폴리언이 자기 몸뚱이에 붙은 자기 발을 들어 올렸다. 따라 올라왔다. 나폴리언은 그 발을 다시 내려놓았다.

나폴리언은 라이플을 지급받고 시키는 대로 개머리판에 붙은 빨간 테이프에 이름을 적었다. 그러고 나서 어찌어찌 화장실이 어디인지 물어보았다. 기다리라고 하자 나폴리언은 더는 못 기다린다고 했다. 그러나 다시 또 기다리라고만 했다. 나폴리언은 어깨를 으쓱했지만 슬슬 걱정이 됐다. 나폴리언은 개머리판에 다시 시선을 돌려 이름표를 문질렀다. 마침내 누가 야외 화장실을 알려 주었다. 뜨끈뜨끈한 변기에 앉아 속에 든 걸 쏟아 내니 살 것 같았다. 그런데 그만 눈물이 나서 울어 버렸다. 제 몸에서 뭘 배설해 내야 할지 몰랐던 것이다. 모든 게 뒤죽박죽이었고 자신도 엉망진창이란 생각이 들어 변기에 앉아 똥을 싸면서 울었다. 그리고 제 손으로 힘껏 머리를 때리면서 말했다.

"에이 씨팔, 에이 씨팔."

그러고 있는데 문득 화장실에 데려다 준, 자기와 똑같은 그 사병이 얄팍한 화장실 문 바깥에 아직 있다는 게 떠올랐다. 자기를 다시 데려가야 하기 때문에 기다리고 있는 것이다. 그게 생각나자 당황스러웠고 얼른 뒤처리를 했다.

밖으로 나온 뒤 나폴리언은 그 사병에게 아무 말도 하지 않고 그냥 그를 따라 돌아왔다.

그 뒤 나폴리언은 다른 신병들과 같이 줄을 섰는데, 덩치가 아주 큰 중사 하나가 줄을 따라 점점 다가오더니 "누가 해스컬인가?" 하고 물었다. 나폴리언은 자기 성이 아주 묵직하고 비열하게 들린다고 생각했다. **제기랄.** 나폴리언은 잠시 대답을 하지 않았다. 하지만 그래서는 안 된다는 생각이 들었다. 라이플 개머리판에 이름을 써 넣지 않았는가?

"누가 해스컬이야?"

중사가 한 번 더 소리를 질렀고 나폴리언은 대답할 수밖에 없었다. 나폴리언은 줄밖으로 나가 거수경례를 했다.

"제가 해스컬입니다."

"자네, 브라이트 중사님께 가서 보고해. 여기 로버츠를 따라가."

중사가 말했다. 나폴리언은 완전히 새로 지급받은 보급품을 가지고 있었는데, 그들은 걱정 말고 갔다 오라고 했다. 나폴리언도 별로 걱정하지 않았기 때문에 그냥 내버려 두고 로버츠라는 군인을 따라 안으로 들어갔다. 속이 뒤틀렸다. '**젠장, 젠장, 젠장. 딱 걸렸어, 제기랄, 완전히 꼬리를 잡혔어.**'

"자네가 해스컬인가?"

브라이트라는 중사가 말했다.

"예."

"클라크 해스컬과 친척이지?"

"예. 제 형입니다."

중사는 짧게 웃더니 책상을 돌아 나와 나폴리언의 어깨를 쳤다.

"잘됐군. 자네 형한테 내가 잘됐다 하더라고 해도 좋아. 우리 소속이라 잘됐어."

브라이트 중사는 잠시 뜸을 들였다가 말했다.

"허, 참 이럴 수가."

중사는 나폴리언에게 바짝 다가와 그를 보았다.

"맞네. 알아보겠어. **가족이라** 닮았는데. 자네도 형만큼 괜찮은 사내인가? ……응?"

"아, 잘 모르겠습니다."

나폴리언이 대답했다.

중사는 나폴리언의 어깨를 또 쳤다.

"한 번 더 물어보겠네."

중사는 다시 물었다.

"자네도 형만큼 괜찮은 사내인가?"

중사는 미친 게 아니었다. 적어도 나폴리언 눈에는 그랬다.

"저어……"

그러나 중사는 나폴리언에게 시간을 주지 않고 말을 잘랐다.

"내가 무슨 질문을 하건 대답은 무조건 '예' 야."

"옛."

나폴리언이 대답했다.

"좋았어."

중사는 그렇게 말하고 빙그레 웃으며 책상으로 돌아갔다. 중사는 커다랗고 넓적한 책상에 마찬가지로 커다랗고 넓적한 자기 손을 올려놓고 의자에 앉더니 뒤로 한껏 몸을 젖혔다.

"자네 형 해스컬보다 더 뛰어난 하사관은 아직 본 적이 없어."

중사는 이번에도 말을 끊고 허공을 응시했다. 이 자리에 있는 해스컬보다 이 자리에 없는 해스컬이 지금 이 순간에는 더 현실 같다는 반응이었다. 실제 그 자리에 있던 해스컬은 몸을 조금 흔들면서, 도대체 이게 무슨 일인지, 저 중사가 무슨 소리를 하는 건지, 어떻게 저 중사를 대해야 하는지 파악하려고 정신을 한데 모았다.

"자네도 자네 형과 똑같은 모습을 보여 주기를 바라네. 형제니까 비슷하겠지."

마침내 중사가 그렇게 말하면서 나폴리언을 올려다보았다. 시선이 무척 다정했고 미소까지 지었다.

"실망시키지 않겠습니다."

나폴리언이 말했다.

그 말이 다시 불을 붙였다. 중사는 짐짓 너그러운 표정을 지으면서 의자를 뒤로 더 젖혔다. 눈은 반짝거리고 씩 웃으면서 커다란 이를 드러내고 있었기 때문에, 그때 중사가 무슨 말을 하는 재미있는 얘기가 나올 것 같았다. 중사는 잘생긴 사내였다. 눈썹은 옅은 색에 활처럼 휘어져 있었고 소년처럼 피부가 아주 깨끗하고 희었다. 비록 지금은 눈과 입 주위에 퍼져 있는 자글자글한 주름이 얼굴에서 가장 도드라져 보이긴 했지만. 각진 턱에서는 권위마저 풍겼다. 나폴리언은 자기도 그런 턱이면 좋겠다고 생각하다가 그만 중사가 하는 이야기를 끝자락밖에 듣지 못했다. 나폴리언은 고개를 끄덕이며 그것이 충분한 대답이 되었기를 바랐다.

무슨 내기거나, 아니면 신사협정 얘기인 것 같았다. 중사는 이렇게 이야기를 마무리했다.

"내가 살면서 말이야, 지금껏 살면서 수류탄을 **그렇게** 멀리 던지는 사람은 한 번도 본 적이 없네."

그 이야기를 끝으로 둘의 만남도 끝났다. 악수를 한 뒤 나폴리언은 밖으로 다시 나왔다. 밖으로 나오니 아무도 없었다. 나폴리언은 아까 지급받은 보급품을 다시 주워 들었지만 그걸 전부 한꺼번에 어떻게 들어야 하는지 몰랐다. 한꺼번에 들고 가려니 아주 어색했고, 걷는 동안 물품들이 자꾸 떨어졌다. 나폴리언은 병영으로 자신을 데려가는 병사에게 잠깐 기다려 달라고 계속 부탁할 수밖에 없었다. 그러면서 나폴리언은 이리저리 돌려 가며 물건을 다시 그러쥐었다.

4

하루는 아빠가 헨리 아저씨 배에 함께 탔다. 부두로 갈 때 나는 아빠보다 앞에서 걸었고, 아빠는 내 뒤에서 아주 천천히 걸어왔다. 열 걸음 정도 뗄 때마다 아빠는 멈춰 서서 턱을 가슴 가까이 당긴 채 숨을 골라야 했다. 아빠는 한 손에 맥주 두 캔을 거머쥐고 있었다.

부두에 도착해 아빠가 뱃머리에 자리 잡자 나는 아주 빨리 배를 몰았다. 엔진이 우르릉거렸다. 사실 나는 아빠가 따라와서 좀 실망이었다.

우리는 길이 끊어지는 지점과 섬을 지나쳤고, 시골집이 점점이 늘어선 작은 만에 이르렀다. 카약을 탄 사람들을 위해 배 속도를 늦추고 다가가자 사람들이 손을 흔들어 주었다. 만에 있는 야영지에 터를 잡은 사람들이었다. 야영지에는 커다란 텐트와 방수포를 친 피크닉 테이블이 있었고 호수 위로는 물고기 등뼈처럼 막대기 한 묶음을 뒤에 실은 모터보트가 한 대 떠 있었다.

"**네가** 얘기 하나 해 보렴."

아빠가 말했다.

"전 얘기할 줄 몰라요. 제가 어떻게 이야기를 만들어요."

"당연히 할 수 있지. 그냥 아무거나 하나만 떠올려 봐. 하나만 얘기해 봐라."

아빠 청을 들어주지는 않고 나는 도리어 질문을 했다.

"그래, 거기서 오언을 만난 거예요?"

편안하게, 아빠의 과거로 돌아가고 싶었다.

"야야, 얘기 하나 하라니까?"

아빠가 말했다.

나는 어깨만 으쓱하고 아무 말도 하지 않았다. 아빠도 한동안 잠잠했다. 그러더니 좀 더 낮고 조심스런 목소리로 아주 은근하게 이러는 거였다.

"도대체 그런 걸 왜 그렇게 알려고 하는데?"

그러나 그건 대답을 바라고 한 질문은 아닌 것 같았다. 그래서 고마운 마음이 들었다. 잠시 후 아빠가 다시 말을 이었다.

"그러니까, 너는 이딴 이야기에 신경 쓸 건 하나도 없는 거지. 다행이야. 내가 평생 감사하는 것 하나가 있다면⋯⋯."

그러나 아빠의 말소리가 끊겼다.

"아, 우리 딸⋯⋯."

날 그렇게 부를 때면 아빠는 항상 손을 뻗어 내 몸을 살짝 잡곤 했는데, 이번에는 그러지 않았다.

아빠의 음성에는 무언가가 있었다. 그건 너무나 어마어마한 무언가에 대해 사과하고 싶은 것같이 들렸고, 내게 사과할 일도 아닌 것 같은데 아빠는 나에게 말을 건네고 있었다. 그리고 실제로 나를 잡으려는 것처럼 내 쪽으로 손을 뻗고 있었다. 하지만 이번에도 아빠는 나를 잡지 않았다. 시간이 흐르자 우리는 또 다시 입을 닫았고 나는 모터를 돌려 배를 몰았다.

아빠와 나는 전날 오후 내가 헨리 아저씨 배에 누워 둥둥 떠 있었던 지점까지 갔다.

"이 근처예요."

"이 근처라니, 뭐가, 애야?"

아빠는 다시 기분이 좋아져서 활기를 찾은 상태였다.

"헨리 아저씨 집요, 예전 집. 아저씨랑 호수에 나오면 매번 이 위로 지나가거든요. 아빠 그러려고 해 본 적 있어요?"

"아, 그래, 나도 그랬던 것 같다. 이따금 예전 오언네 유령도 생각나고."

"아빠는 유령 안 믿잖아요."

아빠가 씨익 웃었다.

"난 생각보다 더 잘 믿는 편이란다, 무엇이든."

아빠는 그러면서 담배를 꺼내고 셔츠 주머니를 더듬어 라이터를 찾았다.

"아니, 아니다. 모르겠다. 그냥 때때로 그런 생각을 해 봤다는 거지."

또다시 한동안 말이 끊겼다. 물결의 흐름에 따라 배가 옆으로 살랑살랑 흔들렸다.

"사실, 오언도 유령을 믿은 것 같지는 않아. 그냥 이야깃거리일 뿐이지. 그냥 집 생각나게 만드는 웃기는 이야기 말이다. 오언은 여기를 아주 좋아했어. 우리도 그건 알고 있었지."

아빠는 담배를 몇 번 뻐끔거리다가 배의 바닥에 내던졌다. 담배가 바닥의 물기를 빨아들였다.

좀 있다가 아빠가 물었다.

"유령은 물에 잠기면 어떻게 되지? 유령도 수영할 줄 아나? 그러면 유령은 공기가 아니라 물로 만들어졌다고 해야 하나?"

담배를 버린 뒤라 손이 자유로워진 아빠가 손가락을 호수에 담갔다.

"이러면 유령하고 손이 닿을 수 있을까?"

아빠는 물 묻은 손을 바라보다가 반짝거리는 눈으로 나를 쳐다보면서 말했다.

"지금 말이다?"

그러면서 아직 어깨띠로 고정해 놓은 팔 끝에 손가락을 건반 누르듯 움직였다.

"몰라요."

나는 그렇게만 대답했다. 얼른 집으로 돌아가고 싶어서 시동을 걸었는데, 엔진이 털털거리더니 서 버렸다.

"넌 어때? 너도 유령 믿니?"

아빠는 포기하지 않고 다시 물었다.

"아뇨."

"아니, 예전에는 믿었어. **진짜로 믿었다니까!**"

아빠는 그러면서 헬렌 언니가 길에서 갑자기 툭 튀어나와 나를 깜짝 놀라게 하는 바람에 헨리 아저씨 집 마당에서 내가 밤에 고래고래 소리를 지르며 울었던 일을 끄집어냈다.

"아빠, 유령을 안 믿으면서도 유령이란 것의 물질적 본성이 궁금해질 수 있어요. 나도 마찬가지예요. 유령은 안 믿지만 무서워할 수 있다고요."

"난 그냥 대체 유령을 믿는 사람들은 어떤 사람들인지 궁금한 것뿐이다."

"사람들은 대개 그런 식으로 믿는 체하는 거, 그냥 으스스한 걸 즐기는 것뿐이에요. 그 사람들도 곧이곧대로 믿는 건 아니죠.

이제 가요."

"맞다. 네 말이 맞다."

아빠가 말했다.

엔진을 한 번 더 돌려 보았다. 이번에도 털털거리기는 했지만 아까보다는 감이 좋았고 이내 큰소리를 내며 시동이 걸렸다.

"그러면 넌 어렸을 때 뭘 보고 그렇게 비명을 질러 댔는데?"

아빠가 큰소리로 말했다.

사실 아빠는 사위가 아주 조용한 가운데 평소 말하던 크기대로 말을 꺼냈다. 그런데 엔진이 돌아가자 소리를 지를 수밖에 없었다. 마지막 몇 마디는 거의 고함을 지르는 듯했다. 나는 배 건너 편에서 좀 과장되게 어깨를 으쓱하는 것으로 대답을 대신했다. 나는 배를 돌려 헨리 아저씨 부두 쪽으로 돌아갔다.

엔진이 돌아가는 중에는 말을 주고받을 수가 없다.

그날 저녁 파고에서 게리가 전화를 걸어왔다. 게리는 예정했던 8월에는 못 오고 10월에 오도록 해 보겠다고 했다.

아빠는 머리를 젓고 내 어깨를 건성으로 잡더니 이랬다.

"난 내년 봄까지는 살 수 있어. 10월이면 아직 시간이 많다고."

그런데 그날 밤 7시쯤 맥주와 약 기운에 취한 아빠가 소파에서 거의 긴장성 혼미 상태가 되는 바람에 헨리 아저씨는 텔레비전도 포기하고 자기 방으로 갔고, 나도 아빠를 남겨 둔 채 위층으로 올라왔다.

다음 날 아침 아빠는 침대에서 일어나지 못했고 집 안에 있던 술은 모조리 바닥을 드러내고 있었다.

"감긴가 봐."

그렇게 말하는 아빠의 꼴이 엉망이었다. 점심 때 수프를 좀 데워 주었지만 손도 대지 않았다.

"저리 치워라."

아빠가 으르렁거렸다.

오후 서너 시쯤 가게에 가면서 뭐 필요한 거 있냐고 아빠에게 물어보았다.

"신부."

"아빠는 개신교잖아요. 게다가 신을 믿지도 않으면서."

"그래서 내가 바보인 거야. 건방진 바보. 그렇게 건방 떨어서는 안 됐는데. 너는 그러지 마라."

그날 하루 종일 아빠는 맥주는 입에도 대지 않았고, 집 안은 아주 조용했다. 다음 날 일어난 아빠는 기분이 훨씬 좋아졌다고 말했다.

"히야! 진짜 죽는 줄 알았다. 죽는 게 어떤 건지 겪어 보니 알겠네. 별로야. 내가 예상한 것보다 더 안 좋아."

오후 일찍 우리는 매세나로 가 아빠의 처방전을 받아 왔다.

"술 때문이야, 예전처럼 마실 수 없다니."

아빠는 그렇게 투덜거렸다. 그러나 돌아오는 길, 아직 미국 영토 쪽에 있을 때, 아빠는 주류 판매점에 차를 세우게 하더니 무슨 술인지는 몰라도 두어 병 이상을 사 들고 나왔다. 나는 가게에 따라 들어가지 않았다. 아빠가 트럭에 다시 올라탔을 때도 나는 아무 말도 하지 않았고, 우리는 한동안 침묵을 지켰다. 마침내 아빠가 입을 열었다.

"왜 이래? 이젠 내 얘기에 관심 없어?"

"별로요."

"별로?"

아빠 표정이 응큼했다.

"나한테 해 줄 얘기는?"

내가 아빠를 무시하기로 작정하자 해 달라고 하지도 않았는데 아빠가 이야기를 시작했다.

"그래서, 한번은……."

5

그들 넷은 다닝에 있었다. 테디가 이랬다.

"오늘 완전 갈 데까지 가 보자고."

그들은 점점 끔찍하게 안달이 났다. 저녁 내내 술을 마시다 마리화나 한 대를 나눠 피웠다. 지금까지 피운 것 중 가장 두툼하게 만 거였다. 불을 붙이지 않고 한동안 서로 돌려 가며 입에 물기만 했다. 마리화나는 오언이 말했다.

"솜씨가 완전히 예술인데."

나폴리언이 말했다.

"완전 골로 가게 해 줄 거야."

테디 말투가 좀 사나웠다.

이번에는 서로의 표정을 살피지 않고 성에 찰 만큼 물고 숨을 참게 내버려 두었다. 한 번씩 캑캑거리며 연기를 내뱉었다. 심하게 숨이 막히면 당황스러웠다.

오늘 밤은 이상한 호기심이 넘쳤다. 다들 테디가 말한 것을 생각하고 있었다. 어느 정도까지 붕 뜰 수 있을까? 자기들이 있는 여기서 가늠해 볼 만한 높이일까 궁금했다.

나폴리언은 이 나라에 처음 발을 디뎠을 때 잠시 그런 기분이 들었다. 사실상 무단이탈 상태였을 때 말이다. 나폴리언은 마리화나가 반쯤 탈 때까지 그 얘기를 해 주었다. 모두가 병영이 떠나가라 박장대소했다. 나폴리언 자신도 하도 심하게 웃어 도무지 웃음이 멈추질 않았다. 만약 이대로 웃음이 멎질 않는다면 어떻게 될까? 그 생각을 하니 더 심하게 웃음이 나왔다. 나폴리언은 분명 집으로 보내질 것이다. 그럴 수밖에 없다. 생각해 보라. '의병제대.' 의사는 이럴 것이다. **'연발성 웃음입니다. 이 증상은 멈출 수가 없습니다.'** 의사는 심하게 웃느라 이미 떡 벌어진 나폴리언의 입에 막대 사탕을 꽂아 넣으며 이렇게 결론 내릴 것이다. **'네, 이 병사는 전투에 부적합합니다.'**

그러면 나쁠 건 없다. 아니, 오히려 끝내주는 일이다! 그러다가 **'불명예제대'** 라는 데 생각이 미쳤다. 웃음 때문에 불명예제대라니. 그건 인생 낙오자란 소리다. 안 그런가? 나폴리언의 생각이 옆으로 샜다. 뭐가 불명예지? '불' 과 '명예' . 그리고 보니 불명예는 명예를 전제로 한 말이었다.

시간이 한참 지났다. 나폴리언은 일어나 자기 침상으로 아주 천천히 걸어 돌아갔다. 칠흑같이 어두워서 절벽을 기어오르듯이 벽을 짚어 가며 걸었다. 거친 시멘트 벽을 어찌나 세게 움켜쥐었던지 손가락 끝이 벗겨질 정도였다. 도대체 왜 그랬는지 모를 일이었다. 나폴리언은 단단히 쥘 수 있는 홈을 더듬거리면서 자기 침상을 찾아 누웠다.

모든 난관을 헤치고 방 저 끝에서부터 그 먼 거리를 짚어 돌아와 누우니 너무나 행복했다. 나폴리언은 자기 자신에 대해 뭔가 설명을 해 보고 싶어졌다. 따로 놀 것만 같은 자기 팔다리가 어떻게 하나의 몸을 이루어 움직여 주는지, 어떻게 이렇게 누워 쉬며 또 살아 있는지. 별이 태어나듯 자신도 우연한 기회에 자기보다 더 큰, 헤아릴 길 없는 힘에 의해, 어떤 대격변에 의해 태어난 건 아닐까? 어쩌면 자신은 이미 오래 전에 소멸한 상태고, 자기의 생각이란 것도 사실 다른 사람의 머리에서 나온 생각의 메아리일 수 있다. 아니면 자기 생각의 메아리일 수도 있고. 나폴리언이 천 가지 방향으로 여기저기 마구 흩어졌다. 나폴리언은 하나의 단일한 입자, 몸이었다. 시공간을 객관적으로 통과하는 그런 일-부분 말이다. 그러다 지금, 여기서 우연히 잠시 쉬게 된 게 아닐까? 자기 발만 해도 그랬다. 발 두 개가 약간의 거리를 두고 나란히 놓인 채 침대의 완전히 다른 지점을 차지하고 있다. 아니, 차지했다기보다 **실은 침대를 대체하지조차 못했다.** 생각해 보라! 평생 동안 그는 객관적으로 어떤 것도 대체하지 못했다! 그저 뚫리지도 않고 다른 것을 뚫지도 않는 대상을 향해 무작정 돌진했을 뿐이다.

발이나 다리나 무릎 같은 그런 것들을 말이다.

그러나 문득, 여기 있는 이게 전부라는 걸 깨닫는다. 이건 무릎, 무릎이었다. 다시 봐도 무릎이다. 나폴리언은 더는 계속할 수가 없었다. 더 이상 아무런 감각도 없었고 무릎도 없었다. 그저 머릿속에서 시끄럽게 계속 반복해서 '따다다닷' 하는 소리만 들렸다.

그럼 이것이 최후의 소멸인가? 자기 머리에서 울리는 자신의 마지막 생각인가? 이제 온 세상이 뒤흔들렸다. 따다다닷, 그리고 쾅쾅.

그것이 정말로 최후의 소멸이라 해도 나폴리언은 그게 뭐였는지 절대 알 수 없었을 것이다. 앞으로 수백만 년을 더 산다 해도 그런 건 꿈조차 꾸지 못할 것이다. 그런 일이 실제로 벌어지면 정말 재미있을 것 같았다. 지금 벌어지든 장차 벌어지든. 닥치는 일을 짐작할 수 있는 사람은 아무도 없었다. 자기 침대에 누워 백 년 동안 기다려도 안 되는 일이다. **지금일까, 지금일까, 지금일까** 하며 초 단위로, 아니 0.5초 단위로 초조하게 시간이 흘러가는 것을 세면서 기다려도 그건 항상, 언제나, 전혀 짐작을 못하고 있을 때, 천 분의 1초라는 혁명이나 다름없는 찰나의 순간에 일어났고, 그러니 당연히 놀랄 수밖에 없었다.

어쨌거나 그리 나쁘지도 않았고 나폴리언도 그대로였다. 아마 그게 전부였을 것이다. 쉼없이 째깍째깍 앞으로 나아가는 걸 포기하고 멈춘 채 꼼짝 않고 그저 자기 자신 그대로 존재만 하는 것, 그저 **남아 있는** 어떤 것이 되는 것 말이다.

"휴, 그게 다 무슨 말이에요?"

내가 물었다. 아빠가 그냥 거기서 말을 끊었기 때문이다. 이야기를 한참 하다가 그냥 뚝 끊어 버렸다. 아빠는 그냥 침대에 가만히 누워서 **'그래, 이게 세상의 끝이라면……'** 하는 식이었다.

"박격포 공격을 받았어. 내가 조금이라도 제정신이었으면 그게 뭔지 알아차렸겠지."

"아빠는 어떻게 했어야 했는데요?"

"어, 글쎄다. 침대 아래로 기어들어가거나 바지에 오줌을 싸거나, 뭐 그래야 했겠지. 그때 뭐, 별다르게 할 수 있는 것도 없었어. 다음 날 아침, 무슨 일이 있었는지 알았지. 기분이 좋더라고. 우리는 그 다음에 다른 곳으로 이동했지."

"어디로요?"

"나도 모른다. 이름을 기억하는 건, 뭐 하나도 없다. 다냥, 그거면 다 됐지. 지도 같은 걸 봐도 그다지 도움 됐을 것 같지는 않아. 우리가 한 군데라도 지명을 제대로 알고 간 곳이 있었는지 모르겠다. 아무도 얘기 안 해줬거든. 그냥 기어 올라탔다가 기어 내려갔어. 명령을 받으면 비행기나 헬기, 아니면 트럭 뒤에 올라탔지. 그 다음에는 내리고. 우리는 그냥 시키는 대로 했어. 그 망할 나라는 어디나 다 마찬가지였거든. 우리도 신경 안 썼어. 관광 같은 거 하러 간 건 아니니까."

"알아요."

"그냥 아무 상관없었어. 그게 다야. 어디 있든. 그냥 툭 떨어지면 거기가 어디든 베트남인 건 마찬가지였으니까. 우리가 있는

데가. 뭔 말인지 알겠지? 젠장, 엿 같네. 너도 우리가 어디 있었
는지 다 알잖아!"

아빠가 커피를 한 모금 마셨다.

"존슨이 한번은 술에 취해서는, 베트콩은 먹지도 마시지도 않
고 꼬박 이틀을 굴 속에서 꼼짝도 안 하고 앉아 있을 수 있다는
거야. 우리 같은 미군은 담배나 커피 없이는 20분도 못 견디는
데……."

아빠는 무전기에 대고 말하는 것처럼 중간중간 끊어 가며 말을
이었다.

"어느 나라 정부나 그런 식으로 할 수밖에 없었을 거야."

그러더니 갑자기 푸아 하고 웃었다.

"아니다, 아니, 모르겠다. 애야."

아빠는 몸을 돌리더니 한참 만에야 나를 정면으로 바라보았다.
그때까지 아빠는 내내 창밖만 보며 말했다.

"난 쓸모없어. 별 쓸모없는 취재원이라고. 특히 거기가 어딘지
는 기억이 거의 안 나."

아빠는 잠깐 말을 끊었다가 서둘러 다시 이었다. 얼른 뱉어 버
리고 영영 잊어버릴 작정인 것 같았다.

"그냥 완전 철저히 개판이었다고만 생각해라. 이제 알겠지?"

내가 아무 말도 하지 않자 아빠가 말을 이었다.

"솔직히 난 네가 차라리 영화를 보는 게 더 낫다고 생각한다.
물론 브란도 나오는 거. 〈지옥의 묵시록〉 같은 거 말이다."

나는 아빠가 농담을 하는 줄 알았다. 그래서 피식 웃었다.

"정말이에요?"

"그렇다니깐."

아빠가 맞장구쳤다.

"광기, 딱 그랬다. 내 얘기는 하나같이 **그 다음엔, 그 다음엔, 그 다음엔,** 그런 소리뿐이다. 그렇지만 실제 그 일은 나한테 그런 식으로 일어나지 않았지."

아빠가 숨을 들이쉬었다. 헨리 아저씨처럼 말을 집어삼키면서 '그럼' 하고 말한다.

"마을 이름을 들었을지도 모르지. 하지만 지도는 없었어. 우리는 그냥 코끼리였다, 돌아다니며 마구 들이받는. 커피와 담배만 주면 정부가 하라는 대로 다 하는 코끼리 말이다."

그날 밤에 아빠는 유커 게임에서 아저씨와 나를 크게 이겼다.

"이만하면 엄청 땄네. 난 그만 자러 갑니다."

아빠는 주방 불을 끄고 방으로 돌아가면서 그렇게 말했다. 그러나 그 전에 아빠는 두 손을 포개고 머리를 그럴싸하게 쳐든 채 눈을 감았고, 그렇게 머릿속 비밀 창고에 오래오래 간직해 온 시 구절, 노랫말, 영화 대사를 읊조렸다.

"나 죽으면 날 기억해 주오. 나 죽으면 날 단출히 해 주오."▪

갑자기 아빠는 활짝 웃으며 우리에게 물었다.

▪ 키스 더글러스Keith Douglas(1920~1944)의 시 「기억해주오」의 첫 부분. 키스 더글러스는 영국 시인으로 2차 대전에 참전해 여러 편의 종군시를 남겼고 노르망디 상륙작전 중에 전사했다.

"이게 누구더라, 누구 시지?"

다시 눈을 뜨고 아저씨와 나를 번갈아 쳐다보며 묻는 품이, 마치 우리는 경쟁자고 아빠는 퀴즈쇼 사회자나 되는 것처럼 기운이 넘쳤다.

"시 구절 같은데?"

아저씨가 말했다. 나도 그런 것 같다고 고개를 끄덕거렸다.

"타고난 감상주의자나 할 말이네요."▪

그렇게 말은 했지만, 나도 그 구절이 마음에 들었다. 듣기에 좋기도 하고 슬프기도 했다. 어쩌면 세상사가 그리 대단한 비밀은 아니라는 말 같았다.

내가 "왜요"라고 운을 뗐을 때 아빠가 "응" 하며 추임새를 넣었다면 나는 "도대체 내 연애에 왜 상관하는 거예요" 하고 화답했을 것이다.

아빠 기억력이야 언제나 나보다 더 좋았으니까.

그러나 아빠가 이번에는 보가트의 대사로 받아치지 않아서 어디서 튀어나왔는지 알 수 없는 그 시 구절처럼 내가 인용한 대사도 맞장구 없이 사라지고 말았다.

레드삭스와 오리올즈의 야구 경기는 무승부였다. 그날은 더블경기가 있었고, 헨리 아저씨는 텔레비전을 끄고 두 번째 경기가 시작할 때까지 신문이나 읽으려고 아빠가 쌓아 둔 신문 뭉치에 손을 댔다.

▪ "타고난 감상주의자"는 카사블랑카의 한 인물이 릭을 가리켜 하는 말.

아빠는 갑자기 답이 마구 떠올랐는지 십자말풀이를 연달아 열 개 정도 풀었다. 그러고는 펜을 내려놓고 불을 끈 뒤 "자러 갑니다" 했다.

뒤따라 곧 나도 침실로 갔고 아저씨는 혼자 남아 야간 경기를 봤다.

6

나폴리언은 **다음에는 무슨 일이 일어날지,** 이 순간은 언제면 끝 나 다음 순간으로 넘어갈지 전혀 알 수 없었다. 지금까지 줄곧 뱅 뱅 돌기만 한 건 아닐까? 그게 아니면 한 곳에 가만 앉아 있었던 건가? 가만 앉아 있었다면 어떻게 앉아 있었을까? 뭐가 받쳐 주 고 있었나?

그러나 일어나야 할 일은 어쨌든 일어나게 돼 있고, 결국 그걸 알게 되는 순간이 있다.

군인 몇이 막 소리를 질렀다. 욕을 하고, 주먹을 흔들어댔다. 빈 중위도 그 가운데 있었다. 그러나 빈 중위는 이제 무적의 용사 가 아니다, 그렇다고 형편없는 겁쟁이도 아니지만, 그저 그런 사 람일 뿐이다. 나폴리언은 저도 모르게 귀를 막았다. 엄청 시끄러 운 소리는 아니었다. 주의만 기울이면 몇 명인지 셀 수도 있었다. 하나, 둘, 셋. 어쩌면 넷이다. 나폴리언은 오언을 찾아보았다. 힐 과 테디도. 그러나 아무도 안 보였다. 이 근방을 돌아다닌 지 반

나절이 지났다. 헬기가 왔다 가 버린 뒤로 죽 그랬다. 그 명령, 명령이라 할 수 없는 그 명령이 떨어진 뒤로 머릿속은 내내 웅웅거리며 어지러웠다. 비쩍 마른 곰같이 생긴 덩치가 나폴리언의 군화를 꾹 밟았다. 마이크는 머리통이 아주 크고, 눈이 슬프고, 느릿느릿하게 움직이는 자였다. 마이크가 나폴리언의 발을 군화발로 밟자 나폴리언은 너무나 아파서 움찔했다. 피부병으로 발이 엉망진창이었다.

"우리 돌아가는 거야?"

마이크가 물었다. 곰처럼 커다랗고 촉촉하게 젖은 마이크의 눈이 움직였다. 그냥 머리통에 박아 놓은 단추는 아니었다.

"명령이래."

나폴리언은 목이 아파 목소리가 갈라졌다. 그렇게 성질이 난 것도 아니었기 때문에 뚱한 대답이 나와 스스로도 놀랐다. 마이크가 뭘 또 물었지만 나폴리언은 듣지 않았고, 곰 같은 마이크를 따라 자기도 도리도리 고개를 흔들기만 했다.

도대체 누가 누구인지 알 수가 없으니 실제보다 수가 훨씬 많아 보였다.

나폴리언이나 마이크처럼 소리를 지르지 않는 사람들은 바보 멍청이처럼 그냥 가만히 서 있거나 앉아 있었다.

파이크가 보였다. 덩치가 작고 입이 납작한 데다 눈이 툭 튀어나와 진짜 물고기처럼 생긴 자였다. 그런데 생김새 때문에 파이크라고 부른 게 아니라, 그게 진짜 이름이었다.■

루치도 있었다. 루치는 덩치 큰 이탈리아계였다. 전에 나폴리언은 루치의 개머리판을 슬쩍 본 적이 있었는데, 알고 보니 루치는 루치아노인지 뭔지를 줄여 부르는 이름이었다. 루치가 진짜 이름이라니, 나폴리언은 또 한 번 놀랐다.

나머지 한 명은 중위였고, '타이니'로 불렸다. 진짜 완전 개자식이었다. 저지 출신 아일랜드계에, 진짜 이름은 프랜시였다. 항상 그 소리만 했다. 저지 출신 아일랜드계에, 완전 개자식. 소리를 질러대는 건 대개 이 셋이었다. 처음엔 나폴리언 눈에 빈 중위는 보이지도 않았다. 그냥 저 가운데 있다는 것만 알았다. 그러다가 빈 중위를 보았고, 자기가 뭘 하는지 왜 그러는지도 모르면서 중위에게 걸어가 뭐라고 말을 건넸다. 사실 말한 본인도 무슨 소리를 하는지 납득이 안 됐다.

나폴리언이 무슨 소리를 했건, 빈 중위가 뭐라고 대답을 했건, 거기에 동의하는 사람도, 반대하는 사람도 없었다. 군인들은 다시 출발했다.

나폴리언도 따라 걸었다. 발이 끔찍하게 아팠다.

병사들은 마을 외곽에서 조그마한 초가 한 채를 봤다. 분대가 그리로 다가가자 여자 서넛이 낮게 드리운 차양 밑에 모여 있는 게 보였다. 아이를 안은 여자 뒤로 아이들 대여섯이 더 오글거리고 있었다. 아이들의 머리가 초가 뒤쪽, 그늘이 낮고 짙게 깔린

▪ 파이크pike는 꼬치고기란 뜻도 있다.

곳 여기저기서 튀어나왔다가 쏙 들어갔다. 머리통에 비해 유난히 큰 눈을 가진 아이들은 보는 것도 두 배 크기로 볼 것 같았다.

모든 게 그렇게 보였다. 언제나 그래왔다는 듯, 이미 그렇게 그 자리에 단단히 고정된 채 앞으로도 계속 그럴 것만 같았다.

그 순간 나폴리언의 몸이 움찔했다. 빈 중위가 나폴리언을 밀치고 초가로 들어갔다. 무언가가 끝을 향해 나아가고 있었다. 살아 있는 그 무언가가. 나폴리언 자신도 그것의 일부였다. 어쩌면 **그 자체**일 수도 있었다. 토할 것 같았다. 민항기에서 내려 이곳에 도착한 이후 줄곧 그런 기분이었다. 다만 이제야 자신이 느낀 구역질이 무엇이었는지 알았을 뿐이다.

그런데 맙소사, 지금은 발이 쑤셔 죽겠다는 생각뿐이다. 빈 중위는 초가에 들어갔고, 개머리판으로 여자들의 등을 찍어댔다. 여자의 팔에서 아이를 떼어 내자 아이가 운다. 빽빽 운다.

빈 중위는 다른 군인들처럼 개머리판에 붉은 색으로 선명하게 이름을 새겨 넣은 총을 들고 있었다.

어쩌면, 나폴리언은 나름대로 짐작해 봤다. 혹시 장교라고 저러는 건가? 총에 이름이 안 적혔나?

총으로 쿡쿡 찌르자 여자들이 펄떡 일어나 초가 바깥으로 나와 그 앞 풀밭에 섰다. 숨어 있던 아이들도 밖으로 나와 서로 멀찍이 떨어져 늘어섰다. 망원경을 거꾸로 들여다보는 것처럼 모든 물체가 아주 멀찍이 떨어져 보였다. 모든 것이 뒤집혀 보이고 거꾸로 보였다. **맙소사, 맙소사**. 나폴리언의 목구멍에서 자기도 모르는 어떤 목소리가 자꾸 말이 되어 나왔지만 그게 무슨 소리인지 이해가 안 됐고, 빈 중위가 대답한 말도 이해가 안 됐다. 빈 중위가 입은 셔츠 위로 땀이 배어 나오는 모양만 눈에 들어왔다.

타이니는 문 옆에 매어 놓은 말 같았다. 여자들은 풀밭 위에 맨발로 서 있었다. 나폴리언은 그들의 얼굴을 보기 싫었지만 볼 수밖에 없었다.

빈 중위는 아기를 안고 있던 젊은 여자의 팔에 작고 또렷한 손자국을 남기며 끌고 나와 길 옆에 난 조그만 공터로 데려 갔다. 중위는 총을 들어 올렸다. 그러나 총알이 없다는 걸 깨닫는다. 다시 총이 내려왔다.

맞다. 총알은 이미 발사됐다. 과거형이다. 그런데 총알이 발사된 그 순간은 웬일인지 지워지고 없었다.

다음으로 오언이 보였다. 길고 긴 찰나가 지났다. 오언이 총을 장전한다. 쭉 뻗은 팔 끝엔 비스듬히 총이 쥐어져 있다. 또 한 번의 총성이 울린다. 이번에는 현재형이다. 느린 화면처럼. 그 마지막 한 발의 총성은 그치지 않고 오래오래 이어진다. 그리고 오언. 오언이 쓰러진다. 오언이 계속 쓰러진다.

그 순간 나폴리언은 오언처럼 되고 싶다. 오언이 밟았던 길을 따라가고 싶다는 강력한 욕망에 몸이 반응한다. 본능적으로 나폴리언의 몸이 오언을 향해 간다. 그 역시 따라 쓰러지기 시작한다. 별안간 옆구리를 걷어차였다. 타이니였다. 타이니는 그를 땅에서 일으켜 세웠다. 군홧발에 차인 탓에 자기가 그동안 꿈쩍도 않고 있었음을 깨달았다. 그리고 그가 일어났을 때, 더 이상 오언을 알아볼 수 없었다.

빈 중위가 악을 쓰면서 말했다.

"저 씨팔 새끼가 날 죽일 뻔했잖아."

나폴리언은 빈이 누굴 말하는지 알 수가 없었다. 빈이 입술을 축이는 게 보였다. 빈은 이제 나폴리언을 똑바로 쳐다보면서 말했다.

"됐어. 아이들은 말고. 나머지는 전부."

나폴리언은 그게 무슨 소리인지, 빈 중위가 뭘 두고 하는 말인지 몰랐지만 적어도 말을 알아들을 수는 있어서 엄청난 안도감을 느꼈다.

그들은 움직였다. 타이니와 루치가 죽은 자를 끌고 갔다. 남겨진 아이들은 비명을 질러댔다. 그 소리에 귀가 찢어질 것 같았다.

마을에 불을 질렀다.

그곳을 통과할 때 마을의 반이 불타고 있었다. 나폴리언이 걷다가 힐에게 부딪혔다. 힐은 머리를 숙인 상태였다.

"조심해."

힐이 말했다.

나폴리언은 테디를 찾을 수 없었다. 테디를 봤다고 해도, 자기가 본 게 테디가 맞다는 걸 알지 못했을 것이다.

그런데 힐은 어디 있지?

그리고 오언은?

몇 분, 기껏해야 삼십 분이었다.

그 일대를 이동한 것이 그날만 벌써 세 번째였다. 이제는 사라져 마을 아닌 마을도 떠났고, 마지막으로 불태운 그 초가도 떠났다. 나폴리언은 아이들이 궁금하지 않았다. 이제 보이지도 않았으니까. 아이들이 사라져서 나폴리언은 행복했다.

타이니와 루치가 죽은 자를 끌고 가느라 복귀가 늦어졌다.

며칠이 지났다. 나폴리언은 누구에게도 말을 하지 않았고, 아무도 그에게 말을 걸지 않았다. 테디도 힐도 마찬가지였다.

나폴리언은 자기 다리에 총을 쏠 생각도 해 보았다. 하루 종일 그 생각만 했다. 언제 쏘면 제일 좋을까? 밤에? 행군 중에 쏘면 오발 사고로 보이지 않을까?

지금 하는 게 좋을까?

지금 해 버릴까?

할 수 있었다. 쏠 수 있었다. 하지만 **어떻게?** 다리 어디 쯤을 쏘면 제일 안전할까? 어디를 쏴야 **너무 조심해서** 쏜 것 같지 않아 보일까?

지금 당장 총을 꺼내면 될 것 같았다. 지금 당장 쏘면 될 것 같았다.

그러다 나흘째 되던 날, 그러니까 기지로 돌아온 지 이틀째 되는 날이었던 것 같다. 나폴리언은 군종신부에게 갔다.

"신부님, 일이 좀 있었어요. 뭔가 좀 잘못된 것 같습니다."

신부는 젊었고, 좋은 사람 같았다.

"앉으세요."

나폴리언은 의자를 찾아 주위를 둘러보았고 삐거덕거리는 의자에 앉았다.

신부와의 대화는 속은 텅 비고 모든 것과 단절돼 둥실 떠오르는 풍선에 대고 말하는 것 같았다. 비가 내리고 있었다. 망할. 항상 비가 왔다. 나폴리언은 울음을 터뜨리며 말했다.

"빌어먹을, 좀 도와 달라고요!"

잠깐이지만 하얀 수도복을 입은 신부의 어깨에 손까지 올려놓았다. 얼른 손을 뺐다. 욕을 한 게 생각이 났다.

"신부님이 좀 도와주셔야 합니다."

이번에는 사과하는 마음으로 아까보다 조용하게 말했다.

바로 그 일 때문에 나폴리언은 전사자 유품 처리장에서 전사자의 전투 배낭을 분류하게 됐다. 한동안 분대원들이 주위를 얼씬거렸고, 테디와 힐도 봤다. 그래서 그때 유품에서 사진 따위를 모아 그들과 나눠 가졌던 것이다. 테디와 힐은 흥분했고 포르노 잡지도 같이 봤다. 힐이 투덜대는 바람에 나폴리언은 사진도 매일 몇 장씩 더 챙겼다. 그러나 얼마 지나지 않아 테디와 힐은 나폴리언과 같이 있는 걸 들키면 위험하다며 발길을 끊었다. 어깨를 으쓱하던 둘은 **미안하다**고 했다.

"너 완전 좆 됐어. 뒤를 조심해. 나 진담이야."

테디가 말했다.

"엿 같네. 나도 알아."

나폴리언이 대답했다.

그는 밤이면 라이플을 옆에 두고 잤다. 깨서 보면 옆구리에 항상 라이플 자국이 찍혀 있었다.

마지막으로 테디와 힐을 봤을 때였다. 테디가 말했다.

"하필 왜 그 망할 신부한테 갔어? 그 새끼 완전 멍텅구리라고."

"나도 몰라."

그러면서 나폴리언은 가늘게 말아 반쯤 태운 마리화나를 힐에게 건넸다.

"나도 모른다고. 아니, 씨팔, 그럼 누구한테 갔어야 하는데?"

"병신. 나한테 먼저 말했어야지. 내 말부터 들었어야지."

"어, 그래?"

나폴리언은 그러면서, 친구라고 생각했던 테디한테 그런 말을 들었으니 차라리 화라도 나면 좋겠다는 생각이 잠깐 들었다. 하지만 웃겼다. 아직도 사람들을 그렇게 생각하다니! 이렇게 하라는 둥, 저렇게 하라는 둥. 사람에게 기대하는 게 있다는 자체가 우습다. 친구든 아니든, 그 누구든 상관없었다.

좆까. 무엇보다 화를 내거나 신경 쓸 힘도 없었다.

"어, 그래? 너라면 나한테 뭐라 했을 건데?"

나폴리언이 말했다.

"그 좆같은 주둥이 다물고 있으라 했겠지. 내 생각에는, 오언이 화를 자초한 거야. 지금은 네가 그러고 있고."

테디가 말했다.

"그러냐? 안됐군."

나폴리언이 말했다.

"맞아. 안됐어."

마리화나의 불이 꺼졌다. 마리화나는 힐이 물고 있었다. 힐이
한 모금 빨아들이니 살짝 "꼴딱" 하는 소리가 나면서 불 꺼진 마
리화나 앞부분의 공기가 꽁초 속으로 빨려 들어갔다. 다시 나오
면서는 "빡" 하는 소리가 났다. 다시 불을 붙일 여유는 없었다. 힐
은 손가락 사이에 마리화나 꽁초를 끼웠다. 아주 세심한 동작이
었다. 이내 꽁초를 진흙 바닥에 처박아 비벼 끌 테지만 아랑곳하
지 않았다.

"너, 이번에 진짜 골치 아프게 됐다."

테디가 또 그 소리를 했다.

"그런 건 하나도 안 부럽네. 우리랑 다시 작전 안 나가서 운 좋
은 줄이나 알아라. 다른 사람들은 너처럼 생각 안 해. 네가 뭘
엄청 꾸며냈다고 생각하고 있어."

테디는 나폴리언을 흘깃 보더니 어깨를 으쓱하고, 자긴 아무
도움도 줄 수 없다는 듯, 양손을 들어 올렸다. 그 동작은 우스꽝
스러웠다. 모두 아는 얘기고, 테디를 욕할 사람은 아무도 없었다.
테디가 할 수 있는 건 아무것도 없었다.

그 직후에 법원 심리가 있었고 나폴리언이 증언을 했다. 어떤
장교의 인도로 증인석에 올라가기 전 딱 한 번, 나폴리언은 법정
에 있던 빈 중위를 지나쳤다.

"너, 완전히 좆 됐어. 진짜 좆 됐다고."

빈이 말했다.

나폴리언은 빈 중위가 클라크 형 얘기를 꺼내지 않은 것만으로도 행복했다. 어쩌면 형에 대해서 모를 수도 있다. 클라크 형이 수류탄을 얼마나 멀리 던질 수 있는지도. 그러나 이제는 상관없었다. 그냥 형 얘기만 안 나오면 됐다.

사실 나폴리언은 눈곱만큼도 신경 쓰지 않았다. 이제 앞으로는 두 번 다시 그 어떤 것에도 신경 쓰지 않겠다고 생각하며 스스로 놀랐다.

어느 정도 마음은 편해졌다. 예상한 것보다도 좀 더 편한 인생이 될 것 같았다.

나폴리언은 이번에는 아무 생각도 하지 않으려고 했다. 오언이 됐든, 뭐가 됐든. 그래도 나폴리언의 마음은 매순간 문 앞까지, 문턱까지 아슬아슬 다가갔다. 그러면 나폴리언은 자기 마음을 문에서 멀찍이 떨어진 구석까지 끌어냈고 다시 멍하니 주저앉았다. 정말 그랬다. 마음속 지옥을 끄집어내고 싶었다. 너무나도 그러고 싶었다. 다른 건 바라는 게 아무것도 없었다. 단순히 기분만 그랬던 건 절대 아니었다. 증인석에 올라가 질문에 답하면서도 자신의 목소리에는 전혀 귀를 기울이지 않았고, 생각에만 빠져 있었다. **완전히 틀리게** 말해 버릴까? 만일 내가 그렇게 말하면 집에 보내 줄까?

나폴리언은 어떤 결과가 초래될지 알 수 없었으나, 자기 다리를 쏘지 못한 것과 똑같은 이유로, 묻는 말에 정확하고 공손하게 대답할 수밖에 없었다. 고개를 끄덕이라면 끄덕였고, 앉으라면 앉았고, 증인석에서 내려가라면 내려갔다.

집에 가는 상상을 해 봤지만 그곳은 자신이 그리는 그런 집이 아니었다. 어머니나 아버지가 자신을 반갑게 맞이하는 건 상상할 수도 없었다. 그 집에는 양말도 없고, 복도도 없고, 팔짱 끼고 서 있을 사람도 없었다. 어떤 여자애가 자기를 반겨 주면 좋을까 생각도 해 봤지만, 한 명도 떠오르지 않았다. 어머니의 주방이나 자신의 침대도 생각해 봤다. 자기가 살던 도시, 극장, 공원, 자동차 같이 지난 몇 달 동안 멀리 떨어져 있으면서 마음속으로 그토록 생생하게 되새겨 보던 것들이 이제는 하나도 그려지지 않았다. 그저 **여기 있지 않는 것**만 상상했다. 그거였다. 이곳을 대체해 버릴 수 있는 장소란 지구상 어디에도 없는 것 같았다.

그러나 오언의 배는 한 번씩 생각했다. 오언 생각을 할 때 가장 먼저 떠오르는 게 그 배였다. 비가 끝도 없이 내리던 어느 날 밤, 참호에 반쯤 몸을 숨긴 채 서로 약속했다. 오언이 해 준 이야기는 모조리 배 이야기와 뒤섞여 버렸다. 나폴리언은 오언의 어머니나 할머니 유령 이야기가 너무 우스웠고 오언에게 그걸 가장 많이 물어봤다. 사방이 어두워 아무것도 안 보일 때에도 그 이야기를 할 때면 오언의 눈은 놀리는 듯 고약한 표정으로 반짝거렸다. "짜식, 너 내 말 못 믿어?" 하면서. 물론 오언이 유령 얘기를 해 줄 때는 가짜로 꾸며 낸 유령이 아니라, 실제 육신으로 존재하는 진짜가 되었다. 열에 들떠 있을 때 나폴리언이 보이지 않는 거실을 타박거리며 걸어오는 자기 어머니를 생생하게 그려 냈던 것처럼.

오언은 진흙 바닥에 그림을 그려 가며 배의 원리를 여러 번 자세히 설명해 줬다. 그래서 나폴리언은 잘 알았다. 물의 용적이 고물과 이물 양쪽으로 갈라질 때, 운동량으로 생긴 압력을 흡수해야 하기 때문에 선체에 부딪치는 파도의 무게를 그에 맞춰 정확히 동일하게 실리게 해야 한다는 것도 그래서 알게 됐다. **배가 나아가며 일으킨** 물의 언덕과 계곡에 대해서도.

그랬다. 나폴리언 스스로 상상한 장소는 하나도 없었다. 그 배도 실제 배가 아니고, 지금으로선 배에 대한 어떤 개념도 안 서 있는 것 같았다. 오언이 이제 더는 오언이 아닌 것처럼. 그리고 만약에 오언의 유령들이 있다 해도 그건 오언의 유령들이 아니었다. 그러나 오언의 유령들은 있었다. 그랬다. 나폴리언의 주위를 유령 아닌 유령들, 생각 아닌 생각들, 말이 아닌 말들, 사람 아닌 사람들이 둘러싸고 있었다. 어쩌면 자기 자신에게 둘러싸여 있다고 할 수도 있었다. 자기 몸통과 팔다리를 다 모아 놓았는데도 온전한 자기 몸이 아니었다. 그랬다. 사실 세상에는 공간을 채울 물건보다 텅텅 빈 공간이 훨씬 더 많은 것 같았다. 세상에는 물건보다 물건 아닌 물건들이 더 많았다. 그래서 금이 생긴 게 하나도 놀랍지 않았다. 맞다. 세상에는 텅 빈 공간이 너무 많았고 나폴리언 자신도 그런 텅 빈 공간 중 하나였다.

나폴리언이 신부를 만나러 가기 전, 마지막으로 작전에 합류했을 때였다. 시체를 맞닥뜨렸다. 덩치가 조그마한 북베트남 군인이었는데 머리통은 완전히 날아갔지만 몸은 멀쩡했다. 시체는 통통 부은 상태라 살아 있을 때보다 더 커 보였다.

파이크가 이랬다.

"야, 확인해 봐. 저 자식이 신은 군화가 나한테 맞을지도 몰라."

그러면서 파이크가 몸을 숙여 군화를 벗겼다. 군인들은 정글화를 지급받지 못한 상태였다. 더욱이 발이 작은 군인들이 자기에게 맞는 사이즈를 찾기란 사실상 어려웠고, 크고 무거운 군화를 신는 것은 다른 누구보다 더 고역일 수밖에 없었다. 파이크가 그랬다.

그런데 죽은 군인의 것도 파이크에게는 맞지 않았다.

"이 새끼 발 되게 크네. 이 새끼한테도 안 맞았을 거야."

파이크가 그러면서 군화를 넘기자 다른 병사들이 줄을 서서 군화를 신어 보았다. 그다지 좋은 건 아니었지만 지금 신고 있는 것보다는 상태가 좋았고, 어쨌거나 교환식이 이뤄졌다. 전부 자기 군화를 벗어서 주위에 던져 놓았다. 군화가 꼭 죽은 새처럼 보였다. 자기 차례가 올 때까지 곤죽이 된 병사들의 발은 잠시 바깥 공기를 쐬었다. 나폴리언의 발도 다른 군인들처럼 엉망이었다. 무좀에다 괴사한 피부 때문에 온통 허옇고 피투성이였다. 나폴리언은 자기 발이 최악인 줄 알았는데 그게 아니어서 놀랐다. 전부 하나같이 세상에서 최악인 엉망진창의 발을 하고 여태껏 어떻게 행군을 했는지 정말 놀랄 일이었다.

군화는 나폴리언의 발에 맞았다. 계속 행군해야 하기 때문에 일단 나폴리언이 신기로 했다.

"됐네. 해스컬이 신어. 하지만 돌려가며 신는다. 루치, 네가 다음이다."

다시 행군이 시작됐다. 나폴리언은 불현듯 그 군화가 시체가 신고 있던 거라는 생각이 들었고 토할 것만 같았다.

군화를 벗고 나폴리언은 맨발로 걸었다. 군화를 벗으니까 신기하게도 즐거운 기분마저 들었다.

"젠장, 도대체 내가 왜 이걸 신고 있었던 거야!"

나폴리언은 여태껏 그랬던 것처럼 무좀으로 생긴 물집을 천 조가리로 다시 싸매고 계속 걸었다. 시체가 신었던 군화를 벗으니 한결 나았다.

물론 나중에 병사들은 나폴리언에게 화를 냈다. 나폴리언은 그 군화를 버려서는 안 되는 거였다. 나폴리언은 생각만 해도 구역질이 났지만 군화를 벗어 던진 순간이 떠올랐고, 어디쯤에 벗어 던졌는지도 알 것 같았다.

파이크는 나폴리언에게 루치가 너를 패 주고 싶어 한다고 말했다. 파이크는 자기가 말려 주겠다고도 했다. 목소리를 낮추며 파이크는 말했다.

"네가 일부러 그런 게 아니라는 거 알아. 넌 지금 제정신이 아니잖아."

참 고마운 말이었다. 그러나 파이크는 앞으로는 자기도 어떻게 나올지 모른다고 했다.

테디와 힐이 이제 나폴리언을 만나러 올 일이 없을 거라고 하고 나서 얼마 안 돼 분대 자체가 이동을 하게 됐다. 두 사람은 한 번 더 찾아왔다.

"또 보자. 자식들, 죽지나 마라."

나폴리언이 말했다. 그러고는 계속 유품 정리를 했고, 자신을 다른 분대에 편성해 줄 때까지 라이플을 끼고 잤다.

나폴리언은 신병들처럼 다른 부대에 편성돼 새 임무를 받을 때까지 유품 분류를 계속 했다. 신병들 이름은 신경도 쓰지 않았다.

힐과 테디가 오지 않으니까 나폴리언은 틈틈이 포르노 잡지나 사탕을 모으던 것도 그만뒀다. 마리화나 모아 피웠고, 유품을 정리해야 하는 시간에 전사자들의 배낭 사이에 누워 속주머니에 넣어 둔 사진을 꺼내 한참씩 바라봤다.

그러다가 너무 방심했다 싶거나, 시간을 너무 보냈다 싶으면 서둘러 일어나 배낭을 하나하나 뜯어 전사자들의 유품을 뒤졌다. 일을 너무 급하게 해치우는 바람에 틀림없이 놓친 것이 있을지도 몰랐다.

문득 그런 생각이 들었다. 델라웨어나 워싱턴 주 어디 출신의 어떤 전사자의 어머니나 아내가 유품을 받았는데 그만 아들이나 남편의 유품에서 포르노 잡지나 약물을 발견하는 거다. **만일 그렇게 알게 되면 어쩌나.** 그러거나 말거나. 그것도 어떤 위안이 되지 않을까. 아니, 위안이 되어야 한다. 나폴리언 생각으로는 그랬다.

나중에 나폴리언은 다른 임무를 맡았다가 다리에 총상을 입었다. 직접 자기 다리에 총을 쏠 필요는 없었지만 차라리 직접 쏘는 게 나았겠다는 생각이 들었다. 자기 손으로 총알을 박았더라면. 어쨌거나 나폴리언은 스스로 꽤 능력이 있다는 생각이 들었다.

굉장히 간절하게 바란 일인데, 실제로 그렇게 되었기 때문이다.

나폴리언은 2주 동안 입원했고 아무 생각도 하지 않았다. 아니, 생각은 해도 아무것도 아닌 것에 대해, 어떻게 모든 것이 하얗게 되어 버리는지, 그런 것만 생각했다.

특히 침대보가 그랬다. 나폴리언은 침대보가 하얀 것이 정말 좋았다.

죽었으면 좋겠다는 생각도 했다. 얼마 동안 죽는 걸 생각하는 것만으로도 실제 죽을 수 있는, 그런 강력한 힘이 있었으면 좋겠다고 생각했다. 하지만 죽지 않았다. 나폴리언은 계속 살았다. 그는 하얀 침대보를 보면서 살았다.

그래도 계속 바랐다. 이렇게 죽는다면 이 하얀 것이 자신의 마지막이 되어 주기를 바랐다. 침대보보다 더 마음에 드는 건 생각나지 않았다. 새하얀 죽음보다 더 마음에 드는 건 없었다.

너무 약을 많이 먹어서 그런 거였다. 스스로도 알고 있었다. 병원에서는 나폴리언에게 약을 많이 주었고, 나폴리언은 의사나 간호사가 오기만을 기다렸다. 나폴리언은 약물이 주는 기분이 좋았다. 그 무엇보다도 좋았다. 깨끗한 기분이었고 활짝 열리는 기분이었으며, 자신이 무단 탈영병일 때 느꼈던 바로 그런 기분이었다. 이번에는 쫓기거나 왔다 갔다 하지 않아도 되니 더 좋았다. 과거에 있다가 바로 미래로 온 기분이었다. 다른 것 필요 없이 스스로 충족되는 기분이었고, 모든 것의 바깥에 나와 있는 기분이었다. 이런 기분에 색깔이 있다면 무슨 색이라고 해야 할까?

그러다가 어느 날 갑자기 많이 회복되었다며, 그들은 나폴리언을 집으로 보내 버렸다.

7

"거기서 최악은 바로 날씨였지."

아빠가 말했다.

"한 번씩 보초를 서는데, 밤새 야영하면서 가만 앉아 있기만 하는 거야. 꼼짝도 안 하고 앉아서 감시만 하지. 30분 동안 감시를 하면서 젠장, 뭘 봤는지 하나도 몰라. 또……."

아빠가 잠깐 생각했다.

"또 그동안 도대체 뭘 했는지도 젠장, 하나도 기억 안 나. 그런데도 나는 거기서……."

아빠는 의자에서 몸을 숙여 무릎을 감싸더니 턱을 느슨하게 떨어뜨렸다.

"거기 밤새 앉아 있으면 곧 비가 내리기 시작하지. 다들 그냥 그렇게 말해. 여기서 보초를 서라. 밤새 네 차례다. 부슬부슬 비가 내려. 엿같이 비가 밤새 내려. 근데 애야, 어찌나 추운지, 맙소사, 이가 하도 딱딱거려서 골이 다 울려, 젠장, 밤새도록. 그 소리가 어찌나 싫었는지."

그때 아빠 목소리가 이상했다. 내게 말하는 것 같지도 않고 아빠 자신에게 말하는 것 같지도 않았다. 누구 다른 사람의 이야기

에 말을 거는 것만 같았다. 자기 이야기에서 동떨어져 아빠 자신
과도, 나와도 상관없는, 자신이 통제도 할 수 없는 상태로 이야기
하는 것 같았다.

자신이 누구의 아버지인지도 모르는 아빠에게 말을 거니, 참
이상했다. 요즘 들어 아빠는 특히 이야기 끝에 자주 그랬다. 그럴
때마다 나는 잠든 사람 깨우듯이 아빠 몸을 잡고 흔들어 주고 싶
었다. 어떤 식으로든 아빠를 깨우고 싶었다. 그러나 나는 그러지
않았고 오히려 평소보다 더 조용히, 가만히 있었다. 숨을 참은 적
도 있었던 것 같다. 그럴 때면 나는 아빠에게서, 그리고 나 자신
에게서도 너무나 멀리 떨어져 아예 존재하지도 않는 것 같은 기
분이 들었다.

8월 말에 헬렌 언니가 소피아를 오로노의 엄마에게 맡겨 놓고
오는 바람에 우리 모두 정말 놀랐다. 언니는 사흘을 머물렀다. 언
니가 머무는 동안 우리는 파고에서 여기로 올 때 끝없이 달리며
횡단할 때 느꼈던 기분을 또 느꼈다. 다만 이번에 횡단한 곳은 우
리가 만들어 낸, 경계도 없고 아주 낯선 어떤 환경이었다. 우리는
아빠 트럭 안에서 폐소공포증을 겪은 게 아니었다. 오히려 그 반
대였다. 아빠가 아직도 그렇게 좋아하는, 가없는 대초원의 이 끝
과 저 끝에 멀리 떨어져 있는 기분이었고, 모조리 다 납작해지고
모조리 비워진 기분이었다. 입 밖으로 크게 내질렀다고 생각했던
소리가 실제로는 우리 귓속에서 거의 아무 소리도 내지 못하고,
그저 울리기만 하다가 결국 우리 사이에 가로놓인 도저히 건널

수 없는 풍경에 삼켜진 기분이었다.

　이틀째 되던 날 언니와 나는 헨리 아저씨 집 뒤에 있는 차고로 가서 아빠의 배를 물끄러미 바라보았다. 배는 아저씨와 내가 임시로 올려놓은 거치대에 아직 그대로 놓여 있었다.
　"흠. 대단치는 않네, 안 그래?"
　언니의 목소리로 봐서는 그게 배에다 하는 소리인지 다른 걸 두고 하는 소리인지 알 길이 없어서 나는 무슨 말인지 몰랐고, 그래서 묻지도 않았다.

　헨리 아저씨와 부두에서 인사를 미리 한 언니는 떠나기 직전에 다시 집 쪽으로 어슬렁어슬렁 걸어왔다. 나는 아빠와 집에 남아 있었는데, 아빠는 한 손에는 맥주를 들고, 또 다른 손에는 십자말풀이를 쥐고 있었다. 웬일인지 언니는 아빠와 내게 차례로 인사를 한 뒤에도 머뭇거리며 가지 않았다. 우리는 서로 바라보면서 아무 말도 하지 않았다. 머뭇거리던 언니는 몸을 돌려 진입로 쪽으로 갔다.
　언니가 그렇게 돌아선 바로 그때, 아빠가 소리를 질렀다. 언니는 가던 길을 다시 멈췄다. 그래서 우리 셋은 또 한 번 마지막으로 서로를 물끄러미 쳐다보았다. 포치 한쪽 끝에는 아빠가, 반대편 끝에는 내가 있었다. 그리고 언니는 계단에서 몸을 반 정도 돌린 채 미적거리고 있었다.
　아빠는 "오"라고만 소리 질렀다. 묶여 있던 그 순간이 드디어

박차고 튀어나오듯, 언니가 최종적이고 단호하게 걸음을 내딛자 아빠도 그 행동에 대해 똑같은 반응을 보인 것이다. 언니가 그렇게 확실히 돌아서자 아빠도 다른 방향으로 비틀거렸다. 아빠는 저항할 생각도 없는 것 같았다. 그저 잠시 다른 건 제쳐 두고 지금까지 아슬아슬 겨우 균형을 잡고 있던 것을 결국 엎어지게 내버려 두려 했다. 내키지 않더라도 말이다. 그렇게 결국 우리 모두 닻이 풀려, 옛날보다 훨씬 비현실적인 미래로 흘러가도록 말이다.

아빠가 마지막으로 "오!"라고 하고, 언니가 몸을 돌린 바로 그때, 아빠 목소리에서는 미안해하는 마음과 놀라움의 감정이 묻어났다. 바로 얼마 전 아빠가 나에게, 자신과 전쟁에 대해 도대체 왜 그리 알려고 하느냐고 물었을 때 아빠 목소리에 담겨 있던 감정과 똑같았다. 그때 아빠는 이야기라는 것이 분해해서 따로따로 떼 놓아 없앨 수 있는 부속품이거나 서로 붙여 조립하거나 멀리 떼어 조립할 수 있는 부속품 같은 거라고 진지하게 믿는 것 같았다. 우리의 이야기가 되기를 바랐던 자신의 이야기로부터 스스로를 늘 조심스레 분리해 떼 놓았기 때문에, 아빠는 뜻은 좋았지만 때로는 자신이 우리의 인생에 은근슬쩍 미끄러져 들어와 버린 걸 미안해했다. 그리고 일부러 그런 것도 아니고 그렇게 될 줄도 몰랐지만, 우리가 사는 세상이 자신이 살았던 세상과 똑같은 세상이 되게 놔둔 것도 미안해했다.

"그냥, 네가 좀 불행해 보인다. 얘야."

언니가 돌아서자 아빠는 우리 가족에게 불행이란 것이 이질적이고, 설명이 안 되고, 낯선 거라도 되는 양 그런 설명을 덧붙였다. 우리 가족의 삶에 언제나 불행이 도사리고 있었다는 걸 자신은 설명도 할 수 없고, 이해도 할 수 없다는 투였다.

"아, 아니에요, 아니에요."

그러면서 언니는 이번엔 정말 가 버렸다.

엄마와 아빠는 결국 자신들이 원하는 대로 하면서 살았다. 그러니 내가 당시에 느낀 건 정확하게 말해 불행이 아니었다. 나는 오히려 내가 아주 낯설고 작다고 느꼈다. 내가 작은 조각으로 나뉘어 내 속에 자리 잡고 들어앉은 기분이었다. 마치 원하기만 하면 러시아 인형처럼 나를 나눌 수 있을 것처럼 여겨졌다. 겹겹이 싸인 채 안으로 들어갈수록 더 작아지고 더 텅 비게 만들 수 있을 것만 같았다. 가장 안쪽, 더는 들어갈 방법이 남아 있지 않을 때까지 들어가고 싶었다.

우리는 언니가 떠난 뒤에도 한동안 아무 말도 하지 않고 포치에 앉아 있었다. 그러다가 아빠는 다시 십자말풀이로 돌아갔다.

아빠는 퀴즈를 풀면서 한 번씩 고개를 들고 물었다.

"얘야, 너는 알 것 같은데, 여기 수도가 어디지?"

"너라면 알 거다, 이 작가가 누구더라?"

하지만 나는 수도도 작가도 전혀 몰랐다.

8월도 며칠 남지 않은 어느 날, 아빠는 부엌 서랍에서 처방전을 뒤지다가 한 세대 반에 걸쳐 쌓이고 쌓인 영수증, 오래된 편지, 사진, 서류 따위에서 내가 10학년일 때 헨리 아저씨를 위해 쓴 시를 우연히 찾아냈다.

그날 저녁 호수에서 돌아오니, 아빠는 손에 시가 적힌 종이를 들고 나를 기다리고 있었다. 내 시를 발견한 아빠는 기분이 아주 좋아 보였다. 아빠는 내가 현관에 제대로 발을 들여놓기도 전에 벌써 낭송할 때 내는 저음의 알토로, 큰소리로 시를 읽기 시작했다.

나는 시에서 헨리 아저씨를 단순하고 행복한 사람으로 묘사했다. 어릴 때 내가 아저씨에 대해 생각한 그대로, 오직 나만을 위해 존재했던 아저씨의 모습 그대로 묘사했다. 아저씨를 두고 쓴 시지만 시에서도 아저씨는 조연이었다. 나는 아저씨를 손짓 한 번이면 다 알 수 있다는 듯이 요약해 놓았다. 항상 조금씩은 효과가 있지만 결국 딱히 어떤 걸 지목하는 것도 아니면서 과장되고 형식적으로 손짓을 하는 아빠처럼 말이다.

아빠가 읽어 주는 내 시를 듣다 보니, 내가 예전 한때나마 그렇게 단순하게 상상을 했다는 것이 특별하게 와 닿았다. 헨리 아저씨는 나에겐 낚시꾼이었다. 배의 엔진을 수리하는 그런 사람. 밤이면 인내심을 발휘해 더 없이 행복하다는 듯 수학 문제를 풀던 사람. 아저씨는 덧셈과 뺄셈은 필수고 나눗셈은 대개 마지막에 했다. 나눗셈에서 나머지가 생기는 경우는 한 번도 없었다. 수학 공식은 완벽하게 균형을 맞춘 등식이어야 했다. 그것도 아저씨가 이미 알고 있는 답이 나오는 등식이어야 했다. 그 점은 아마 나만큼이나 아저씨도 항상 바랐던 점일 것이다.

역시 내 짐작대로 나는 인생에서 너무 많이 바랐던 게 아니라, 너무 적게 바라면서 살았다. 그러나 아빠는 눈을 반짝이며 내가 큰소리로 비웃는 걸 무시하고 시의 마지막 구절까지 질질 끌며

느릿느릿 읽었다.

아빠는 다 읽고 나서 좀 소극적이 되어 말했다.

"괜찮은 시 같은데?"

큰소리로 웃는 척했지만 도대체 무슨 조화인지, 목구멍 안에서는 흐느낌이 되어 버렸다. 덕분에 나는 웃음을 멈추고 그걸 여러 번 힘들게 꿀꺽 삼켜 버려야 했다.

나는 단어 하나하나를 씹듯 하며 설명을 달았다.

"어릴 때 '괜찮은 시' 따위는 쓰지 말았어야 했어요."

내 목소리가 바뀐 걸 알아채지 못한 아빠는 움직일 수 있는 한쪽 어깨를 으쓱할 뿐, 쓸 수 있는 다른 한쪽 손을 자기만의 방식으로 휘저으며 말했다.

"흐음, 한 편 더 써 봐라. 그렇게 풀죽어 있지 말고. 휘트먼같이 한번 써 봐. 네 시가 휘트먼 같은 구석이 있어서 좋더라. 휘트먼은 뭐든지 최대한으로 활용하는 사람이지."

아빠는 아직 정리하지 않은 서류 더미 맨 위에 시가 적힌 종이를 올려놓고 포치로 나갔다. 아빠는 유리로 만든 부속이라도 끼워 넣은 것처럼 몸을 아주 꼿꼿하게 세우고 천천히 걸어갔다. 포치에 다다라서는 큰소리로 헛기침을 한 뒤 난간에 몸을 무겁게 기대고 담뱃불을 붙였다.

나는 부엌에 계속 남아 있었다. 무릎을 가슴까지 끌어안고 두 손에 머리를 얹었지만 울지는 않았다. 울지 않으려고 눈을 크게 떴더니 바닥에 비친 내 손의 그림자를 정확하게 볼 수 있었다. 그림자는 서로 만나지 않았다. 빛이 삼각형을 만들어 놓았다. 갈색

반달 모양과 노란 사각형 모양도 만들어 놓았다. 나는 바닥에 그려진 도저히 화합할 수 없는 두 도형을 한참이나 뚫어지게 바라보았다. 바깥 포치에서 아빠가 힘겹게 숨을 들이쉬는 소리, 기침을 토하는 소리, 크게 가래를 뱉는 소리가 들렸지만 귀를 기울이지 않았다. 아저씨가 집 안에 들어온 것도 몰랐다.

헨리 아저씨였다. 아저씨인줄 내가 어떻게 알 수 있었겠는가?

아저씨는 마치 자기 집의 유령이나 된 것처럼 너무나 매끄럽게 쓰윽 들어왔다. 내 옆에 서서 말을 거는 것도 너무 갑작스러웠다.

"이것 좀 봐!"

눈을 감지 않은 채, 그저 가리고만 있던 손을 떼어 내 그곳을 쳐다봤을 때 내 손이 있던 바로 그 자리에, 아저씨 손이 공 모양을 하고 있는 게 보였다.

아저씨가 두 손을 벌리자 새 한 마리가 날아갔다.

아저씨는 놀라며 웃더니, 자기가 뭘 쥐고 있었는지 짐작도 못한 것처럼 자기 손을 멍하니 내려다보았다. 그때 아빠는 담배를 쥔 손은 바깥으로 뻗은 채 포치에서 몸을 기울여 문간에 서 있었다. 집 안에서는 담배를 피우면 안 된다는 걸 아빠는 난생 처음 자발적으로 기억해 낸 것 같았다.

"그게 대체……."

아빠가 입을 뗐다.

아저씨는 열린 문 뒤편 구석을 가리키며 당황한 얼굴로 말했다.

"저쪽에서 발견했어. 그냥 날려 보내기 뭣해서. 그냥……."

아저씨가 뒤돌아 어깨를 으쓱하더니 나를 본다.

"너한테 보여 주고 싶어서……."

그런데 갑자기 그 새가 다시 우리 발치로 날아들었다. 크게 후드득거리고 짹짹거리더니 다시 천장으로 날아올랐다.

아빠가 일을 떠맡았다.

"창가로 가 서 있어!"

아빠가 소리를 쳤지만 헨리 아저씨와 나는 그 자리에서 꼼짝도 하지 않았다.

"이게 대체……."

이번에는 헨리 아저씨가 말할 차례였다.

"창문!"

아빠가 소리 질렀다. 우리는 움직였다. 아저씨는 가까운 쪽, 나는 반대편 벽에 난 창으로 갔다.

실내 금연법을 어기고 집 안으로 들어온 아빠는 불붙은 담배 끝으로 새를 쫓기 시작했다. 그러고는 괴상한 춤을 추듯 이쪽저쪽으로 왔다 갔다 했지만 새는 아빠가 움직이는 방향을 미리 예측이라도 하는지, 아빠가 덮치거나 달려들거나 담배를 든 손으로 휘저어도 그때마다 요리조리 잘도 피했다.

공중제비를 돌기도 하고, 엉뚱한 방향으로 나는 것 같기도 했다. 그러다 결국 문이 어디 있는지 처음부터 다 알고 있었고, 처음부터 그 문을 염두에 두고 있었던 것처럼 새는 돌연 문밖으로 훌쩍 날아가 버렸다.

우리는 새를 따라 포치까지 갔다. 관목 옆을 돌아 새가 날아가는 것을 지켜보았다. 아저씨는 휠체어에서 등을 젖히며 웃었고,

아빠도 웃었다.

나도 결국에는 웃었다.

잠잠해지자 아빠가 말했다.

"저게 무슨 뜻인지 알지? 새 말이다."

아빠는 잠시 말을 끊었다가 눈을 반짝인다.

"새가 집으로 날아드는 건, 그 집에서 사람이 죽어 나간다는 뜻이야."

나는 아빠 말을 농담으로 받아들였지만, 아저씨는 들은 체도 않고 아빠와 내게 훈계하듯 딱 한마디 했다.

"앞으로는 문을 제대로 닫고 다녀야겠다."

"어쨌거나요."

마지막 말은 아저씨가 아니라 아빠 말에 대한 대꾸였다. 그 말을 하면서 나는 눈을 굴렸다.

"어차피 아빠는 그런 거 믿지도 않잖아요."

아빠가 내게 눈을 찡긋했다.

"나는 남들이 다 믿는 건 별로 안 믿지. 그래도 믿든 안 믿든 살다 보면 그런 일들이 일어나기도 한단다, 얘야."

그날 밤 다시 약에 취해 잠들기 전, 아빠는 내가 열 살 때 쓴 그 시를 이번엔 아저씨에게 다시 큰소리로 읽어 주었다. 나는 듣지 않으려고 했다. 그러나 불가능했다. 그래서 차라리 신경을 끄려고 했다. 그러나 그것도 불가능했다. 별 수 없이 얼마 전 아빠가 아저씨와 내게 읊어 준 그 시 구절을 떠올려 보았다.

'나 죽으면 날 단출히 해 주오.'

왜 그런지 모르겠지만 아빠가 읽어 준 그 구절이 잊히지 않았
다. 그냥 내 머리에 박혀 버렸다.

8

아저씨 집에 머물렀던 마지막 날 오후에 아빠와 나는 롱수와
잉글사이드 사이의 이면 도로를 오래 드라이브했다. 아빠는 맥주
묶음을 발치에 쟁여 놓고는 드라이브하는 동안 하나씩 뜯어내,
오후 내내 마셨다. 그래서 차를 탄 지 한 시간 정도 됐을 땐, 긴장
이 풀린 아빠는 아주 편안해 보였고 거의 의식이 없는 상태로 쉬
고 있었다. 좌석을 뒤로 눕혀 놓아서 머리는 늦은 오후의 햇빛을
향해 있었다. 피곤해 보이지는 않았지만 아빠는 눈을 감았다 떴
다 했다.

피곤하기는커녕 오히려 정반대였다. 오후 내내 아빠의 정신은
말짱했다. 눈을 감고 있으면서도 매처럼 집중력이 좋았다. 멈춤
신호가 나오는 지점을 한참 전부터 미리 예측했다. 늘 그러기는
했지만.

몇 시간을 달린 뒤에도 돌아갈 생각이 들지 않아서 나는 아저
씨 집을 지나쳐 호수 도로 끝에 차를 세웠다. 호수는 우리 뒤편에
서 세 갈래 방향으로 펼쳐지고 있었다. 거기서는 끝부분이 가느
다란 쐐기꼴로 보이는 아저씨네 부두가 거의 보이지 않았다.

우리는 다시 차를 몰아 집으로 돌아갔다. 아저씨 집 진입로에

들어서서 드라이브를 끝내기 직전에 아빠가 몸을 돌리더니 이렇게 말했다.

"너 주려고 시를 한 편 썼다. 내가 아주 좋아하는 그 사진을 보면서 썼지. 너랑 소피아 사진 말이다."

그건 언니가 2년 전에 아빠에게 보낸 사진이었다. 수도 파이프가 얼어붙고 싱크대에서 눈을 녹여 써야 했던 끔찍하게 추웠던 그해 겨울, 파고 집 창틀에 올려놓고 그렇게 한참 동안 바라보던 그 사진이었다.

아빠는 그 사진을 여기까지 갖고 온 것이다. 그러나 벽에 붙이거나, 액자에 넣거나, 좀 더 자주 볼 수 있게 냉장고 문에 붙이거나 하지는 않았다. 아빠는 사진을 침대 옆 탁자 서랍 속에 잡동사니와 함께 넣어 두었다. 거기에는 맥주병 뚜껑이니 손수건이니 약병이니 하는 것들은 물론이고 올빼미라도 되는 양 뱉어 놓은 씹는담배까지 들어 있었다.

"다 쓰면 보낼 테니까 교정 좀 봐 주라. 내가 처음으로 쓰는 시잖아."

"멋진데요."

우리는 거의 집 앞에 차를 세운 상태였다. 그러나 아빠도 나도 일어나 내리려고 하지 않았다.

"나도 휘트먼처럼 시를 쓸 수 있을 거야. 나도 사물에서 아름다움을 찾아낼 수 있다고."

아빠가 나를 바라봤다.

"우리 딸들한테서 아름다움을 찾아내는 일이라면 할 수 있고 말고."

아빠가 내 어깨를 잡아 주었는데 정이 듬뿍 담겨 있었다. 아빠의 눈은 가끔 그렇듯이 반짝거렸다. 물속에서 무언가를 찾고 있는 조명 불빛 같았다.

물론 아빠는 그저 시간을 때우려고 시를 쓴 것일 수도 있다.

며칠 뒤 아빠는 오로노의 엄마 집에 가 있는 내게 전화를 걸어 시를 읽어 주었다. 정말이지 너무나 오랜만에, 처음으로 느끼는 기분이었다. 복잡할 게 없었다. 결국 아빠에 대한 내 감정은 그냥 사랑이었다. 그다지 어려운 것도 아니었다.

"아직 휘트먼 수준은 아니지만 그래도 괜찮지 않나?"

아빠가 그랬다.

아빠는 같은 날 다시 전화를 걸어왔고 그 시를 한 번 더 읽어 주었다.

"뭐 고친 데 있어요?"

내가 물었다.

아빠는 한숨을 쉬었다.

아빠 말로는, 중간에 마침표를 했던 걸 쉼표로 바꾸었기 때문에 두 연이던 시가 이제는 문장 하나가 됐다는 거였다.

"아, 그래요. 괜찮네요."

"마침표랑 쉼표랑 차이가 있거든. 안 그래?"

"그래요."

"네가 뭘 알아."

아빠는 실망한 것이다.

"처음엔 그랬죠. 그런데 이젠 알겠어요. 괜찮은 것 같아요."

"휘트먼이라면 뭐가 다른지 알아봤을 텐데."

전쟁 이야기를 시작하자, 아빠가 뜯어 놓은 솔기 사이로 온 세상이 터져 나오기라도 하는 것 같았다. 아빠는 11월 초에 인디애나 주립대학교 역사학 교수라는 사람한테서 전화를 한 통 받았다. 조지 패러더 교수였다. 패러더 교수는 약 3년째 꽝찌 사건*을 조사 중이었는데 꽝찌 사건은 지난 여름, 아빠가 내게 처음으로 얘기해 준 바로 그 사건이었다.

"선생님을 찾아내느라 고생깨나 했습니다."

패러더는 아빠와 전화 연결이 되자 그렇게 운을 뗐다.

"기록을 찾아보니까 노스다코타 주 파고에 사신다고 돼 있더라고요."

"그건 나도 압니다."

아빠가 대꾸했다.

---

* 꽝찌Quang Tri는 베트남의 59개 성 중 하나로 중북부에 있으며 성도는 동하이다. 꽝찌 성 남쪽으로 후에 성, 꽝남다낭 성이 있고 그 아래에 꽝응아이 성이 있다. 베트남 전쟁 중 벌어진 민간인 학살 사건 가운데 가장 악명 높은 미라이My Lai 학살 사건이 벌어진 미라이 마을이 바로 꽝응아이 성 선미 지역이다. 1968년 1월 미군은 북베트남군의 구정대공세Tet Offensive로 자존심에 큰 상처를 입는다. 당시 그 지역에 주둔한 미 육군 23보병사단 11여단 20보병연대 1대대 찰리중대원들은 베트콩, 즉 국민해방전선 48대대의 잔존 병력이 미라이 마을과 인근 마을에 잠입해 있다는 정보를 입수했다. 이들은 1968년 3월 16일 미라이 마을에 진입했으나 베트콩은 발견하지 못했고 여자와 아이를 포함한 민간인 4~5백 명을 학살했다. 이 소설에 중대한 역할을 하는 꽝찌 사건은 작가의 아빠가 실제 겪은 일이라고 한다.

패러더 교수는 아빠와 같은 사단 병사로, 1967년 초부터 전쟁이 끝날 때까지 대대 우편 담당 병사로 복무했다고 했다. 그래서 문제가 된 사건과 직접 관련은 없지만 사건의 결론에 대한 뜬소문에 계속 마음이 쓰였다는 것이다.

현재 그는 테러호트에 살고 그곳 대학교 교수인데, '작전명 자유2'로 알려진 사건을 바로잡기 위해 증언을 모으기 시작했다고 한다. 이 사건은 전쟁 당시 해병대에 있었던 프랭크 히긴스의 증언을 통해 알려졌는데, 패러더 교수의 말로는 히긴스가 이 작전의 규모를 과장하는 바람에 사망자 수가 3백 명에 이르는 것으로 추산됐고, 결국 미라이 학살 사건의 축소판인 양 보이게 했다는 것이다. 교수는 자신의 저서로 '자유2' 작전의 진실이 밝혀지기를 바라고 있으며, 히긴스의 잘못된 증언을 바로잡고 싶다고 했다. 그 증언 때문에 큰 소동이 벌어질지도 모른다고 했다.

그러나 패러더 교수는 히긴스의 진술을 입증하거나 반박할 수 있는 자료가 많지 않아서 매우 힘들었고, 몇 달 동안 끝도 없이 군사 기록을 뒤지고 여러 인터뷰를 녹취록으로 옮겼지만 아무것도 손에 쥐지 못했다. 겨우겨우 검사 두 명을 찾아내 얘기해 봐도 아무 소용이 없었다. 게다가 사건에 직접 연루됐던 마이클 베어드와 피터 프랜시는 말도 섞지 않으려고 했다.

"아, 또 그 얘깁니까?"

프랜시는 전화를 끊기 전 이렇게 말했다.

"그건 해스컬한테 물어보시오. 그 자는 정신이 나간 자요. 그날 밤에는 아무 일도 일어나지 않았습니다. 우리는 야전 예규를 철저히 지켰어요."

로버트 파이크는 "기억나는 건 쥐뿔도 없다"고 했다.

인맥을 동원해 알아봤지만 별다른 소득이 없었다. 그 사건에 대해서는 아예 입을 열지 않거나, 소재 파악조차 어려웠다. 두 명이 그랬다. 그중 한 명이 테디(에드워드 페얼리)로 밝혀졌는데, 자살했다고 했다. 1980년대 초쯤에 워싱턴 주 후드리버에 있는 2층집 발코니에서 목을 매 죽었다는 것이다.

패러더 교수가 조사해 볼 수 있는 것은 40년이나 묵은 500쪽 분량의 재판 기록밖에 없었다. 교수는 어찌어찌해서 그걸 온전히 손에 넣었다. 아빠는 돌아가시기 몇 주 전에 패러더 교수와 그 기록 얘기를 하다가 그게 남아 있다는 걸 처음으로 알게 됐다. 아빠는 자신의 증언이 별 것도 아니었고, 늘 곤혹스러운 개인사라고만 생각했다. 그러니 자기 말고도 증언한 사람이 있었다는 건 전혀 모르고 있었다.

아빠가 군종신부를 찾아간 건 아무짝에도 쓸모없는 짓은 아니었다. 그 일 때문에 조사가 시작되어 2년 반 동안이나 이어졌기 때문이다. 그러나 결국에는 쓸 만한 증거가 부족했고, 증인들의 증언도 주관적이라 빈 중위 말고도 여러 지휘관이 연루된 그 작전에 대한 소송은 기각되었다.

패러더 교수에게는 안됐지만, 겨우겨우 연락이 닿은 아빠 역시 거의 도움이 되지 못했다. 그 무렵 아빠의 정신 상태가 온전하지 않았기 때문이다. 사실 패러더 교수의 전화 자체가 이제 갈 데까지 갔다는 것을 알려 주는 신호였다. 아빠가 문제가 된 그 사건에 대해 단호하게, 한 치의 주저도 없이 내게 말했던 때가 불과 3개월 전이었다. 그때 아빠는 글로 써진 것을 읽어 내려가듯, 오랜 세월 연습이라도 한 것처럼 정확하게 이야기했다. 그러나 아빠가 패러더 교수와 통화를 할 때쯤에는 10월 22일 일어난 그 사건과 그 뒤 열린 재판을 제대로 기억하지도 못했다.

얼마 지나지 않아 그 먼 과거의 일은 아빠에게서 영원히 사라져 버린 게 분명해 보였다. 심지어 내가 바로 얼마 전 헨리 아저씨 집에 간 것도 기억하지 못했다. 아빠는 조금 더듬거리면서 내가 자기를 한 번도 보러 오지 않는다며 슬쩍 섭섭함을 비추기도 했다. 그 일을 생각하면 슬퍼진다. 그리고 몹시 두려워진다. 우리가 최선이라 생각하고 한 일이기는 해도, 결국 우리는 어쩔 수 없이 우리가 사랑하는 사람을 아주 지독한 외로움에 빠뜨릴 수 있는 것이다.

패러더 교수와 통화를 한 뒤 아빠의 정신적 혼란에는 가속이 붙었다. 그러다 엿새 뒤 두 번째 통화가 있고 나서 아빠는 한참 동안 완전히 멍해져서 교수와 나눈 대화의 토막토막을 혼잣말로 되풀이하기만 했다. 어떨 때는 몇 시간 동안 낱말 하나만을 반복하고, 또 반복해 말했다.

시간이 좀 더 흐르자 이번엔 말이 아니라 사물이 아빠를 혼란스럽게 만들었다. 아빠는 침대 옆 탁자 위의 휴지 조각이나, 씹는 담배 조각이나, 무선전화기같이 자기 팔이 닿는 곳에 있는 물건들을 물끄러미 바라보다가 짜증을 부리고 화를 내면서 손을 마구 털어댔다.

"도대체 이것들이 왜 여기 있는 거지?"

아빠는 자기 눈에 띄는 물건에 대고 소리를 질렀다. 물건이 거기 놓인 환경이 아니라 물건 그 자체를 이해할 수 없게 된 것 같았다.

패러더 교수가 세 번째이자 마지막으로 전화를 한 날에는 나도 오후 늦게 아빠에게 전화를 걸었다. 아빠는 그냥 이런 말만 했다.

"있잖아, 내가 어젯밤에 꿈을 꿨거든. 처음 보는 곳인데도 내가 아는 사람들이 전부 거기 있더라. 그러다가 깼어."

나중에 패러더 교수는 그날 통화 중에 아빠가 꽹찌 사건을 아주 또렷하게 기억해 낸 것 같았다고 했다. 그러나 아빠는 교수의 질문에 대답하기는커녕 오히려 교수에게 되물었다. 부정하거나 고함을 질러, 대답이 나오려는 걸 막으려고 하는 것 같았다는 것이다.

"아니오! 절대 그런 식으로 일어난 게 아니란 말이오!"

교수에게는 무의미한 말이었다. 아빠의 그런 반응은 사실 히긴스가 보인 반응과 똑같은 것이었다. 교수도 나름대로 사건에 대한 자기 생각이 있었고, 그걸 밀고 나가고 싶었겠지만 그 당시 아빠에게는 그럴 능력도, 의지도 없었다. 한때 패러더 교수는 길고 긴 조사 대상자 목록을 가지고 있었지만, 마지막에 이르렀고, 결국 자신이 실패했다는 것을 받아들일 수밖에 없었다.

열흘 뒤 아빠는 돌아가셨다. 헨리 아저씨가 전화로 구급차를 불렀고, 구급차를 타고 온 사람들이 경찰에 알렸다. 아빠가 건넛방 침대에서 볼록렌즈에 비친 상 같은 모습으로 마지막 여섯 시간을 누워 있는 사이, 아저씨는 캐나다 기마 경찰관 두 명에게 조사를 받았다. 경찰들은 아저씨 주방에서 끓인 커피를 여러 잔 들이마시고, 아빠가 모아 둔 사진과 처방전, 어지러이 쌓인 각종 서류를 들여다보면서 저 양반이 왜 자기 집을 놔두고 이렇게 먼 곳까지 와서 죽었는지 궁금해했다.

마침내 경찰들이 수첩을 접고 아빠를 데리고 가 버리자 집에는 아저씨 혼자만 남았다. 그날 밤에는 유령들도 나타나지 않았다. 헨리 아저씨는 밖으로 나가 튼튼한 팔로 휠체어 바퀴를 몇 번 굴려 금세 부두 끝까지 갔다. 거기서 아저씨는 몇 시간 동안 가만히 앉아 있었다.

에필로그

　아빠가 돌아가신 이듬해 1월 초, 나는 『메인 선데이 텔리그램』에 일자리를 얻은 뒤 새롭게 둥지를 튼 포틀랜드에서 소포 하나를 받았다. 조지 패러더 교수가 부친 걸 헨리 아저씨가 내게 전달해 준 거였다. 우리는 아빠가 돌아가신 것을 교수에게 알리지 않았다. 소포에는 아빠의 30쪽짜리 증언 기록이 들어 있었다.

　이후 패러더 교수와 여러 차례 통화를 했다. 나는 작년에 마지막으로 헨리 아저씨 집에서 여름을 보낼 때 이것저것 주워들은 것 말고는 아빠가 전쟁에서 겪은 일에 대해 아는 건 거의 없다고 말해 주었다.

　내가 해 준 이야기는 사적인 참고 자료일 뿐 패러더 교수에게 무용지물이었다. 그 무렵 히긴스의 증언도 아무런 증거 능력이 없는 것으로 드러났다. 패러더 교수야 히긴스의 증언 대신 그날 밤 일어난 사건을 진실하게 기록한 것이 인정받기를 바랐다. 그러나 나와 통화할 때쯤 교수도 이미 이 문제가 해결 불가능하다는 것을 수긍한 것 같았다. 또 각자 정도에서는 차이가 있지만, 이런저런 이유로 지금은 입을 닫아 버린 사람들의 기억과 상상에 맡겨진 그대로 내버려 두기로 한 것 같았다. 다시 말해 오래 전부터 존재한 거대한 명령 체계의 일부인 군사작전은 실제로 일어나는 사건조차도 이미 예전에 벌어진 사건으로 만들 수 있다는 것, 그리고 군사작전은 너무나 어마어마한 것이어서 그 잘잘못을 가리는 일은 불가능하고, 심지어 정당하지도 않다는 것을 받아들인 것이라 할 수 있었다.

그러나 정말 그런 식으로 받아들인다면, 히긴스가 한두 명 죽은 것을 가지고 3백 명이 죽었다고 한들 무엇이 달라진단 말인가? 차이는 없다. 분명 구별해야 할 일이 있기는 하다. 다만 어떻게 구별하느냐, 그리고 누가 그 구별을 하느냐가 문제였다.

아빠가 돌아가신 뒤 찾아온 겨울에 나는 아빠의 증언록을 읽어 보았다. 그 대부분을 나는 여기 기록하고자 한다. 그러나 그걸 읽은 뒤에 나는 더 헷갈렸고, 나를 포함해 그 누구든 뭘 밝혀내 보겠다고 덤비는 것 자체가 이제는 놀랍기만 하다. 그러나 적어도 나는 다시 한 번 아빠에 대해 생각해 보게 되었다. 그리고 심문 조서 마지막에 아빠가 경고를 받을 때 그 상황이 어떠했을지에 대해서도 생각해 보았다.

"이것은 아주 진지한 법정 기록이므로 지금까지의 진술이 심각한 위험을 초래할 수 있습니다."

아빠는 조금도 흔들리지 않고 대답했다.

"저는 질문에 최선을 다해 대답했을 뿐입니다."

나는 내가 아는 한 진실인 것들을 기록하려고 노력했다. 어쨌거나 그 진실은 여기 나오는 그대로, 내가 특이한 방식으로 만난 진실이다. 그것에 이르는 길은 복잡하고 유동적이었다. 나는 그 가운데서 내 나름의 모호한 진실을 맞닥뜨렸다. 진실은 어느 지점에 이르러 아무도 모르게, 그 길에서 한동안 멈추었다가 셀 수 없이 많은 갈래로 다시 나뉘어 갔다.

나는 우리가 할 수 있는 최대이자 최선의 방법은 우리 앞에 스스로 찾아온 문제들에 답을 하고, 자기 자신에게만이라도 우리가 사랑했고 믿었던 것들을 설명하는 것이라고 본다. 또 우리가 이미 행했거나 행했으면 좋았을 행동들과, 마음속 가장 고요한 곳에서 명하는 대로 현재 행하고 있고 앞으로도 몇 번이고 할 행동들을 설명하는 것이라고 본다.

그러나 1967년 10월 22일 일어난 사건을 이해할 방법은 쉽게 떠오르지 않았다. 그 사건이 반복되고, 이런저런 형식으로 계속 되풀이되면서 그 과정이 새로이 기록에 남는 것을 이해하는 것도 어려웠다. 그 사건을 목격한 사람들 모두 같은 어려움을 겪었다. 오랜 세월이 흐른 뒤, 사건 자체가 다른 종류의 슬픔과 오해와 기대와 욕망으로 위장해 다른 순간들, 다른 사람들의 삶 속으로 들어간 것이다. 그 가운데 엄마와 헬렌 언니, 헨리 아저씨와 나 같은 사람들은 처음에는 그 사건을 몰랐지만 결국 그 사건의 증인이 되었고 앞으로도 증인으로 남을 것이다. 그리고 그 사건이 왜 우리의 인생에 계속 수수께끼로 남아 있는지 밝히고, 깨닫고, 결국에는 완전히 이해할 수 있기를 바랄 것이다.

직접 심문

(심문 담당: 하딩 대위)

성명과 계급을 대세요.
나폴리언 에드워드 해스컬입니다.

이름은?
나폴리언입니다.

소속을 말하세요.
제1보병연대 제1대대 브라보 중대와 시에라 중대입니다.

소속 군대는?
미합중국 해병대입니다.

1967년 10월 21일과 22일 당시에는 제1보병연대 제1대대 '브라보' 중대 소속이었습니까?
네, 맞습니다.

빈 중위를 압니까?

네, 압니다.

이 법정에서 빈 중위를 지목할 수 있습니까?

네, 저기 있습니다.

변호인   빈 중위를 지목했다고 기록해 주십시오.

1967년 10월 21일 저녁, 어디에 있었습니까?

저희는 '자유2' 작전을 수행 중이었습니다.

그 작전이 수행된 장소는?

남동하South Dong Ha의 가설 활주로 서쪽이었습니다.

무슨 작전이었는지 아는 대로 말해 보세요.

적군 박격포의 위치를 찾아내는 건 줄 알았습니다.

10월 21일 밤이나 10월 22일 이른 아침 사이, 부상을 당한 사람이 있었습니까?

네, 있었습니다.

무슨 일이 일어났는지 말해 보세요.

애덤슨 이야기, 말입니까?

계속하세요.

저희는 그냥 전진했고 조그마한 마을을 돌아가다가 야산이 있는 곳에 다다랐습니다. 저희 소대가 선두에 섰습니다. 야산 꼭대기에 올라가자마자 지뢰가 터졌습니다. 애덤슨이 죽었고 클라인과 캐리가 다쳤습니다.

사고를 당한 소대는 당신 소대였습니까, 다른 소대였습니까?
1소대였습니다.

1소대 지휘관은 누구였습니까?
프랜시 중위님이었습니다.

지뢰가 폭발할 당시 애덤슨 상병의 위치를 기준으로 했을 때, 프랜시 중위는 어디 있었는지 기억합니까?
중위님은 애덤슨 바로 앞에 있었던 것 같습니다.

프랜시 중위가 거기 있는 것을 직접 봤습니까?
중위님은 제 앞쪽이었습니다. 캐리가 제 바로 앞이었고, 프랜시 중위님은 캐리 앞쪽에 있었습니다. 프랜시 중위님은 애덤슨 바로 앞에 있었던 것 같습니다.

사건이 일어나기 직전 위치가 그랬다는 거지요?
네, 그렇습니다.

부비 트랩이 폭발하자 어떻게 행동했습니까?

그 자리에 엎드렸습니다. 제 왼쪽 옆구리 쪽에 기관총을 내려놓았습니다.

당신이 기관총을 소지하고 있었습니까?

네, 그랬습니다.

기관총을 가지고 있었다면, 당신 임무는 무엇이었습니까?

탄약 담당이었습니다.

기관총 담당 병사로 또 누가 있었습니까?

제가 기관총을 소지하고 있었습니다.

기관총 담당 병사로 또 누가 있었습니까?

루치아노와 힐이 있었습니다.＊

그 다음 무슨 행동을 취했습니까?

헬기로 후송할 수 있게 부상자와 전사자를 데리고 내려가라고 사람들이 소리를 지르고 있었습니다.

＊ 나폴리언은 질문에 엉뚱하게 답하기도 하고, 같은 질문에 다른 대답을 하기도 한다. 그의 심리나 정신 상태가 안정되지 못했다는 것을 뜻한다. 뒤에도 계속 이런 식의 대답이 나온다.

헬기로 후송하는 데 얼마나 걸렸습니까?

부비 트랩이 터지고 나서 헬기가 뜰 때까지 30분 정도 걸린 것 같습니다.

어떤 종류의 부비트랩이었는지 알아냈습니까, 아니면 그때 이미 알고 있었습니까?

저는 몰랐습니다.

전에 본 적이 없는 종류였습니까?

예.

그게 어떤 거라고 누가 말하는 것을 들었습니까?

치콩*이라는 사람도 있었고, 원격조종 타입 같다는 사람도 있었습니다.

헬기가 오기 전에 기관총으로 착륙 지점에 예비사격을 했습니까?

아니오.

다른 사람이 예비사격을 하는 건 알았습니까?

예. 누가 예비사격을 한 것 같았습니다.

---

* 베트남 전쟁 당시 북베트남군이 사용한 부비 트랩. 중국제 총을 개조해 만들었다.

당신 위치로 저격수가 총을 쏘는 걸 목격했습니까?

제가 아는 한, 아닙니다.

대략 언제쯤 부비 트랩이 터졌습니까?

정확히는 모르겠지만, 12시쯤이었던 같습니다.

24시 무렵 말입니까?

네, 그렇습니다.

그때 당신이 있던 곳의 밝기는 어땠습니까?

그다지 나쁘지 않았습니다. 누가 누군지 알 수 있었습니다.

달이 떴는지 기억납니까?

아니오.

그때 당신 소대, 또는 당신의 기관총 팀은 그곳을 벗어나려고 했습니까?

예, 거길 벗어났습니다.

이동해야 한다는 건 어떻게 알았습니까?

그냥, 1소대는 아까 그 마을로 돌아간다고 들었습니다.

누구한테서 그 말을 들었는지 기억합니까?

글쎄요, 그냥 사람들이 그렇게 말했습니다.

이동한다는 것 외에 다른 무슨 말을 들은 것이 있습니까?
예. 마을 사람들을 전부 죽이고 마을을 불태울 거라고 했습니다.

다시 한 번 차분하게 생각해 보세요. 누가 당신에게 그 말을 했는지
이 법정에서 얘기할 수 있겠습니까?
프랜시 중위님이었던 것 같습니다.

당신에게 그런 말을 한 사람이 정말 프랜시 중위가 맞습니까?
네, 맞습니다.

누구 다른 사람이 수색 정찰 이야기를 한 적은 없습니까?
확실히 말씀드리기는 어렵습니다. 저는 그냥 일어난 사실을 전반적
으로 말씀드리는 겁니다.

그 말을 할 때 프랜시 중위의 태도는 어땠습니까? 일상적인 정찰을
한다는 소리로 들렸습니까, 아니면 중위가 전과 달리 특별하게 흥
분한 것 같았습니까?
프랜시 중위님은 '겟 썸'* 같은 말을 계속 입에 달고 있었습니다.

---

* get some, 성행위를 속되게 이르는 말. 문자 그대로는 '뭘 좀 구해 오자, 얻어 오자'라는 뜻이
다. 나폴리언과 심문관은 상황에 따라 의미를 달리해 쓴다.

그 말을 당신은 어떻게 받아들였습니까?

그냥 중위님이 자주 쓰는 비어입니다. 그 말로 중위님의 당시 태도를 알 수 있을 것 같았습니다.

중위는 가서 뭘, 도대체 뭘 가져오겠다는 거였죠? 마리화나?

그냥 그러는 게 옳은 일이라고 생각하나 보다고 생각했습니다. 그냥 그리로 가서 그러는 거요.

프랜시 중위가 한 말을 당신은 어떤 식으로 받아들였습니까?

그냥 그러는 게 옳다고 생각하나 보다, 그렇게 생각했습니다.

옳은 일이란 게 뭡니까?

그 마을로 가서 모조리 불태우고 죽여 버리는 거요.

당신은 그렇게 해석했습니까?

네, 그랬습니다.

중위의 그 '겟 썸'이란 말을 당신은 그런 뜻으로 받아들였습니까?

대충 그렇게요.

최대한 기억을 더듬어서 다시 생각해 보고 당시 프랜시 중위가 당신에게 정확하게 무슨 말을 했는지 다시 말해 보십시오.

잘 안 될 것 같습니다. 그 말을 한 사람이 프랜시 중위님인지 아닌

지도 헷갈립니다.

누가 당신한테 마을로 가서 '겟 썸' 하자고 했는데 당신은 그걸 '모
조리 죽여 버리자'로 받아들였다는 겁니까?
예. 그랬습니다.

그 정도까지는 말고, 다른 뜻도 있었을까요?
그냥 일상적인 정찰 같은, 그런 뜻 말입니까?

그렇습니다.
그럴 수도 있을 겁니다. 확실하지는 않지만요.

정찰 보고를 했다면, 거기 있었습니까?
아닙니다.

당신 소대에 누가 그 정찰 명령을 내렸는지 압니까?
아니오, 모릅니다.

누가 당신에게 와서 마을로 가서 마을에 살아 있는 건 전부 죽여 버
리라는 말을 한 뒤에 당신은 무엇을 했습니까?
우리는 그 지역을 계속 왔다 갔다 하다가 곧 군장을 모두 내려놓고
마을로 갔습니다. 모두 한데 모여 갔습니다.

부비 트랩이 터진 이후부터 그 마을에서, 그러니까 당신이 그 마을에서 저질렀다고 말한 그 사건이 일어나기 전까지 뭐 달리 들은 것은 없습니까?

그걸 놓고 무슨 얘기가 오가는 걸 들은 것 같습니다만, 무슨 얘기를 했는지는 모릅니다.

그 마을을 수색 정찰하는 것이 뭔가 예사롭지 않다는 생각은 들지 않았습니까?

그랬습니다. 이상하다고 생각했습니다. 그전에는 의도적으로 민간인을 사살하는 정찰에 낀 적이 한 번도 없었기 때문입니다.

정찰 가기 전에 그런 인상을 받았습니까?

예.

프랜시 중위 말고 다른 사람에게서도 그런 인상을 받았습니까?

아닙니다.

그 지역에 대해 우리에게 뭐 알려 줄 만한 게 있습니까?

없습니다.

낭신이 아는 한, 낭신에게 와서 그 얘기를 해 준 단 한 사람을 통해서만 그걸 알게 된 거죠?

아닙니다. 저는 그걸 프랜시 중위님이 얘기해 주기 전부터 알고 있었습니다. 제게 그 계획을 얘기해 준 게 프랜시 중위님이 처음이었다는 것이지, 어쨌든 그때 저는 우리가 그 마을로 간다는 건 알고 있었습니다.

이번 말고 그전에 브라이트 중사와 이 일을 가지고 얘기한 적은 있습니까?
아니오.

빈 중위와는 얘기해 봤습니까?
아닌 것 같습니다.

그런 생각이 내가 좀 전에 말한 그 두 사람에게서 직접 나온 게 아니라고 할 수 있습니까?
예.

민간인 사살을 암시하는 말이 처음 어디서 나왔는지 알고 있거나 들은 적 있습니까?
'브라보6'에서 나온 거라고 생각했습니다. 프랜시 중위님이 상부로부터 무슨 말을 듣지도 않았는데 그냥 자기 소대를 데리고 갔을 리가 없으니까요.

그건 순전히 당신의 추측입니까? 그런 결론이 나오게 된 다른 무슨 말을 들었습니까?

정찰에 나선 뒤 빈 중위님이 '브라보6'에서 사람들을 전부 죽이고 초가집도 모조리 태워 버리라고 했다고 브라이트 중사님에게 말하는 것 같았습니다.

그것 말고, 빈 중위가 그렇게 말하는 걸 들은 적이 있습니까?
예.

빈 중위한테 그 말을 들은 것 말고, 그냥 추측이 아니라, 그 당시 다른 관련성이 또 있었습니까? 민간인 사살과 '브라보6' 사이에 실제로 관련이 있었습니까?
아니오, 없었습니다.

그 마을에서 벌어질 일에 대해 달리 또 들은 말이 있었습니까?
아니오.

그 사건이 벌어진 때와 무관하게, 빈 중위가 정찰 임무에 대해 들은 것이 있었을까요?
그게 무슨 말입니까?

사건 전후로, 당신은 그 정찰의 임무에 대해서 들은 적이 있습니까?
제 기억에는 없습니다.

헬기 착륙 지점을 벗어날 때 기관총을 가지고 어디로 갔습니까?

정확히 기억나지는 않지만, 우리는 착륙 지점을 벗어났습니다. 거기는 도랑 위 들판이었습니다. 우리는 짧은 대나무 다리를 건넜습니다. 그냥 길을 따라 이동했습니다.

정찰에 나선 사람은 누구누구였습니까?
제가 아는 바로는 2분대와 3분대에서 남은 병사들이었습니다.

수색 정찰에 나선 사람들의 이름을 기억하고 있습니까?
무기 소지 별로 보면, 프랜시 중위, 힐, 루치아노, 저, 브리스코 중사도 있었고, 브라이트 중사, 빈 중위, 페얼리, 뉴먼 위생병이 있었습니다.

정찰에 나설 때 기관총 팀의 위치는 어디였습니까?
2분대였을 겁니다. 제 앞으로 두어 명 앞에 브리스코 중사님이 있었으니까요.

브리스코 중사 앞에는 누가 있었는지 기억합니까?
확실히는 모르겠습니다. 힐과 루치아노가 제 앞에 있었던 것 같습니다.

정찰대 내에서 무슨 사고가 있었습니까?
아니오.

제일 처음에는 무슨 일이 일어났습니까?

별거 아니었습니다. 길 양쪽으로 벙커가 있었습니다. 사람 한둘이 들어가는 벙커요.

정찰 루트를 따라 벙커가 보였습니까?

땅으로 구멍을 파 놓은 게 보였습니다.

길에서 참호를 봤습니까?

예, 있었던 것 같습니다.

그 다음에는 무슨 일이 일어났죠?

우린 계속 걸어갔습니다. 기관총으로 나뭇가지를 쳐내며 갔습니다. 길에서 나무가 늘어선 곳을 통과한 뒤 한동안 계속 이동했습니다. 그러다가 확 트인 들판을 건넜는데, 들판 건너편에 여러 그루의 나무가 있고 조금 뒤쪽에 초가집 하나가 있었습니다. 길을 따라 나무들이 늘어서 있었고 그 초가집은 약간 오른쪽에 있었습니다.

초가에서 무슨 일이 일어났습니까?

병사 몇 명을 보내 초가집에 불을 질렀습니다.

불 지르러 가는 사람을 직접 봤습니까?

예. 그 안으로 들어가는 걸 봤습니다.

누구인지 압니까?

아니오. 모릅니다.

계속하세요.

초가집 안에 사람들이 좀 있다고 했습니다.

직접 들었습니까, 아니면 전달받았습니까?

누가 그런 말을 하는 걸 들은 것 같습니다.

그럼 그때는 사람들을 못 본 겁니까?

예. 벙커 안에 있었으니까요.

추측이나 짐작이 아니라 직접 보고 들은 것을 이야기해 주기 바랍
니다. 다음으로는 무엇을 보았습니까?

병사들이 사람들을 끌어냈습니다. 초가집 밖으로요.

병사들이 사람들을 데리고 나오는 걸 직접 봤습니까?

초가집 문이 제가 보는 방향이랑 같은 방향이었습니다.

사람들이 나오는 걸 직접 봤습니까?

초가집 안에 사람들이 모여 있는 걸 봤습니다.

거기 모여 있던 사람들은 어떤 사람들이었습니까?

그 정도 거리에서 사람을 구별하기는 어렵습니다. 잘 알아보기가 어려웠습니다.

다음으로는 무엇을 했습니까?
입구 바로 앞에 기관총을 설치했습니다. 그러니까 초가집으로 이어지는 길 입구요.

기관총을 거기 설치한 이유가 무엇이었습니까?
모르겠습니다. 안전 확보를 위한 것이었을 겁니다.

거기 기관총을 설치하라고 한 사람이 누구였습니까?
모르겠습니다. 그냥 거기에 설치했습니다.

그때까지, 당신은 무슨 일이 벌어질 거라는 얘기를 들었습니까?
아니오.

수류탄 터뜨리는 소리를 들었습니까?
정찰 나섰을 때 처음에요.

초가가 있던 곳에서 수류탄 터지는 소리를 들었습니까?
아니오.

분대 앞쪽에서 무슨 일이 벌어지고 있다고 누가 얘기해줬습니까?

당시에는 분대 앞쪽이 따로 있지 않았습니다. 우리는 큰 길을 따라 무리를 지어 같이 걸어갔습니다. 초가집으로 들어간 몇 명을 빼면요. 그래서 다른 사람들하고 똑같이 무슨 일이 벌어지는지 볼 수 있었습니다.

사람들이 진짜 초가 안으로 들어갔습니까?
초가 앞까지 갔습니다.

무슨 일이 일어나는지 보였다고 했지요? 무슨 일이 일어났습니까?
병사들이 사람들을 밖으로 데리고 나왔습니다. 그 다음 제가 기억하는 건, 브라이트 중사님이 빈 중위님에게 애들은 못 죽이겠다고 하는 말이었습니다.

브라이트 중사가 왜 그런 말을 했는지 알고 있었습니까?
기억나지 않습니다.

브라이트 중사는 뭐라고 했습니까?
빈 중위님에게 애들은 못 죽이겠다고 했습니다.

브라이트 중사가 또 무슨 말을 했습니까?
아니오.

당시에 뭐 다른 말 나온 게 있었습니까?

바로 그때 빈 중위님이 그건 명령이라고 했습니다.

그때 빈 중위가 뭐라고 했다고요?
그때 빈 중위님이, 마을에 있는 사람을 모조리 죽이고 마을을 불태우라고 벌써 '브라보6'의 명령이 있었다고 했던 것 같습니다.

빈 중위가 브라이트 중사의 면전에서 그렇게 말했습니까?
빈 중위님이 돌아왔습니다. 빈 중위님은 초가집으로 이어지는 좁은 길에 서 있었습니다. 브라이트 중사님은 큰길 어디에 있었고요.

최대한 기억을 되살려 얘기해 보세요. 브라이트 중사가 그런 말을 하고 빈 중위가 대답한 그 상황이 정확히 어디서 벌어진 겁니까?
브라이트 중사님은 큰길에 있었습니다.

빈 중위는?
빈 중위님은 초가집으로 이어진 좁은 길에요.

그 다음에는 무슨 일이 일어났습니까?
제 기억으로는 빈 중위님이 그 여자를 끌고, 그 여자를 데리고 그 옆에 있는 들판으로 갔습니다.

여자를 데리고 갔다니, 무슨 말입니까?
무리에서 여자를 떼 내어 데려갔다는 겁니다. 팔 같은 데 어디를 잡고 갔습니다.

빈 중위가 여자를 다른 사람들에게서 떼어 내 데리고 가는 것을 봤습니까?
예. 저는 하나하나 작은 부분은 별로 신경을 안 쓰고 있었습니다. 전체 그림을 보고 있었습니다. 저는 빈 중위님이 그 여자를 데리고 가는 걸 봤습니다. 제가 아는 바로는 그렇습니다.

그러니까 당신은 그때 그 여자와 빈 중위에게는 특별히 신경을 안 썼다는 거지요. 맞습니까?
사람들로부터 떨어져 사라진 뒤에는 그랬던 것 같습니다.

거기 모여 있던 사람들은 어떤 사람들이었습니까?
베트남 여자들과 아이들 같았습니다.

그 사람들의 성별과 연령을 최대한 상세하게 설명해 볼 수 있겠습니까?
그 여자는 서른 살 정도로 보였습니다. 스물다섯 살 같기도 하고 서른다섯 살 같기도 합니다.

빈 중위가 데려간 여자 말입니까?
예.

다른 사람은요?

나이 든 여자들, 좀 어린 여자아이들이었습니다.

그 사람들의 연령층은 어땠습니까?

확실히는 모르겠습니다. 제일 어린 아이가 세 살 정도로 보였습니다.

몇 명 정도였습니까?

아마 여덟아홉 명 정도 아니었나 싶습니다.

여자와 아이들 주위에 있던 해병대원은 누구였습니까?

기억나지 않습니다.

근처에 해병대원이 있었습니까?

두어 명이 있었던 것 같습니다. 사람들을 초가집 밖으로 끌고 나온 뒤에 거기에 불을 질렀습니다.

빈 중위와 다른 사람을 어떻게 구별할 수 있었습니까?

그거야 그냥 아는 거지요.

브라이트 중사와 빈 중위가 아이들 얘기를 할 때 근처에 다른 사람이 있었습니까?

기억나지 않습니다.

주위에 다른 해병대원이 있었습니까?

예.

누구였는지 기억합니까?

정찰대 전 대원이 거기 모여 있었습니다.

빈 중위가, 만약 그 여자를 데려갔다면 어디로 데려갔을까요?

좁은 들판 한가운데로 데려갔습니다.

그때까지, 그 여자가 어떤 적대적인 행동을 하는 것을 보았습니까?

아니오. 못 봤습니다.

그때까지, 한데 모여 있던 여자들과 아이들이 어떤 적대적인 행동을 하는 걸 봤습니까?

아니오.

빈 중위는 뭘 하고 있었습니까?

빈 중위는 여자를 들판 가운데로 데려가, 거기서 여자를 쐈습니다.

대강 몇 발이나 쐈는지 기억납니까?

세 발에서 여섯 발 정도였던 것 같습니다.

자동화기였습니까?

반자동이었습니다.

당신 위치와 빈 중위 위치 사이에 나무나 관목 같은 것이 가로막고
있진 않았습니까?
아니오.

근처에 다른 사람이 있었습니까?
몇 명 있었던 것 같습니다.

당신이 본 사람은 누구였습니까?
베트남 사람 여럿을 본 것 같습니다.

해병대원 두 명이 어디 있었는지 봤습니까?
길에 해병대원 두 명이 있었던 것 같습니다. 초가집으로 이어지는
좁은 길에요.

그 여자가 다른 사람들로부터 격리돼 들판으로 갈 때 그 해병대원
들은 어디에 있었습니까?
빈 중위님 바로 뒤에 있었던 것 같습니다.

당신의 시야를 우리가 이해할 수 있도록 여기 있는 컵 두 개와 캔
하나로 그 여자와 빈 중위와 당신의 위치를 설명해 보시오.
알겠습니다.

변호인 증인이 컵 두 개와 캔을 약 120도 각도로 놓은 것을 기록에 반영해 주십시오.

빈 중위가 어떻게 그 여자를 총으로 쏘았는지 기억나는 대로 최대한 상세하게 설명해 보세요.

빈 중위님은 그 여자를 자기 앞에 세우고 한 손에 쥔 라이플로 찌르기도 하고 다른 한 손으로 밀기도 하면서 끌고 간 것 같습니다. 빈 중위님이 여자를 총으로 쏜 곳까지 갔을 때 그 여자는 몸을 돌리려고 했던 것 같습니다. 그 여자가 이렇게 몸을 돌렸는데(오른쪽으로 몸을 움직임) 빈 중위님이 총으로 쐈습니다.

여자가 몸을 돌렸을 때 빈 중위가 손으로 여자를 잡고 있었습니까?

예. 그때까지 여자의 등에 손을 대고 있었던 것 같습니다.

그 다음에 무슨 일이 일어났는지 묻겠습니다. 총성이 들렸습니까?

예.

총이 발사되는 것을 보았습니까?

섬광을 봤습니다.

섬광을 봤습니까, 아니면 다른 걸 봤습니까?

섬광을 본 것 같습니다.

여자는 무엇을 했습니까?

그냥 쓰러졌습니다.

뒤로 똑바로 넘어갔습니까, 앞으로 쓰러졌습니까?

앞으로 쓰러진 것 같습니다.

여자가 앞으로 쓰러질 때 팔을 앞으로 뻗으면서 쓰러졌습니까, 아니면 그냥 쓰러졌습니까?

팔을 앞으로 뻗었던 것 같습니다.

섬광과 그 여자의 거리는 대략 어느 정도였습니까?

30센티미터에서 60센티미터 사이, 그 이상은 아니었습니다.

직사 거리였다고 생각합니까?

예.

여자가 쓰러지는데도 계속 총이 발사됐습니까?

예.

빈 중위가 사용한 총은 무엇이었습니까?

M-16이었습니다.

확실합니까?

예.

당시 빈 중위의 복장은 어땠습니까?
다른 사람과 똑같았습니다.

어떤 차림이었는지 기억합니까?
추측할 수는 있습니다.

철모를 쓰고 있었습니까?
그랬던 것 같습니다.

철모 쓰고 있는 걸 봤습니까?
그런 것 같습니다.

철모를 쓰고 있는 걸 봤습니까?
기억나지 않습니다.

방탄조끼를 착용하고 있었는지는 기억납니까?
입고 있었던 것 같습니다.

당신은 방탄조끼를 착용하고 있었습니까?
예.

빈 중위가 겉보기에 어딘가 이상한 점이 있었습니까?

제 기억으로는 없었습니다.

여자를 쏜 사람과 오늘 여기 출석한 빈 중위가 동일인입니까?

예.

총이 발사된 뒤 여자가 있던 곳 주위에 어떤 움직임이 있었습니까?

아니오.

여자 쪽으로 가서 그 여자를 살펴보았습니까?

아니오.

누구 다른 사람이 여자를 살펴보았습니까?

아니오. 그렇게 한 사람이 있었던 것 같지는 않습니다.

빈 중위는 무엇을 하고 있었습니까?

그냥 딴 데로 가 버린 것 같습니다.

그가 걸어가는 걸 봤습니까?

다시 한 번 말씀드리지만, 본 것 같습니다. 확실히 기억나지는 않습니다.

총에 맞기 직전 여자의 움직임, 그러니까 여자 쪽에서 어떤 움직임을 취했는지 설명해 보겠습니까? 여자가 갑자기 몸을 홱 돌렸습니까?
그건 아닌 것 같습니다. 그냥 여자는 몸을 돌리려고 했습니다. 그냥 자기 오른쪽으로 이렇게요.(오른쪽으로 몸을 움직여 보임)

빈 중위가 자기 손으로 여자 몸을 돌렸는지 어쨌는지, 구별할 수 있겠습니까?
아니오. 구별하기 어렵습니다.

그 다음에는 무슨 일이 일어났습니까? 당신은 무슨 일을 했습니까?
그 다음으로 제 기억에는, 우리가 다시 길로 돌아왔는데, 아마도 이동하려는 것 같았습니다. 그리고 누가, 초가집이 아직 타고 있는데 그 옆에 베트남 사람들이 모여 있다고 했습니다. 초가집 안에도 여자들이 있다고 누가 그랬습니다. 거기 아이들이 있을지도 모르겠다 싶어 저는 돌아가서 확인해 봤습니다. 그러고 나서 우리는 다시 정찰에 나섰습니다. 누가 뭔가에 불을 지르고 있었습니다. 처음 베트남에 갔을 때, 베트남 애들은 자기 엄마가 살해당해도 안 울면서, 누가 뭔가에 불을 지르면 운다는 얘기를 들었습니다. 그 뭐가 뭘 말하는지는 모르겠습니다.

누가 그런 말을 했는지 기억납니까?
아니오. 기억나지 않습니다.

그런 말을 했을 때 근처에 누가 있었는지 기억합니까?

아니오.

정찰대는 초가를 떠나 어디로 갔습니까?
헬기 착륙 지점으로 다시 돌아간 것 같습니다.

빈 중위가 초가가 있던 곳에 여자를 두고 떠난 뒤 당신도 빈 중위의
행동을 따라하진 않았습니까?
아닙니다.

빈 중위가 여자에게서 떠난 뒤 무엇을 했는지 압니까?
아니오.

당신들이 있는 곳으로 와서 무슨 말을 했습니까?
빈 중위님은 우리가 있는 곳으로 와서 제게 담배를 하나 달라고 했
습니다.

그때 당신이나 다른 사람에게 무슨 말을 했습니까?
제 기억에는 안 했습니다.

착륙 지점으로 되돌아왔을 때 분대 내 당신 위치는 어디였습니까?
모르겠습니다.

부대로 돌아간 뒤 빈 중위가 무슨 말을 하는 걸 보거나 들은 적이

있습니까?

제 기억에 제가 그 일에 대해 이야기를 한 상대는 힐이나 루치아노였던 것 같습니다. 나중에 빈 중위님이 저한테 와서 하는 말이, 만약 제가 애덤슨 상병과 자주 만나고 애덤슨 상병과 아주 가까웠다면, 애덤슨 상병처럼 만약 친구들이 그렇게 많이 폭탄에 맞아 죽었다면, 베트남 사람들에게 비슷한 감정을 느꼈을 거라고 했습니다. 그게 전부입니다.

빈 중위가 당신에게 그렇게 말했습니까?
예. 저한테 그렇게 말했습니다.

그가 그렇게 말했을 때 기분이 어땠는지 최대한 상세하게 얘기해 주겠습니까?
사람들, 내 친구들이 죽는 걸 더 많이 봤으면 베트남 사람들한테 그런 똑같은 감정을 느꼈을 거란 생각이 들었습니다.

누구와 똑같이 말입니까?
다른 사람들과 똑같이 말입니다.

그 말 말고, 빈 중위가 그 대화에서 다른 말은 안 했습니까?
자기와 애덤슨 상병이 되게 친했다고 했습니다.

죽은 사람이 애덤슨 맞습니까?

예. 브라이트 중사님의 무전병이었습니다.

그날 저녁 정찰 중 일어난 일 가운데 달리 기억나는 게 있습니까?
아니오.

다른 정찰에서 일어난 일에 대해 들은 적이 있습니까?
그날 밤에는 듣지 못했습니다.

그 얘기를 처음 들은 건 언제였습니까?
스트롱 상병에게서 그런 이야기를 처음 들었습니다. 부대 구역으로
돌아온 뒤였습니다.

스트롱 상병이 뭐라고 했습니까?
스트롱 상병은 우리가 그런 게 옳은 건지 아닌지 얘기하고 있었습
니다. 그냥 그렇게 어떤 마을에 가서 마을 사람들이 베트콩인지 아
닌지 확실히 모르면서 민간인을 사살한 것 말입니다.

확실히 알고 말입니까, 확실히 알지 못하고 말입니까?
확실히 알지 못하고 말입니다.

계속하세요.
무슨 일이 일어났는지 그런 얘기를 했습니다. 제가 스트롱에게, 정
찰 나갔을 때 여자와 애들이, 특히 애들이 살해된 적이 있냐고 물었

던 것 같습니다. 스트롱은 그런 적이 있다고 했습니다. 아이를 안고 있는 여자를 쏜 적도 있다고 했습니다.

그때 스트롱은 정찰 나갔을 때 일어난 다른 일도 얘기했습니까?
스트롱도 기관총 사수입니다만, 그래도 자기는 보안 담당이어서 실제 총격과는 무관하다는 게 정말 다행이라고 얘기했습니다.

스트롱이 했던 말 중에 기억나는 다른 말은 없습니까?
별로 없습니다.

중대나 소대원 누구와 그런 얘기를 나눈 적이 있습니까?
예. 제가 군종신부님한테 얘기를 하고 나서 신부님이 소령님께 말했습니다.

누가 소령에게 말했습니까?
신부님이요. 그레인저 대위님이 헤인즈 중사님을 시켜 절 데려오라고 했고, 대위님은 왜 소령님이 절 보자고 하는지 물었습니다. 대위님은 부대 주위에 적군이 잠입하려는 징후가 있었기 때문에 그날 밤 정찰은 정당한 거였다고 했습니다. 제가 소령님을 만나러 가서 뭐 하나라도 꾸며서 말하거나 하면 안 된다고도 했습니다. 그 다음엔……

잠깐만요. 명령 체계에 대한 얘기가 있었습니까?

예?

그때 명령 체계를 어기면 안 된다는 말을 들었습니까?
사람들은 제가 소령님께 먼저 가야 했다고 생각하는 것 같았습니다.

질문에 답해 주세요. 명령 체계에 대한 얘기가 있었습니까?
예.

어떤 얘기였습니까?
정확하게 기억나지는 않지만 처음 저를 찾아왔을 때, 그러니까 헤인즈 중사님이 저를 처음 대위님께 데려갔을 때 대위님이 그랬습니다. 소령님께 도대체 무슨 소리를 했냐고요. 뭐 그러기에 저는 소령님한테는 아무 말도 안 했다고 했습니다. 그때까지는 안 했으니까요. 저는 군종신부님께 얘기했거든요.

다시 좀 전의 대화 이야기로 돌아가서, 그 이야기를 좀 해 봅시다.
저는 기관총을 보관하는 곳으로 돌아왔고, 루치아노와 저는…….

거기가 어딥니까?
병영은 길을 따라 있습니다. 저는 가 보라는 말을 듣고 병영으로 돌아와 있었거든요. 얼마나 오래 있었는지는 모르겠습니다만, 어쨌든 그때 베어드 중위님이 와서 저한테 옳은 일을 하라고 했습니다. 그래서 신부를 만났다는 얘기를 했습니다.

베어드 중위에게 뭐라고 했습니까?

신부님 만나러 간 얘기 말입니까?

예.

기억이 안 납니다. 그냥 왜 여기 와서 싸우는지 모르겠다는 그런 얘기를 한 것 같습니다. 그 일이 왜 그렇게 처리됐는지 이해가 안 된다고 했습니다. 중위님도 이해할 수 없다고 했고, 또 자기는 선한 기독교인이라는 뭐, 그런 얘기를 한 것 같습니다.

중위가 뭐라고 했다고요?

자기가 선한 기독교인이라고요.

지금 베어드 중위 얘기 하는 거 맞습니까?

그렇습니다.

다른 얘기는요?

브라이트 중사님은 좋은 사람이고 미국에 아내도 있는데, 전날 밤에 사람을 하나 데리고 나가 쏴 죽였다고 했습니다.

그 얘기는 언제 한 거죠?

그 작전이 있고 나서 한 이틀 뒤입니다.

그날 한 얘기 중에 다른 거 기억나는 것 있습니까?

아니오. 그게 전부입니다. 옳은 일을 하라고 했던 기억이 납니다.

다시 돌아가서, 최대한 기억나는 대로 얘기하세요. 당신이 한 말, 중위가 한 말. 대화가 어떤 식으로 흘러갔는지, 얘기해 보세요.
중위님은 저하고 얘기하고 싶다는 뭐, 그런 말을 했습니다.

그가 당신을 찾아왔습니까?
예. 제가 있는 곳으로 왔습니다.

그때 다른 사람도 있었습니까?
루치아노가 있었습니다.

계속하세요.
루치아노가 있어서 우리는 다른 곳으로 갔습니다. 그냥 중위님이 저한테 와서는 제 기분이 어떤지 안다고, 뭐, 그렇게 말했습니다.

왜 당신이 있는 곳에 직접 와서 당신한테만 그런 얘기를 했는지, 압니까?
글쎄요, 그레인저 대위님이 저에게 얘기할 때 중위님이 그 자리에 있었습니다.

계속하세요.
제 생각에 중위님은 그때 그 사건에 대해 그렇게 느끼는 사람이 저

만이 아니란 걸 제가 알았으면 하는 것 같았습니다. 제가 할 수 있는 말은 그 정도입니다.

그때 한 얘기를 계속해 보세요.
이런 말을 한 기억이 납니다. 저는 그게 잘한 일 같지 않다고 생각한다고요. 뭐 그랬더니 중위님이 자기도 그렇다고 했습니다. 제가 또, 그 일이 이해도 안 된다고 했더니 중위님이 나는 기독교인이다, 라고 했습니다. 그리고 또 하는 말이 브라이트 중사는 좋은 사람이고 미국에 아내도 있지만 요전 날 밤 사람을 데리고 나가 쏴 죽였다고 했습니다. 그런데 중위님이 그때 이 말을 했는지, 다른 날 했는지는 모르겠습니다. 하지만 중위님은 누가 제가 거짓말을 한다고 하면 제 편을 들어 주겠다고 했습니다.

루치아노가 그 대화를 들었던 것 같습니까, 안 들었던 것 같습니까?
루치아노는 듣지 않았습니다.

다른 얘기 나눈 것 있습니까?
기억나지 않습니다.

부대로 돌아오고 나서 언제쯤 그걸 보고했습니까? 다시 말해 언제쯤 신부에게 말했습니까?
거기 장이 서기 하루 전날 신부님께 말했습니다.

10월 22일을 기준으로 언제가 장날입니까?

이틀 뒤였습니다. 이틀 뒤로 기억합니다. 장날은 '자유2' 작전 직후에 열렸기 때문에 한 닷새나 엿새쯤 뒤였을 겁니다.

그 사건에 대해 빈 중위가 무슨 다른 말 한 것을 들은 적 있습니까?

아니오, 없습니다.

조사나 혐의, 고발 등에 대해 빈 중위가 다른 무슨 말을 하진 않았습니까?

그다지 중요한 것은 없었습니다. 그 뒤에 두어 번, 빈 중위님과 얘기한 기억이 납니다. 부대 조사가 시작되고 난 뒤였습니다.

그가 한 말 중에 기억나는 것 없습니까?

자기는 아무도 안 죽였다고 한 게 기억납니다. 나중에 조사가 끝나고 나서 빈 중위님이 베트남 세탁소에 가는 걸 봤는데, 제가 브라보 중대로 돌아간다는 말을 들었다고 했습니다. 저는 그렇다고 했고 빈 중위님은, "네가 무슨 짓을 하면 내가 영창에 간다"고 했습니다.

좀 더 상세하게 얘기할 수 있습니까?

그 사건에 대해 빈 중위님과 얘기한 건 그게 답니다.

이번 조사에 도움이 될 만한 다른 이야기는 없습니까? 10월 22일 밤과 아침 사이 일어난 사건에 관한 다른 사실 중, 아는 것이 있습니까?

제 기억에, 처음 정찰을 나갔을 때 총소리와 비명 소리를 들었습니다. 다른 정찰 중에도 여러 번 총성이 울렸던 것 같습니다.

총성이 울린 곳과 같은 곳에서 비명 소리가 났습니까?

예.

힘든 일인 줄 잘 압니다만, 대규모 교전이 일어난 뒤 비명 소리가 나는 것과 구별할 수 있겠습니까?

어렵습니다.

모르겠다는 말입니까.

맞습니다.

다른 생각나는 것이 있습니까?

아니오.

변호인　다른 질문 없습니다.

증언 기록을 다 읽고 나서 처음에는 내가 뭘 빠뜨린 줄 알았다. 한 번 더 꼼꼼하게 읽다 보면 빠뜨린 부분이 어딘가에선 나올 것이고, 기록 어딘가에 숨어 있을 거라고 생각했다. 하지만 아무리 여러 번 정독을 해도 오언은 거의 익명이나 다름없는 '캐리'라는 이름으로 단 한 번 나올 뿐이었다. 오언은 기록 앞부분에서 부상을 당하고 후송되는 아주 비중 없는 역할에 그쳤고 사건에서는 별로 중요하지 않은 인물 같았다.

도대체 이걸 어떻게 이해해야 하는가?

그날, 1967년 10월 22일 밤에 실제 일어난 사건을 어떤 식으로 다시 풀어 나가야 하나? 아빠와 오언의 관계는 어떻게 이해해야 하나? 헨리 아저씨와는? 그 문제에 있어서 엄마와는? 그리고 언니와 나는?

몇 가지 가능성이 있다.

첫 번째 가능성은 이렇다. 기록에 나오는 그대로 그날 밤 사건은 실제로 일어났다. 오언은 부상을 당했고, 분대에서 제외됐다. 오언이 죽은 직후 집으로 날아온 편지에 적힌 대로 오언은 나중에 병원에서 죽었다. 헨리 아저씨는 아직도 서랍에 그 편지를 넣어 두었다. 따라서 아빠가 돌아가시기 전 여름에 내게 해 준 이야기는 모르핀과 맥주 때문에 뒤죽박죽된 이야기일 뿐이고, 꿈에서 그런 것처럼 잊을 만하면 다시 생각나 늘 상황과 구성이 바뀌어 말이 안 되는 환상에 불과하다.

두 번째 가능성은, 아빠가 잘못 안 게 아니라는 것이다. 1967년 10월 22일 일어난 사건은 아빠가 내게 해 준 이야기와 크게 다르지 않게 실제로 일어났다. 오언은 다치지도 않았고, 정찰을 나갔을 때 아빠와 빈 중위와 같이 있었다. 날아오는 총알을 막을 수 있을 것처럼 오언이 손을 들어 올렸다는 아빠의 얘기도 맞는 얘기다. 물론 막지는 못했지만. 아빠가 자기 몸으로 오언의 몸을 덮어 준 것도 맞는 얘기다. 그렇게 진술한 것들이 나중에 다 철회되고 기록에서도 사라졌다는 게 사실이라는 뜻이다. 빈 중위가 그랬을 수도 있다. 어느 날 세탁소에서 만나 아빠에게 '네가 무슨 짓을 하면……' 이라면서 슬쩍 경고했다던, 아빠가 기억은 해냈으면서도 그 말을 제대로 철저하게 진술하지는 못했던, 그 빈 중위 말이다. 어쩌면 눈이 촉촉한 마이클 베어드의 짓일 수도 있다. 아빠에게 엄중한 경고를 하는 한편, '자네가 옳다고 생각하는 대로 하게'라는 말이 기록에 남게 해 위법 행위가 있었음을 암시한 자 말이다.

세 번째 가능성은 이렇다. 좋은 사람이고 미국에 아내가 있지만 어느 날 밤 누군가를 밖으로 불러내 쏴 죽인 브라이트 중사를 둘러싼 수수께끼 같은 정황들이 전체 이야기에서 대단히 중요한 대목이라는 점이다.

아빠는 반대 심문에서 이 점에 대해 추가 질문을 받았지만 살해된 남자가 누구인지, 실제 일어난 일이라면 왜 그런 무모한 일이 벌어졌는지 변호인에게 아무런 단서도 주지 못했다. 내가 추측하기에 당시 법정은 피살자가 베트콩과 연루됐다는 의혹을 산 베트남 사람이라고 본 것 같지만 그 점에 대해서도 아무런 기록이 없었다.

다음은 반대 심문을 한 사람이 던진 질문이다.

"1967년 10월 22일 시점에, 베어드 중위는 브라이트 중사를 만난 지 사흘밖에 안 된 때라는 것을 알고 있습니까?"

그 질문에 아빠는 "아니오"라고 대답했다.

심문을 한 사람은 계속 말을 이었다.

"브라이트 중사의 안위를 걱정하는 건 감동적입니다. 그런데 베어드 중위가 당신한테, 브라이트 중사가 어떤 사람을 데리고 나가 쏴 죽였다고 얘기했을 때 자기가 브라이트 중사가 사람을 쏴 죽이는 장면을 '직접 봤다'고 했습니까?"

"'직접 봤다'고 한 것 같지는 않습니다. 그냥 브라이트 중사가 '그랬다'고 한 것 같습니다."

"그걸 베어드 중위에게 확인해 봤습니까?"

"아니오."

"그냥 사실이라고 생각한 거군요."

"사실이라고 생각한 것 같습니다."

"그 사람 말을 곧이곧대로 믿었다는 거죠."

"예, 그렇습니다."

"그 일이 일어났을 때 베어드 중위가 어디 있었는지 물어봤습니까?"

"아니오, 물어보지 않았습니다."

"이 베어드 중위라는 사람이 당신에게 와서 한편으로는 '네가 옳다고 생각하는 대로 하라'고 해 놓고 다른 한편으로는 '자기'가 옳다고 생각하는 걸 당신에게 넌지시 암시했다는 게 어딘가 이상하지 않았습니까? 다시 말해, 참 유감스런 일입니다만, 어쨌거나 그들은 사람을 죽였습니다. 그런데 어딘가 좀 이상하다는 생각이 들지 않았습니까?"

"예, 이상하다고 생각했습니다. 정말 잘못된 일이라고 생각한다면 베어드 중위님은 왜 바로잡으려고 나서지 않았을까요?"

"그런데 베어드 중위가 오늘 바로 이 자리에서 자신은 당신과 얘기를 한 적도 없다고 증언했다는 건 더 이상하지 않습니까?"

"뭐라고요?"

"베어드 중위는 오늘 이 자리에서 브라이트 중사나 다른 사람에 대해 당신하고 전혀 얘기한 적이 없다고 증언했습니다."

"저로서는 그게 진실이 아니라고 할 수밖에 없습니다."

패러더 교수 말로는 그 사건에 대해 더는 심문이 이루어지지 않았고, 브라이트 중사의 성격에 대해 진술해 보라고 하자 아빠는 이렇게 증언했다고 한다.

"아주 훌륭한 군인이라고 생각합니다."

그 사건은 결국 심문에서 완전히 배제됐다. 너무나 철저히 제외시켜 버려 아빠도 이후로는 그에 대해서는 입을 다물어 버렸다. 심지어 내게도 "그 얘기는 누구한테도 한 적이 없다"면서 처음으로 전쟁 이야기를 꺼냈던 것이다.

그날 밤 사라진 그 남자, 살해당하는 것을 베어드가 봤을 수도 있고 보지 않았을 수도 있는 그 사람이 아빠의 친구이자 헨리 아저씨의 아들인 오언이 아닐까 하는 의심이 들 수밖에 없었다. 실제 어떤 일이 일어났건 간에, 그리고 아빠가 아는 대로 말했거나 말하지 않았거나, 결국 기록으로 남지 못한 그 일이 그날 밤 두 번째 갈등을 야기했을 거라는 의구심이 들 수밖에 없었다. 아빠가 나중에 그날의 일을 다르게 기억하는 것, 그러니까 아빠 자신이 오언의 죽음을 목격했고, 따라서 자신이 취한 행동 때문에, 혹은 취하지 않은 행동 때문에 자기에게도 오언의 죽음에 **책임이 있다**고 상상하는 것은 기억의 장난일 수 있다. 그 죽음의 정확한 성격을 흐리마리하게 만들고 싶은 바람이 전혀 이해 안 되는 것도 아니다. 그와 맞먹는 무력감도 이해할 수 있다. 어쩌면 아빠는 그 일을 사실과 다르게 얘기하여 그 일이 달리 일어날 수도 있었을 거라고, 자기 자신을 위해 이야기를 지어 내려고 했을 수도 있다. 그날 벌어진 일을, 아니, 어쩌면 아예 일어나지도 않은 일을 바로잡을 수 있는 어떤 힘이 자기에게 생길 거라는 생각에서 말이다. **아빠는 실제 사건이 벌어지던 순간**을 돌이키면서 자신을 위해, 죽을 때까지 잊을 수 없는 엄청난 죄책감과 상실감을 대신해 줄 대상을 찾으려고 한 것이었다. 프랭크 히긴스의 경우에는 그 상실감이 3백 명이라는 딱 떨어지는 숫자로 표현된 것으로 볼 수 있다.

하지만 그 사건들과 이야기에서 빠진 부분을 내가 다 이해한다고 할 수는 없다. 그리고 '자유2' 작전과 그 뒤 전쟁이 끝날 때까지 겪은 일을 재판에서 한 번, 돌아가시기 직전 내게 또 한 번, 그렇게 두 번에 걸쳐 말한 것과 말하지 않은 것에 담긴 의미도 다 이해한다고 할 수는 없다. 아빠가 해 준 얘기와 나중에 내가 비교

해 볼 수 있었던 그 재판 기록 사이의 불일치에 대해 물어보니 패러더 교수 역시 제대로 설명하지 못했다. 그리고 교수는 아빠가 실수로, 혹은 다른 이유로 오언의 죽음을 오해하고 있다고 생각하는 것 같지는 않았다. 하지만 진실을 밝히기 위해 자료들을 이미 철두철미하게 조사한 교수에게 오언의 사건은 실제로는 일어나지 않은 것이나 다름없었다.

그러나 내 생각은 다르다. 시간이라는 뒤집어진 망원경을 통해 보는 바람에 사건의 핵심이 뒤바뀌었다는 생각이 든다. 그날 밤 그 일이 실제 일어났거나 일어나지 않았거나 하는 것이 진짜 본론은 아니라고 본다. 아빠 인생에서 일어난 일들이 아빠 자신을 비껴간 것과 같다. 아빠 인생의 진짜 이야기에는 그렇게 비껴간 이야기들만 있다. 내가 쓰고 싶었던 건 아빠 인생의 진짜 이야기였다. 지금 쓰고 있는 것도 진짜 이야기는 아니다. 세부적인 내용은 자꾸 드러나지만 그럼에도 모든 것이 제외된다.

아빠에게, 그리고 우리 가족에게 지금 이 특별한 이야기와 관련해 남아 있는 것은 이야기 그 자체가 아니라 이야기 아래에 놓인 어떤 것이라고 나는 믿는다. 왜냐하면 아무리 마지막 순간이라 해도 아빠의 인생에도, 그리고 이제 내 인생에도 언제나 가능성은 남아 있기 때문이다. 그 가능성은 무언가에 대한 약속 같은 것이다. 그리고 내가 여태까지 글로 옮기려고 했던 그 약속은, 지금 이 순간에는 노스다코타 파고로 이어진 70번 국도상의 콜럼버스 동쪽 어디쯤을 따라 털털거리며 굴러가면서 이 이야기의 경계 끝에서 점점 사라지고 있지만, 그래도 여전히 남아 있을 것이다. 로디 스튜어트와 외할머니, 그리고 헨리 아저씨네 차고에 있을 때처럼 거칠고 마무리되지 못한 형태로가 아니라 모든 것의 표면 아래에, 우리 마음에 깊이 새겨진 채. 그 약속은 실제로 존재하는, 있는 그대로의 배 모습을 띠고 부스베이 하버를 출발해 메인 주의 해안을 따라 항해하다가 헬리팩스와 셰다북토 만을 지나 마침내 세인트존스를 향할 것이다.

기억해 주오

-키스 더글러스

나 죽으면 날 기억해 주오
나 죽으면 날 단출히 해 주오.

자연의 법칙으로
탈색되고 살도 벗겨지고
갈색 머리털과 푸른 눈도 사라져

태어날 때보다 더 단출해지면
시린 하늘에 달이 뜰 때
머리털 한 올 없이 나, 구슬피 울며 오겠소.

학식 높은 자는 헐벗은 내 뼈다귀를 놓고
"나름대로 배운, 그렇고 그런 사람"이라 하겠지만
허나 그뿐.

그리하여 일 년 뒤, 특별했던 기억들도 모두 허물어지면
당신은 어쩌면 내 길고 긴 고통을 놓고
짐작하려 하겠지

내가 무슨 생각을 했는지 나의 적은 누구였는지

남긴 건 무엇인지. 하지만, 눈앞에서 벌어진 일이라 해도
길잡이는 못 되오.

십 년 후, 저 먼 곳에서
시간이라는 뒤집어진 망원경으로 보면
철저했던 사람도 단출하게 보일 뿐.

내가 무無의 물질인지 세속의 물질인지
망원경으로 살펴보오.
한마디 거들 만한지 자비롭게 잊어 줄 만한지.

한순간의 분노나 사랑으로
단정하지 말고
차분하게 얻어 낸 생각으로 말이오.

나 죽으면 날 기억해 주오
나 죽으면 날 단출히 해 주오

수몰된 진실을 찾아 떠나는 여행

　비범한 이름과는 달리 지극히 평범했던 나폴리언은 그 당시 많은 젊은이들처럼 베트남에 가게 되리라고는 꿈에도 생각하지 않았다. 그가 참전한 것은 순전히 형 클라크 때문이었다. 베트남에 가서 형을 만나면 등짝이나 세게 쳐 주리라 다짐하면서 나폴리언은 참전했다. 베트남에서 돌아왔지만 역사 속의 나폴레옹과는 달리 나폴리언은 영웅은 못 되었고, 결혼을 하고 두 딸의 아버지가 된다. 그러나 나폴리언은 가족 곁에 오래 머물지 못했다. 뜬금없이 배를 만들겠다고 일을 벌였다가 미련 없이 손을 털더니 집을 떠나 버렸다. '나'는 그저 아버지의 그런 방황을 전쟁 탓이라고 어림짐작해 볼 뿐이다. 몇 년 뒤 다시 나타난 나폴리언은 두 딸의 손에 이끌려 캐나다 카사블랑카에 사는 헨리 캐리의 집으로 거처를 옮긴다. 헨리는 베트남에서 전사한 나폴리언의 전우, 오언 캐리의 아버지였다. '나'는 카사블랑카의 집에서 아버지와 헨리 아저씨와 함께 지내면서 아버지의 삶을 되짚고, 비로소 아버지를 이해하게 된다. 그 뒤 얼마 지나지 않아 나폴리언은 암으로 세상을 뜬다.

캐나다 작가 조해나 스킵스루드의 데뷔 소설 『센티멘털리스트』의 큰 이야기 줄기는 이렇다. 그러나 이 소설은 내용과 서술 기법이 간단하지 않아 문장 몇 줄로 요약하기가 매우 어렵다. 오언의 사망과 관계된 베트남에서의 민간인 학살 사건은 소설의 상당 분량을 차지하고 나폴리언의 인생을 완전히 바꿔 놓기 때문에 『센티멘털리스트』가 반전 소설임은 분명하다. 그러나 사건에 대한 증언이 제각각이고, 목격자인 나폴리언도 정황을 제대로 진술하지 않는다. 따라서 이 소설은 '사실'이 그것을 기억하는 사람에 따라 달라질 수 있고 아예 '수몰'될 수도 있으며 진실은 수면 위에 있는 것이 아니라 그 아래 어디에 있다고 말하는 철학적인 소설로도 읽힌다. 이 소설의 시적이고 철학적인 문체와 서술 방식은 스킵스루드가 시인이라는 점을 감안해 이해해야 할 것이다.

『센티멘털리스트』의 주요 공간 배경인 캐나다 카사블랑카와 '센티멘털리스트'의 의미를 이해하기 위해서는 영화 한 편을 떠올려야 한다. 바로 〈카사블랑카〉(1942)다. 미국 배우 험프리 보가트는 원래 어두운 이미지가 강한 배우였다. 하지만 〈카사블랑카〉에서 릭 역할을 맡은 뒤 낭만적인 이미지가 생겼다고 한다. 약속을 어기고 떠나 버린 옛 애인과 그녀의 남편을 자기 목숨을 걸고 구해 주기 때문이다. 영화의 한 인물은 릭에게 이렇게 말한다. "자네는 타고난 감상주의자(센티멘털리스트)로군." 여기서 센티멘털리스트는 사랑하는 사람의 안녕과 행복을 위해 자신의 아픔과 손해를 감수하는, 타인의 고통을 외면하지 못하는 사람을 가리키는 것이 아닐까? 그렇다면 소설이 말하는 센티멘털리스트들은 누구이고 소설 속 카사블랑카는 어떤 의미를 지니고 있을까?

소설에서 화자인 둘째 딸과 아버지 나폴리언은 〈카사블랑카〉 이야기를 많이 한다. 부녀는 〈카사블랑카〉의 대사를 줄줄 외우는 터라 농담이나 뼈 있는 말을 할 때면 늘 영화 대사가 튀어나온다. 영화의 배경인 모로코 카사블랑카는 제2차 세계대전 당시 프랑스령이었고, 미국으로 망명하려는 유럽인들이 비자를 얻기 위해 모이는 중립지대였다. 돈이 많거나 운이 좋은 이들은 비자를 쉽게 얻어 떠나가지만 그렇지 않은 사람들은 몇 년씩 떠돌이 생활을 하며 무작정 기다리는 곳이었다. 그래서 영화 속 카사블랑카는 온갖 인종이 뒤섞여 부유하는, 여차하면 언제든 떠나 버릴 사람들이 머무는 임시 체류지다. 카사블랑카는 모로코 땅도 아니고 프랑스 땅도 아니며, 아프리카나 유럽 어느 나라에도 속하지 않는다.

소설에서 헨리의 고향으로 나오는 캐나다 온타리오 주의 카사블랑카는 가상의 장소다. 미국-캐나다 합작의 거대 토목 공사인 세인트로렌스 수로 공사(1954년~1959년) 때문에 수몰된, 국경 인근 마을이 모델인 것으로 보인다. 여기서 카사블랑카를 수몰 지역으로 설정한 까닭은 실재하면서도 실재하지 않는 공간을 만들어 내기 위해서다. 마을이 수몰되자 과거마저 깊은 물속에 묻어 버렸던 헨리는 새로 생긴 호수 옆, 정부가 제공한 주택에서 살면서 때때로 호수로 배를 타고 가 집이 물에 잠긴 지점을 서성거린다. 헨리에겐 집이 있지만 집이 없고 카사블랑카는 존재하지만 존재하지 않는다.

그러나 나폴리언과 '나'에 있어서 헨리의 현재 집은 진정한 '집'의 개념에 가까운 것이었다. 카사블랑카에 오기 전 나폴리언이 살았던 파고의 집은 이동 주택 두 채를 이어 만든, 집이라고 하기에는 어설프기 그지없는 곳이었다. 그곳은 나폴리언의 '궁전'으로 명명되지만, 늘 미완성인 상태로 남겨져 있었다. '나' 역시 마찬가지다. '나'가 아빠와 헨리 아저씨가 사는 카사블랑카에 가게 된 것은 애인의 외도를 목격한 뒤, 더 이상 집에 있는 집기들이 자신의 것처럼 느껴지지 않았기 때문이다. 이때 '나'는 미련 없이 집을 버리고 카사블랑카로 떠난다. 이렇듯 소설의 주요 인물들은 집 없이 부유한다. 그들에겐 '집'이 정착이나 안전을 상징하지 않는다. 미완 상태거나 수몰된 채로 자의든, 타의든 방치될 뿐이다.

나폴리언은 큰 바다로 자유로이 항해할 꿈을 품으면서 '페트럴'이라는 바닷새 이름을 붙인 배를 만들었다. 미완성인 배 '페트럴' 역시 소설에서 중요한 기능을 한다. 그것은 오언에 대한 속죄이자 가족에 대한 사랑의 표현이었다. 〈카사블랑카〉의 릭에게 사랑하는 사람을 안전한 곳으로 보내줄 수단이 비행기였다면 나폴리언에게는 배가 그랬다. 하지만 결국 나폴리언은 그 배를 완성하지 못했고 베트남에서 벌어진 일도 제대로 진술하지 못하고 죽어 버린다. 이제 아버지의 과제, 즉 배를 복원하는 일, 가려졌던 진실과 마주하는 일은 딸로 넘어간다. 그러나 딸이 발견하는 진실은 기억이 완벽하게 기록될 수도 없고 복구될 수도 없다는 것이다. 카사블랑카는 수장된 기억, 바로 그것을 상징했다.

작가는 1장과 3장의 제사題詞로 E. E. 커밍스와 존 베리먼의 시를 인용하여 강력한 반전사상을 펼친다. 커밍스의 시는 전쟁에 반대하다가 고문을 당해 죽는 인물 올라프를 노래하면서 진정한 용기가 무엇인지를 묻는다. 또 존 베리먼은 돌이킬 수 없는 상실감에 고통 받는 인물을 노래한다. 그래서 만일 헨리의 아들 오언이 민간인 학살을 반대 또는 폭로했다가 아군에게 희생됐다면, 커밍스의 올라프는 오언이나 나폴리언이며 베리먼 시에서 혼란에 빠져 고뇌하는 인물은 나폴리언일 것이다. 또한 작가는 2장의 제사에 철학자 윌리엄 제임스를 인용하면서 우리가 처한 현실 아래 묻힌 실재의 중요성을 강조한다. 전쟁에서 있었던 민간인 학살을 둘러싼 기억들이 모호하고 때로는 왜곡되더라도 진실을 찾으려는 노력은 멈춰서는 안 된다고 말한다. '나'가 호수에 집착하고, 대서양으로 항해하는 '페트럴'을 상상하는 것도 바로 그런 이유일 것이다.

작가는 소설의 마지막에 키스 더글러스의 시, 「기억해 주오」를 수록했다. 키스 더글러스는 전쟁 시를 많이 쓴 영국의 시인으로 1944년 노르망디상륙작전을 수행하다 전사한 것으로 알려져 있다. 이 시의 화자는 죽음에 대해 전혀 낭만적이거나 영웅적인 태도를 보이지 않는다. 죽음은 철저히 물리적이고 냉담하게 묘사되며 시의 화자는 죽음 앞에 담담하게 맞서는 단독자로 나타난다. 나폴리언이 딸에게 문득 이 시의 도입부를 암송해 주며 누구의 시인지 아느냐고 묻는 대목이 있다. 딸은 "타고난 감상주의자나 할 말이네요"라고 뚱하게 대꾸하면서도 그 구절을 마음에 들어

한다. '타고난 감상주의자'라는 말은 딸이 〈카사블랑카〉의 대사에서 따온 것이다. 여기서 우리는 센티멘털리스트를 새로이 발견하게 된다.

오언은 부비 트랩에 희생되었을 수도 있고, 민간인 학살에 반대하다가 또는 부대 복귀 후 사건 폭로를 한 데 따른 보복으로 살해됐을 수도 있다. 딸은 아버지의 이야기와 심문기록을 토대로 이 세 가지 가능성과 함께, 아버지는 어쩌면 오언의 죽음을 목격조차 하지 않았을 수도 있다고 추리한다.

그렇다면 나폴리언은 왜 그렇게 인생을 포기한 사람처럼 살았을까? 나폴리언은 어쩌면 참전 행위 그 자체를 죄라고 느낀 것은 아닐까? 오언이 죽은 경위나 나폴리언이 그것을 목격했느냐의 여부는 사실 중요하지 않을지도 모른다. 나폴리언은 자신에게 가장 소중한 가족과 평범한 인생을 포기함으로써 자신의 참전과 오언의 죽음에 속죄하려 한 것은 아닐까? 더글러스 시의 화자처럼 집도, 항해할 꿈도, 가족도 모두 벗어 버리고 떠나 단출함 그 자체가 되어 버린 나폴리언은 그렇게 센티멘털리스트가 된다.

2013년 3월

배미영

『센티멘털리스트』에 쏟아진 찬사들

"부녀 관계에 바치는 아름다운 헌정"
『글로브 앤드 메일』

"이 소박한 데뷔작에서 스킵스루드는 독창적이면서 절제된 언어와 우울한 감상적 분위기를 독자의 의식 깊숙이 심어 놓는다."
〈내셔널퍼블릭라디오(NPR)〉

"기억에 대한, 너무나 매혹적인 명상과도 같은 소설"
『뉴욕 타임스』

"스킵스루드는 시인다운 필치로 한 겹 한 겹 이야기의 껍질을 벗겨 그 본질을 드러내고 각각의 맥락에 의미를 부여한다. 호수 위 같은 자리를 맴도는 화자처럼 독자 역시 너무도 통렬한 진실이 담긴 이 이야기에 가능한 오래 머물고 싶을 것이다."
『댈러스 모닝 뉴스』

"소설은 우리가 왜 역사를 복원하고, 타인의 고통을 미주하며, 폭력과 혼란 앞에 직면해 인간이란 존재를 계속 의문시해야 하는지를 말한다. 『센티멘털리스트』는 아주 슬픈 소설이다. 하지만 슬픔이 절망과 같은 게 아니라는 사실을 소설은 상기시켜 준다."
〈위니펙 리뷰〉

"기억이 개인에게만 영향을 끼치는 것이 아니라 그 주변인들에게도 깊은 흔적을 남긴다는 것을 보여 주는 소설이다. 시적인 우아함으로 가득한 글은 기억하고, 이해하고, 단순화한다는 것이 절대 끝나지 않을 투쟁이라는 것을 말해 준다."
〈캐나다비평가협회〉

"삶을 망가뜨려 놓은 기억에 관한 중층의 이야기. 스킵스루드의 우아하고 능숙한 언어를 통해 속죄와 용서라는 이야기가 섬세하게 직조된다."
『퍼블리셔스 위클리』

센티멘털리스트
한번쯤은 이해하고 싶었던 아버지

지은이 _ 조해나 스킵스루드
옮긴이 _ 배미영
펴낸이 _ 이명희
펴낸곳 _ 도서출판 이후
편집 _ 김은주, 신원제, 유정언
마케팅 _ 김우정
표지 디자인 _ 공중정원

첫 번째 찍은 날 2013년 5월 8일

등록 1998. 2. 18(제13-828호)
주소 _ 서울시 마포구 동교동 165-8 엘지팰리스 1229호
전화 _ 대표 02-3141-9640 편집 02-3141-9643 팩스 02-3141-9641
www.ewho.co.kr

ISBN 978-89-6157-069-5 03840

이 도서의 국립중앙도서관 출판시도서목록(CIP)은 e-CIP 홈페이지
(http://www.ni.go.kr/cip.php)에서 이용하실 수 있습니다.
(CIP 제어번호: CIP 2013001777)